長相思

卷三

思一寸，愁千縷

桐華 著

長相思

卷三 思一寸，愁千縷

目錄

第十八章

世事難預料

那個滅了他們全族的惡魔也是穿著一襲紅衣，
也是有一雙好像什麼都不會放在眼裡的雙眸，
面對著父兄們的哭泣乞求，只是冷漠不耐地眺望著遠處……

神農山位於中原腹地，風景優美，氣勢雄渾，共有九山兩河二十八主峰，北與交通軍事要塞澤州相連，南望富饒的燕川平原，東有天然屏障丹河守衛，西是著名的城池軹邑[1]。

軹邑曾是神農國的王都，在軒轅和神農的戰爭中受到重創，繁華煙消雲散，百姓生活困頓。一百多年前，神農族的小祝融受黃帝委任，成為軹邑城主，掌管中原民生。他說服了青丘塗山氏的太夫人，再次把軹邑當作塗山氏生意的中心，再加上他的夫人是四世家之首赤水氏族長的女兒，有了赤水氏和塗山氏兩大世家的支持，軹邑恢復得很快，不過一百多年，天下商賈雲集軹邑，讓軹邑成為大荒內最繁華熱鬧的城池。

小夭和顓頊到中原已經一個月，按理說顓頊有公務在身，應該住到神農山，但他沒有去神農山，而是一直待在軹邑，日日宴飲。

第一天是小祝融舉行的接風宴，介紹顓頊和神農族、中原六大氏的子弟們認識。大家族子弟眾多，良莠不齊，自然不乏花天酒地者，軹邑又比軒轅城更繁華熱鬧，顓頊簡直如魚得水，比在軒轅城還暢快。第二天是宴飲、第三天是宴飲……消息傳到蒼林和禹陽處，蒼林和禹陽更加放心了。

直到遠在軒轅山的黃帝派人來申斥了顓頊，顓頊才心不甘情不願地離開軹邑，去往神農山。

神農山紫金頂上的紫金宮是歷代炎帝起居的地方，也是整個中原的象徵，看守這裡的護衛十分小心，宮殿基本保存完好。顓頊和小夭住在紫金宮，為了表示對炎帝的敬重，兩人都不願入住炎帝和炎后曾居住過的宮殿，只挑了兩座毗鄰的小殿，據說是神農的王子和王姬住過的地方。

雖然黃帝派人來申斥了顓頊，可顓頊到了神農山後，依舊沒個正經樣子，身邊養了兩個不知道從哪裡弄來的美貌婢子，一個清麗、一個嫵媚，都是世間絕色。

晚上，顓頊和婢子通宵達旦地玩樂，白日裡總是沒精打采，有時候說著話慢慢就會閉上眼睛，昏睡過去。幸虧顓頊離開軒轅城時，黃帝給他派了一批懂得修築宮殿的幕僚下屬，凡事幕僚們商議好後，去請示顓頊，顓頊做做決定就好。

眾人都不敢隨便動紫金宮，所有幕僚商量後，決定先從不重要的宮殿開始修飭，積累了經驗後，再整修紫金宮。

決定了整修哪座宮殿後，自然有精通工程建築的專人負責實務，顓頊所要做的不過是偶爾去工

1 軹邑，讀作ㄓˇ ㄧˋ。

地晃一圈，表示督促。

修整宮殿，除了工匠外，材料是關鍵。塗山氏是大商家，不管需要什麼，塗山氏都能以最合理的價格提供最優質的貨物，幕僚們仔細商議後，建議顓頊能從塗山氏採購的原料都儘量從塗山氏採購，寧可價格稍微貴一點，但品質有保證，到貨時間也有保證，日後出了什麼事，還能找到青丘去算帳。

顓頊聽完後，沒什麼精神地說好，採納了幕僚的建議。

外人以為顓頊是因為晚上縱欲，所以白日沒有精神，可實際上，是小夭在幫顓頊戒藥。

顓頊身邊的兩個美貌婢子，清麗出塵的是金萱，嫵媚妖嬈的是瀟瀟。小夭第一次見金萱，就發現她是難得的美女，可沒想到看似普通的瀟瀟，洗去易容的脂粉，竟然也是絕色佳人。

金萱為顓頊收集情報，擅長整理資料；而看似嬌媚的瀟瀟居然是顓頊親手訓練出的暗衛，還是暗衛中的第四高手，讓小夭只能感嘆，人不可貌相。瀟瀟對顓頊的忠誠毋庸置疑，只怕顓頊扔把刀給她，她就能立即自盡。至於金萱，小夭就不知道了，她可不相信顓頊能那麼容易地相信一個人。不過，既然顓頊選擇了把金萱帶在身邊，那麼她是否可靠就是顓頊要操心的事，在他沒有發話前，小夭選擇相信金萱。

每天夜裡，顓頊都在封閉的密室內，忍受著噬骨椎心之痛。顓頊以為憑藉意志就能控制一切，可沒有想到，藥癮遠比他想像中強大，縱使以他的意志，也會控制不住。當藥癮發作時，他會狼狽地翻滾嘶喊、撕扯抓撓，甚至撞牆去傷害自己的身體。

顓頊不允許任何人看到他最狼狽脆弱的一面，只有小夭能陪著他。

想要戒掉藥癮的人通常都會選擇捆綁住自己，但小夭知道顓頊不想被捆綁，如果顓頊不能靠著自己的力量戒掉藥癮，那麼他會懷疑當初的決定是否正確，所以當金萱悄悄給小夭一條龍筋做的繩索時，小夭毫不猶豫地拒絕了，她對金萱說：「他不需要，這世間唯一能鎖住顓頊的繩索是他自己的意志。」

每個夜晚，小夭和顓頊躲在密室中。小夭陪著顓頊說話，給顓頊講各式各樣的事情，或者讓顓頊講他曾經歷的事，轉移他的注意力。當顓頊控制不住時，她會用自己的身體去壓制他，這總能讓顓頊更清醒一些。

在最痛苦的那幾夜，極度的失控下，顓頊也會傷害到小夭，讓小夭受傷。但只要小夭一流血，顓頊很快就能清醒，他倒在地上，用雙臂抱著雙膝，蜷縮成一團，簌簌發抖。所有的力量都被用來和藥癮對抗，他脆弱得像是個嬰兒。

小夭抱著他，也不知道為什麼，就會想哼唱小時候聽過的歌謠，有些是娘親唱給她聽的，有些是舅娘唱給顓頊聽的，很多歌謠她甚至記不全歌詞，只能半唱、半胡亂哼著過去。

聽著她的歌聲，顓頊會再次熬過去，慢慢平靜，漸漸地睡著。夢中的他，眼角有淚漬，小夭也會淚盈於睫。

在這個密閉的空間，顓頊變得脆弱，她也是。他們都曾是娘懷中最珍貴的寶貝，被小心呵護，如果他們的母親知道自己的寶貝要經歷這麼多的痛苦，她們可會毅然地捨棄他們？

晚上和藥癮痛苦艱難地搏鬥，白天顓頊還要處理各種事務。

金萱呈上的消息，他會全部看完，根據各種情報，對瀟瀟做出指示，瀟瀟再把他的命令透過他親手訓練的心腹傳到大荒各處。

金萱還能感覺到，顓頊在給暗衛們布置新的秘密任務。顓頊看似散漫，由著下屬和幕僚去決定如何整修宮殿，可實際上金萱親眼看到他把神農山上大大小小近一百座宮殿的圖稿全部仔細看過，用發顫的手仔細寫下批註。

金萱曾見過藥癮發作的人，不管再堅強，都會變成一灘爛泥，可顓頊竟然一邊和藥癮對抗，一邊還能處理如此多的事。金萱真正明白了小夭所說的話——世間唯一能捆縛住顓頊的繩索，就是他的意志。

過了最難熬的那幾夜之後，顓頊已經能憑藉強大意志控制住一切的痛苦，他不會再失態。最痛苦時，他一邊聽小夭說話，一邊把自己的胳膊放進嘴裡，狠狠地咬著。

鮮血滴滴答答地落下，小夭卻好像什麼都沒看見，依舊輕快地說著話。直到痛苦過去，顓頊虛軟地倒在地上，小夭才會走過去，幫他上藥。

一夜又一夜過去，顓頊的藥癮越來越淡，到後來他甚至已經完全不會有任何表露。他只是安靜地坐著，透過聆聽小夭說話或者唱歌，就能把藥癮的發作壓制過去。

兩個多月後，顓頊完全戒掉了藥。

等顓頊體內殘餘的毒素也清除乾淨，小夭才算真正放心了。

顓頊依舊過著和以前一樣的生活，晚上和婢女玩樂，白日昏昏沉沉，除了小夭，只有金萱和瀟瀟知道他經歷了什麼。

金萱以前對朱萸承諾過，把顓頊視為要效忠的主人，她對顓頊的感情只是因為欣賞一個容貌出眾、才華過人的男人而生的尊重和戀慕，現在卻多了一重敬仰和畏懼。

侍從把幾個箱子放到小夭面前，顓頊笑道：「塗山璟瘋了！」

顓頊把箱蓋一一打開，總共裝了一百零五瓶酒。從顓頊和小夭到中原，已經一百零五日。剛到中原的第一日，顓頊就和小夭說，璟想見她。但因為小夭要為顓頊解毒和戒藥，小夭讓顓頊轉告璟，她暫時不能見他，等她可以見他時，她會再給他消息。

璟很聽話，並未擅自跑來找小夭，只是每隔十五日，他就會送給顓頊一箱青梅酒，酒的數目恰恰是天數。

如果是以前，這些酒小夭也喝得完，可是這一段日子，小夭每日每夜都密切注意著顓頊的身體，生怕一步出錯，就會終生懊悔，所以她壓根不敢喝酒，每次璟送來的酒都放進了酒窖。

現在酒窖內已經有幾百瓶酒。

顓頊拿出一瓶酒，「你們之間有什麼事和十五有關嗎？我看璟總喜歡繞著十五做文章，似乎一直在提醒妳什麼。」

小夭打開一瓶酒，咕咚咕咚喝了幾大口，長長舒了口氣，「幾個月沒喝酒，還真是想念。」

顓頊低著頭，把玩手中的酒瓶，淡淡說：「想酒沒什麼，別想人就成。」

小夭做了個鬼臉，笑嘻嘻地喝了口酒，說道：「你幫我給他遞個消息吧，說我可以見他了。」

顓頊凝視著手中的酒瓶，唇緊緊地抿成了一條直線。

小夭叫：「顓頊？」

顓頊彷彿剛剛回神，拔開瓶塞，喝了一大口酒，微笑道：「好。」

晚上，小夭在酣睡，突然感覺有東西在她臉旁。睜開眼睛，看到一隻栩栩如生、實際虛化的白色九尾狐蹲在她的枕旁，專心致志地看著她。

小夭笑著披上衣服起來，「你的主人呢？」

九尾白狐從牆壁中穿了出去，小夭趕忙拉開門，追上去。

紫金宮的殿宇很多，可已經好幾百年沒有人住過，很多殿宇十分荒涼。小白狐蹦蹦跳跳，領著小夭專走最僻靜的路，來到一處槭樹林，一隻白鶴優雅地走到小夭面前。

小夭認識牠，牠是璟的坐騎，名字叫狸狸。

小夭笑著和狸狸打了聲招呼，騎到牠背上。

神農山的上空有大型陣法的禁制，阻止人從空中隨意出入，但在神農山內，只要低空飛行，避開巡邏的侍衛，十分安全。

狸狸載著小夭，飛到了一處山崖。

山崖半隱在雲霧中，一條不大的瀑布飛濺而落，匯聚成一個不大不小的水潭。距離水潭不遠處，有一座茅屋，茅屋外不過三丈寬處，就是萬仞懸崖。

璟穿著一襲天青色衣衫，站在茅屋和水潭之間，凝望著翻滾的雲霧，靜靜相候。皎皎月華下，他就如長於絕壁上的一桿修竹，姿清逸、骨清倔。

白鶴落下，九尾小白狐飛縱到璟身前，鑽進他的袖子，消失不見。

小夭從狸狸背上下來，笑道：「白日才讓顓頊送消息，我還以為要過幾日才能見到你。」

璟怔怔地看著小夭，說不出話。自上次軒轅城分別，他已經十七個月沒有見到小夭，前面十幾個月有心理準備，知道顓頊來中原需要時間，還不算難熬，可最近這三個多月，簡直度日如年。理智告訴他，小夭肯定因為有事要處理，才不能見他，可感情上無法克制地恐慌，生怕小夭不想見他的原因就是因為已經不想再見他。

小夭歪頭看著璟，「咦，你怎麼不說話？」

璟說：「妳上次說……要給我洗頭，槿樹的葉子已經長得很好了。」

小夭笑咪咪地說：「好啊，找個天氣晴朗的日子我們去採葉子。」

璟的心終於安寧，唇角溢出了笑意。

小夭問：「你來看我麻煩嗎？」

「神農山的守衛外緊內鬆，現在塗山氏進山不難，進山後，山裡幾乎可以隨便逛，只有妳和顓頊住的紫金頂看守很緊，我不想驚動侍衛，所以讓小狐去找妳。」

小夭突然反應過來，「你一直在附近？」只有距離神農山很近，才有可能得到消息後趕在白天進山。

「嗯，我已經來過好幾次神農山了，藉著勘察宮殿，把附近都轉了一遍，無意中發現這個地方，覺得十分清靜，一見就喜歡上了。」

小夭打量了四周一圈，讚道：「這地方真不錯，三面都是懸崖，只有一條下山的路，又僻靜又隱密，只是神農山上有什麼人會住茅屋呢？」

「我也問了守山的侍衛，沒有人知道。只知道這裡叫草凹嶺，曾是神農的禁地。」

小夭的面色一變，向著茅屋行去，璟忙走到靠近懸崖的一側，把小夭護在內側。

小夭推開茅屋的門，裡面並不陳舊，木榻上鋪著獸皮，案頭的木盤子裡有新鮮的水果，窗戶兩側的牆上各掛著一個陶罐，插了兩束野花。茅屋布置得簡單溫馨，就好像主人剛剛出去。

璟道：「我發現這個地方後，略微打掃布置了一下，不過本來也不髒舊，這茅屋應該是木靈的絕頂高手搭建，千年之後，靈氣仍未完全散去，讓茅屋一點不顯陳舊。很難想像，居然有靈力這麼高強的人。」

小夭仔細地打量著屋子，一切都是最簡單的。很明顯，曾住在這裡的主人並不注重享受，只需要最簡單的生活。

小夭坐在了榻上，「你知道茅屋的主人是誰嗎？」

璟已經看出小夭知道，問道：「是誰？」

「那個名震大荒、最暴虐、最凶殘的大魔頭，我翻看過紫金宮內收藏的典籍，炎帝就是為他才把草凹嶺列為禁地。」

這世上魔頭有很多，可名震大荒，配得上「最」字的只有一個，璟十分意外，「蚩尤？」

小夭笑著點點頭，「所有人把他想像成了窮奢極欲的人，可沒想到他在神農山的住處竟然這麼簡單。」

璟知道小夭的母親死在和蚩尤的決戰中，抱歉地說：「我沒想到這是蚩尤的住處，我們離開吧！」

小夭搖搖頭，「何必為一個已經死了幾百年的人和自己過不去？你喜歡這裡，我也挺喜歡，咱們就把這裡當作我們的……屋子，以後可以在這裡見面。」

璟有些羞赧，他布置茅屋時，的確是希望將來能常常在這裡見到小夭。

小夭走到窗旁，俯下身，嗅了一下陶罐裡的野花，「這是你採的？」

璟輕輕地應道：「嗯。」

小夭瞇著眼笑起來，「你近來過得可好？那個內奸找到了嗎？」

「找到了，妳的帕子很管用，是蘭香。」

這種貼身服侍的婢女都是自小相隨，感情很深，小夭說：「你肯定饒過她了吧？」

「她不肯說出為了誰背叛我，我不想殺她，但我也不可能再留她，所以我讓靜夜悄悄送她離開。靜夜和她從小一起長大，對她又恨又憐，恐怕說了些什麼，她自盡了。」璟眼中有悲傷，「其實，我知道她是為了誰背叛我，我讓靜夜安排她離開塗山家，只是希望她失去利用價值後，大哥就不會再對她感興趣，她也許就能忘掉大哥。」

小夭想起了那個驅策大魚、逆著朝陽、在碧海中馳騁的矯健男子，他飛揚炫目，和璟的清逸安靜截然不同，的確更能吸引女人的目光。

小夭問：「你還是不想殺篌？」

「雖然母親一直偏心，可自小到大，大哥從來沒有對我不好過。我們從小就沒有父親，他又得不到母親的關懷，所以他把對親情的渴望都放在了我身上，明明和我一般大，可總說長兄如父，凡事都讓著我，處處都照顧我。別人誇獎我時，他也會覺得自豪。我曾不解地問他，他告訴我，他是為自己難受，可因為我是他弟弟，並不影響他為我感到驕傲。我們兄友弟恭，是所有人都羨慕的好兄弟。他曾經是極好的哥哥，我們做了四百多年的好兄弟。小夭，我沒有辦法殺他！」璟的語氣中有濃濃的抱歉，因為他的這個選擇，他不僅束縛了自己，還束縛了小夭。

小夭走到他身前，額頭抵在璟的肩上，說道：「雖然我常抱怨說你心太軟，可其實我……我很願意你心軟。」她的身邊已經有太多心狠手辣的人了，外祖父、父王、顓頊、兩個舅舅、幾個表弟、甚至包括她自己，都是心狠手辣的人。璟的心軟，讓她覺得安全，也讓她歡喜。

璟忍不住輕輕攬住了小夭，小夭依舊額頭抵著他的肩膀，半晌都未動。

璟問：「小夭，妳怎麼了？」

「顓頊的一點私事需要我幫忙，這段日子很忙、很累，倒不是說身體有多累，就是心特別累，生怕出什麼差錯。明明忙得無暇分心，我卻常常想起很多以前的事，有時候都不敢相信，我和顓頊沒爹沒娘，竟然也長大了。」

璟輕撫著小夭的背，「早知妳累，我就不該今晚來找妳，要不妳睡一會吧！」

小夭抬起頭，笑道：「心累可不是睡覺能睡好的。」她看向窗外的水潭，笑拉住璟的手，「陪我去玩水。」

小夭走到潭水邊，噗通一聲，直接倒了進去。

已是夏天，潭水一點都不冷。小夭游了一圈後，向著潭底潛下去，本以為不會太深，沒想到潭水居然出乎意料地深，小夭一口氣沒有潛到底，不得不浮出水面換氣。

璟坐在潭邊的石頭上，笑看著她。

小夭拍了自己腦門一下，「我好笨啊！」她從衣領內拉出璟送她的魚丹紫，「我居然忘記你送我的這個寶貝了。」

小夭趴在石頭上，一邊踢踏水，一邊對璟說：「我們下次去大海裡玩吧，海底很美，玩上一夜都不會膩。」

「好。」

小夭想起了相柳，臉埋在胳膊間，默默不語，不知道他現在是相柳，還是防風邶。突然，她抓住璟的胳膊，用力把璟拽進了潭水裡，「陪我去潭底。」

沒有等璟回答，小夭把魚丹紫含在嘴裡，拉著璟向潭底潛去。

含了魚丹，果然可以在水底自由呼吸。

她拉著璟不停地向潭底潛下去，潭水卻好像深不見底，縱使璟靈力不弱，氣息綿長，也覺得難以支撐了。

璟捏了捏小夭的手，指指上面，示意他要上去了，讓小夭自己玩。

小夭搖頭，表示不准，她要他陪。

璟不再提要上去，臉色卻漸漸地變了，可他依舊隨著小夭往下潛。小夭展臂，摟住了璟的脖子，唇湊在璟的唇畔，給他渡了一口氣，璟整個人都呆住，怔怔地看著小夭，居然嗆了水。

小夭趕忙又貼著他的唇，給他渡了一口氣。

璟身軀僵硬，兩人一直往下掉，很快就到了潭底。黑漆漆地什麼都沒有，小夭帶著璟往上游，璟這才好像清醒，用力向上游去。小夭指指自己的唇，示意璟如果覺得氣息不夠時，就來親她。可璟一直沒有來碰她，上浮又比下潛速度要快很多，璟憑著一口氣，硬是浮出了水面，可也很不好受，趴在石頭上，一邊喘氣、一邊咳嗽。

小夭吐出了魚丹紫，游到璟身邊，又羞又惱地問：「為什麼？」

璟看著遠處，低聲道：「剛才妳眼睛裡沒有我。」

小夭一聲不吭地上了岸，徑直走進茅屋。

小夭靈力低，不像瑲他們能用靈力讓濕衣變乾，她脫了衣服，擦乾身子，鑽進被子裡，「你可以進來了。」

瑲走進茅屋，自然而然地坐在榻頭，拿了毛巾，幫小夭擦頭髮，待頭髮乾透，他用大齒的木梳，幫小夭順頭髮。當年，小六曾這麼照顧過十七，十七也曾這麼照顧過小六，不知不覺中，氣氛緩和，兩人的唇角都帶上了笑意。

小夭嘆道：「以前天天都能見到，不像現在一兩年才能見一次，有時候想找個人說話，也找不到。」

瑲說：「以後塗山氏的商隊會常常出入神農山，我來看妳很方便。青丘距離神農山很近，妳來青丘也很方便。」

「老天好像很幫我們，顓頊想要來中原，神農山居然就有宮殿坍塌，神農族鬧著要維修宮殿。顓頊和我住進了神農山，看似守衛森嚴，可偏偏修建宮殿離不開你們這些大商賈，塗山氏自然成了首選，你進出神農山很容易。太多水到渠成了！」小夭側頭看向瑲，「是不是豐隆和顓頊騙你弄出這些事情啊？」

瑲說：「不是他們，是我自己想這樣做。」

小夭笑道：「我可沒責怪你，反正宮殿總是要修的，那些錢與其給別人，不如給塗山氏。你與哥哥的關係，如果只是你幫他，並不是好事，如今他能惠及你，反倒能讓哥哥更放心。」

其實，這正是瑲所想的。豐隆有雄志，他和顓頊要的是宏圖霸業，而他想要的，不過是和小夭更近一些，但說出來也沒有人相信，與其讓顓頊懷疑他有所圖，不如讓他們都認為他所求是錢財，現在顓頊給了他錢財，他給予顓頊一點幫助，顓頊心安理得了，才是長久相處之策。但這話從小夭嘴裡說出來，意義卻截然不同，證明了在璟和顓頊的關係中，小夭站在璟的角度，為他考慮過。

璟看著小夭，忍不住微笑起來。

小夭氣惱，在璟的手上重重咬了一口，「我眼裡有你嗎？」

璟痛在手上，卻甜在心裡，含笑道：「有。」

第二日，顓頊已經起身，小夭才回來。

顓頊正在用早飯，小夭也坐到食案前，靜靜地用飯。

顓頊淡淡問道：「去見璟了？」

小夭笑咪咪地說：「嗯。」

顓頊說：「我知道他在妳心中與眾不同，但他畢竟不是葉十七，而是塗山璟。我收到消息，塗山氏的太夫人身體不大好，想讓璟儘快接任塗山氏的族長。他背負著一族命運，並不能想做什麼就做什麼。璟和防風意映還有婚約，防風氏絕不會捨得放棄和塗山氏的聯姻，璟想退婚，並不容易！妳可別一股腦地栽了進去！」

小夭眉眼中的笑意散去，低聲說：「我知道了。」

顓頊看到她的樣子，不再多言。

吃完飯要離開時，小夭突然說：「哦，對了！這是特別給你準備的。」她拿出一個青玉盒，拋給顓頊。

顓頊打開，是一個毛茸茸的小小傀儡，眉眼精緻。顓頊明白是用九尾狐妖的尾巴鍛造的靈器，扔回給小夭，「我不要！」

「哥哥，你必須要！這是我讓璟特地為你鍛造的，為了凝聚靈力，這個傀儡唯一能幻化的人就是你，還能施展幾招木靈的法術。你用它做替身，保證連瀟瀟和金萱一時半刻都看不出是個假的。」小夭走到顓頊身邊，跪坐下，「我知道你介意九尾狐傷害過我，正因為如此，你才更應該好好利用它，保護好自己，讓我略微放心！」

其實，顓頊不想要的原因並不完全是九尾狐妖，還因為這是另一個男人做的，但看著神色難得嚴肅的小夭，顓頊心裡發酸，不管傀儡是用什麼做的，是誰做的，所凝聚的只是世間最關心他的人的心意，他只有好好地活著，才能更好地照顧她，顓頊終於釋然，伸出了手掌。

小夭把小傀儡放在顓頊的掌心，顓頊緩緩握緊了傀儡，說道：「我也有一樣東西給妳。」

「什麼？」

顓頊把一枚玉簡遞給她，「這是妳讓我幫妳查的防風邶的所有經歷。」

小夭愣了一愣，才接過。

一整日，小夭一直在閱讀琢磨玉簡裡記錄的資料。

這份資料按照時間羅列，記錄了從防風邶出生到現在的經歷。

防風邶小時候過的就是一個大家族普通庶子的一般生活，認真學習修煉，表現很不錯，奈何哥哥和妹妹也都天賦很高，又是嫡系血脈，不管他怎麼努力，哥哥和妹妹都比他更受矚目。因為內心苦悶，所以沾染上賭博的惡習。

大概四百七十八年前，還未成年的防風邶為了籌錢還賭債，離家出走，偷跑去極北之地找冰晶，一去四十五年。對神族而言，四十五年不歸家不算什麼，只不過因為防風邶去的地方太過凶險，防風家的人都以為他凍死在極北之地，沒想到他又突然冒出來，帶著不少冰晶，堪稱衣錦歸家、揚眉吐氣。

小夭覺得這四十五年很值得懷疑，四十五年，縱使歷經磨難歸來的防風邶變得異樣，眾人也能接受，可那些人畢竟是看著防風邶出生長大的親人，相柳想假扮防風邶幾天也許可以，但根據資料記錄，他回家後，在家裡住了四年，悉心照顧病重的母親，端湯奉藥，餵飯餵水，可謂盡心盡力，以至於收集資料的人寫到幾百年後提起舊事，仍有老僕感慨「邶至孝」。

之後四百多年，防風邶就是個很典型的大家族出來的浪蕩子，有些本事，卻得不到重用，只能寄情於其他，練得吃喝玩樂樣樣精通。他在防風家的地位不高，手頭的錢財比較緊，為人又隨性，在錢財上很疏懶，所以常做一些撈偏門的事，不時會失蹤一段日子，短時三五月，長時兩三年，他的家人和朋友都習以為常。

因為防風邶性子散漫，什麼都不爭，可以說不堪重用，這三四百年來，他和哥哥防風崢、妹妹防風意映的關係都不錯。

小夭輕嘆口氣，如果真如她所推測，四百七十八年前，真的防風邶就已經死了。那麼，所有人都辨認不出防風邶是假的，就解釋得通了。因為相柳已經假扮了防風邶四百多年，即使本來是假的也已經變作真的——所有人認識的防風邶本就是相柳。

可是為什麼呢？相柳究竟圖什麼呢？防風氏在大荒雖然算得上是有名望的家族，可比他更有名望的家族多了去了，防風邶又是妾侍所出，根本影響不了防風家。相柳就算想利用什麼，也該找個更有影響力的家族嫡系子弟。

小夭想了很久，都想不出相柳的目的，畢竟這場假扮不是一年、兩年，而是在她出生前，人家就已經是防風邶了，她只能放棄思考。

仲夏之月的第十日，顓頊收到豐隆和馨悅的帖子。過幾日是兩人的小生辰，邀請他和小夭去小祝融府玩耍。

神族的壽命很長，眾人對生辰看得很淡，一般只會慶祝整百歲或者整千歲的生辰。其實，活得時間長了，大部分人都會忘記自己的歲數，壓根不慶祝生辰，只有很講究的家族中得寵的子弟，才會常慶祝生辰。

因為豐隆和馨悅是雙生子，只要過生辰時兄妹倆在一起，就會邀一些朋友，小聚熱鬧一下。

小夭到時，才發覺所謂的小聚並不算小，看來豐隆和馨悅在大荒內很受歡迎。不過也是，男未娶、女未嫁，家世、相貌、才幹都是大荒內最拔尖的，但凡還未成婚的男女都不免會動動念頭。

守門的小奴進去通傳後，豐隆和馨悅一起迎了出來。馨悅親熱地挽住小夭的胳膊，「妳一直什麼宴席都不參加，我和哥哥還擔心這次妳也不來。」

小夭笑道：「我性子比較疏懶，能推的宴席就都推了，不過，這次是妳和豐隆的邀請，自然非來不可。」

雖然說的是場面話，馨悅聽了也十分高興。

馨悅和豐隆帶著他們走進一個大園子，園內假山高低起伏，種著各種奇花異草，一道清淺的小溪從園外流入，時而攀援上假山，成小瀑布，時而匯入院內一角，成一潭小池，九曲十八彎，幾乎遍布整個園子，消散了炎夏的暑意。

馨悅指著高低起伏的假山對小夭說：「從外面看只是錯落有致的假山，其實那是一個陣法設置的迷宮，我和哥哥小時候都性子野，聚到一起時更是無法無天，父親特意布置了這個迷宮，我和哥哥在裡面能玩一天。今兒人多，妳若喜歡清靜，待會我們可以去裡面走走。」

因為天熱，眾人皆穿著木屐。花影掩映下，兩個少女脫了木屐，赤腳踩在濕漉漉的鵝卵石小徑上玩耍。

馨悅笑著對小夭說：「那是姜家和曋家的小姐，她們是表姊妹，我外婆是曋家的姑奶奶，所以我也算是她們的表姊妹。關係遠一點的客人都在東邊的園子，這個園子中的人仔細一說，大家全是親戚。」

小夭道：「我不是。」

馨悅笑道：「妳哪裡不是呢？妳外婆嫘祖娘娘可是西陵家的大小姐，妳外婆的娘親是我爺爺的小堂姑奶奶，妳外婆就是我爺爺的表姨，說起來我應該叫妳一聲表姨。可現如今西陵氏的族長，妳的堂舅娶了姜家的大小姐，他們的兒子、妳的表弟就是姜家小姐的表弟，姜家小姐是曋家小姐的表姐，我是曋家小姐的表妹，我應該也可以叫妳表姐……」

她們說著話已經走進一個花廳，小夭聽得目瞪口呆，喃喃說：「我已經被妳一堆表啊堂啊的繞暈了。」

意映挑起簾子，搖著團扇走了過來，笑道，「這是從赤水氏那一邊順的親戚關係，我聽奶奶說西陵家和塗山家也是有親的，好像哪個太祖奶奶是西陵家的小姐，只是不知道順下來，我們是表姐、表姨，還是表奶奶。」

屋子裡的幾個人全都笑了出來，小夭心裡暗自驚嘆，難怪連黃帝都頭疼中原，所有家族血脈交融、同氣連枝，平時也許會各自相鬥，可真到存亡關頭，必然會聯合起來。更讓小夭意外的是，原來西陵氏和外婆曾那麼厲害，每個人都樂意和西陵氏、嫘祖娘娘攀上親戚，反倒軒轅黃帝的血脈顯得無足輕重。

馨悅拽拽小夭的面紗，「小夭，在這個花廳裡休息的都是最相熟的朋友，快把妳的帷帽摘了。」她們所在的這個花廳十分寬大敞亮，中間是正廳，左右兩側各有一間用斑竹簾子隔開的側廳。右邊的廳房，意映剛才從裡面走出來，想來是專供女子休息的屋子，左側的廳房應該是男子的。

意映也道：「是啊，上次沒看成，這次妳可不能再藏著了。」

馨悅把遠近親疏分得清清楚楚，眾人沒有忌諱，都沒戴帷帽，小夭本就沒打算與眾不同，遂大大方方摘下了帽子。

馨悅仔細打量一番，拉住小夭的手，嘆著氣說：「真不知道將來誰能有福氣得了妳去。」她把豐隆拉到小夭面前，半開玩笑半認真地說：「不是我替哥哥吹噓，這大荒內，還真挑不出一個什麼都趕得上我哥哥的。」

意映笑嘲，「真是不害臊！」

馨悅在軒轅城長大，頗有軒轅女子的風範，笑道：「男婚女嫁乃是最正大光明的事，有什麼需要害臊的？」

豐隆在中原長大，反倒不好意思起來，對顓頊說：「我們去看看璟他們在做什麼。」和顓頊走進了左側的屋子。

馨悅對婢女吩咐：「若裡面沒有人休息，就把竹簾子打起來吧，看著通透敞亮。」

「是。」

婢女進去問了一句，看沒有人反對，便把竹簾子捲了起來。

屋子內有三個人，塗山篌和防風邶倚在榻上，在喝酒說話。璟端坐在窗前，在欣賞風景，剛走進去的豐隆和顓頊站在他身旁。

小夭愣住，璟在，是意料之內，可是，防風邶居然也在！

意映把小夭拉了進去，笑道：「二哥，看看這是誰。」剛才在簾子外說話，簾子內的人自然聽得一清二楚，意映這舉動頓時讓人覺得防風邶和小夭關係不一般。

防風邶看著小夭，漫不經心地笑道：「妳也來了。」

他身旁的塗山篌站起和小夭見禮，小夭微笑著回禮，心裡卻鬱悶，什麼叫我也來了？

塗山篌和小夭寒暄了幾句，就走開了，去院子裡看人戲水。

意映笑著朝防風邶眨眨眼睛，說道：「二哥，你照顧好小夭，我去外面玩一會。」

園子很大，假山林立，花木繁盛，意映的身影消失在假山後。

小夭低聲對防風邶說：「你跟我來！」

她在前，防風邶隨在她身後，兩人一前一後，走進庭院，身影消失在山石花木間。

窗前的瑲、顓頊、豐隆和馨悅都看了個正著。馨悅推了豐隆一下，「哥哥，你可真笨！再不加把勁，小夭可就要被人搶走了。」有心想數落意映幾句，竟然自不量力、敢和豐隆搶人，可礙著瑲，終把那幾分不滿吞了回去。

馨悅對顓頊說：「我哥平時也挺聰明，但一見到小夭就有些犯傻，你和我哥最好，可一定要幫幫我哥。」

豐隆不好意思說什麼，只對顓頊作揖行禮，意思顯然一清二楚。

顓頊笑道：「我只能幫你製造機會，至於小夭的心意，我可做不了主。」

馨悅笑道：「已經足夠了。」

馨悅想了想，對顓頊和豐隆說：「我們也去外面玩，順便找找他們。」她想著他們一走，只剩了瑲，又笑道：「瑲哥哥，屋子裡坐著悶，你也來吧！」

四人遂一起出了屋子，在假山花木中穿行。這本就是個迷宮，路徑和景致隨時在變換，又不時碰到朋友，停下聊幾句，走著走著，四人走散了，只剩下馨悅和顓頊。

馨悅和眾人在一起時，活潑俏皮，可和顓頊單獨在一起時，反倒變得沉靜。她想起顓頊身邊的兩個美貌婢子，只覺心亂。哥哥說：如果妳想要癡情的男人，就不要想著顓頊，如果妳想嫁顓頊，就不要指望他只有妳一個女人，不但不要指望，還要心胸大度，有容人之量，對那些女人都客氣有禮。這道理馨悅十分明白，可還是覺得難受。

因為恍惚走神，馨悅沒有看到路徑又變換了，居然一頭撞到假山上，她疼得唉呦一聲，捂住了額頭。顓頊忙低頭看她，「怎麼了？有沒有傷著？」

馨悅覺得額角也不是那麼疼，卻不知為何，眼淚都下來了。

顓頊如哄小女孩一般，柔聲安慰著馨悅：「只是有點紅，沒有破皮，用冰敷一下就會好。」

馨悅猛地撲進顓頊懷裡，臉埋在顓頊的胸前，嗚嗚咽咽地低泣起來。

顓頊愣住，雙臂僵垂在身側。

馨悅卻沒察覺，緊緊摟住了顓頊的腰，似乎只有這樣，才能抓住他，讓他把自己放在心裡比其他女人都重要的位置。

半晌後，顓頊虛摟住了馨悅，輕聲安慰著馨悅。馨悅嗅到顓頊身上的男人氣息，聽著他醇厚的聲音，更加意亂情迷，雙手纏住了顓頊的脖子，踮起腳尖去吻顓頊。

小夭帶著防風邶走進迷宮，不知道往哪裡走，亂走了一通，直到看四周林木幽幽，蝴蝶翩躚，是個能說話的地方，方停住腳步。

小夭回身，再也憋不住地嚷了出來：「你瘋了嗎？這是小祝融府，萬一被人發現，我可救不了你第二次！」

防風邶笑笑地說：「這裡不是軒轅城，是中原。」

小夭呆住了。是啊！這裡是中原，曾經屬於神農國的土地！雖然中原的氏族都歸順了黃帝，可他們也依舊尊敬神農王族的共工，對不肯投降的神農義軍心懷同情。尤其小祝融，他也是神農王族後裔，只怕對神農義軍還很愧疚和敬重。中原的氏族雖然不會支持義軍對抗黃帝，可也絕不會幫黃帝去抓捕義軍。

「算我多管閒事了！」小夭要離開。

防風邶伸手搭在樹幹上，擋住了小夭的路，「妳的箭術練得如何了？」

「一直在堅持練習。外祖父給我找了個擅長射箭的師父，據說能千軍萬馬中取人性命，可是他的方法不適合我。他的箭術對靈力的要求很高，認為我好逸惡勞、想走捷徑，非要逼著我去練什麼基本功提高靈力，我跟著他學習了幾次，就把他打發了。」

防風邶說：「那我繼續教妳吧！」

小夭瞪著他。相柳教她箭術？這似乎很荒謬。

防風邶笑起來，「不敢嗎？逗弄蛇妖的勇氣哪裡去了？」
小夭也笑，「好啊，我跟你學。」她需要學會箭術，誰教都不重要，相柳就相柳吧！
小夭上下打量著防風邶，用手指戳戳他的胳膊，「你是不是已經死在極北之地了？」
這話別人都聽不懂，防風邶卻淡淡說：「是。」
「為什麼選擇他？」
「不是我選擇了他，而是他選擇了我。他快死了，卻放不下苦等他回去的母親，所以他願意把一身的靈血和靈力都給我，求我代他寬慰母親，讓他的母親過得好一點。難得碰到一個心甘情願讓妖怪吃的神族，所提條件不難做到，我便沒拒絕。」是否甘願區別很大，因為如果不願意，妖怪即使吸食了神族的靈血，也就是相當於吃了一些補藥，強身壯體而已，可如果是願意，妖怪能獲取神族辛苦修煉的靈力，妖力大進。
小夭曾經苦苦等候母親回去接她，明白等待的可怕，竟有些羨慕防風邶的母親，她柔聲問：「你回去後，見到母親了嗎？」
防風邶垂下了眼眸，「見到了。她身體很虛弱，孤苦淒涼、無人照顧。因為我帶回很多冰晶，防風家給她換了住處，派了婢女。我陪伴她四年，四年後她含笑而逝。」
小夭輕嘆口氣，防風邶和相柳的交易有一個了無遺憾的結局。只是難以想像，相柳竟然能悉心陪伴照顧一個老婦四年，這大概是防風家對他的身分再無疑慮的一個重要原因吧！也是連顓頊那麼精明的人看完資料，都沒有起疑的原因。

小夭問道：「你已踐諾，為什麼還要繼續假扮防風邶？」

防風邶嗤笑，冷眼看著小夭，「我是為踐諾作了四年的戲，可這四百多年，我只是做自己，妳哪隻眼睛看到我在繼續假扮防風邶？不管是防風邶，還是相柳，或者九命，都只不過是一個稱呼而已。」

少時的防風邶和後來的防風邶其實截然不同，但眾人早忘記了少時的防風邶是什麼樣子。小夭默默回想，防風邶看似和冷酷的相柳截然不同，可那種什麼都不在乎、什麼都不想要的隨性何嘗不是另一種冷酷？只不過，相柳像是披上了鎧甲的他，在血腥的戰場上廝殺，防風邶像是脫下了鎧甲的他，在熙攘的紅塵中遊戲。

防風邶嘲諷地問：「妳換過的身分只怕比我多得多，難道都是在假扮？」

小夭搖頭，「不管怎麼換，我都是我。不過，我畢竟沒有你通透，對於外相的東西看得比你重。」

小夭看著防風邶，期期艾艾地問：「你……這是你的真容嗎？」

「誰耐煩披著一張假臉活四百年？每次化身還要仔細別變錯了。」

「你和防風邶長得一樣？」

「不一樣，但防風邶離家出走時還未成年，相貌有些出入很正常，他還在極北之地凍傷了臉，請醫師修補過。」

小夭終於釋然，笑了出來，「他們都說你有九張真容，八十一個化身，是真的嗎？」

防風邶掃了一眼林間，不悅地皺了皺眉頭，對小夭勾勾手指。

小夭又驚又怕，捂住自己的脖子，「我又沒有說你壞話！我只是好奇地問問。」

防風邶瞇著眼睛，冷冷地問：「妳自己過來，還是我過去？」

小夭不敢廢話了，慢慢靠近防風邶。防風邶漸漸俯下頭，她縮著下頷，雙手捂著脖子，嘟囔著哀求：「要咬就咬胳膊。」

防風邶卻只是在她耳畔低聲說：「有個人躲在那邊偷窺我們。」

小夭一下子怒了，壓著聲音質問：「你居然也不管？」

防風邶笑笑地說：「提醒妳一下，我是庶子，凡事不好強出頭。」防風邶把一個冰霜凝結成的箭頭放在小夭手裡，「王姬，讓我看看妳箭術的準頭練習得如何了。」

小夭低聲問：「人在哪裡？」

防風邶握著小夭的手，對準林中的一個方向，「那裡。」

小夭靜氣凝神，把箭頭投擲出去，一個人影閃了一下，從樹林內走出。

竟然是璟！

小夭忙問：「打到你了嗎？我不知道是你。」

「沒有。」

璟把箭頭遞給防風邶，防風邶接過，似笑非笑地說：「怎麼只剩你一人，沒有陪我妹妹去玩嗎？」

小夭已經明白自己被防風邶戲弄了，氣惱地叫：「防風邶！」

防風邶看著她，笑咪咪地問：「叫我做什麼？」

小夭無語，只覺他現在是又無賴又狡詐又惡毒，簡直把防風邶和相柳的缺點匯聚一身。她能做什麼？只能指望下次他受傷時，再收拾他了！

小夭轉身就走，連縱帶躍，恨不得趕緊遠離這個死妖怪。

璟下意識地想跟過去，剛走幾步，防風邶就笑咪咪地追上來，拍拍他的肩膀，回頭指著另一個方向說：「我剛才好像看到妹妹在那邊，正四處找你。」

璟不得不停住腳步，看著防風邶和小夭一起消失在草木間。

小夭瞪著防風邶，譏嘲道：「欺負老實人好玩吧？」

塗山璟老實？防風邶挑挑眉頭，「沒有欺負妳好玩。」

小夭苦笑，又不甘於認輸，說道：「來日方長，咱倆誰欺負誰、誰逗誰，還得走著瞧。」

防風邶嘲諷：「不錯，當上王姬果然膽氣壯了。」

小夭停住腳步，四處打量，這個迷宮果然不簡單，難怪能困住豐隆和馨悅一整天。

小夭看防風邶，「怎麼出去？」

防風邶笑道：「這個迷宮裡現在可是有很多熱鬧可以看，妳不去看看嗎？」

「不看！」

防風邶領著小夭往外走，「將來不要後悔。」

小夭冷哼。

迷宮外，眾人正在飲酒玩樂。

順著九曲十八彎的溪流，有人坐在花木下，有人坐在青石上，有人倚著欄杆，有一人獨坐，有兩人對弈，有三人清談……婢女在溪流上游放下裝滿酒的螺杯，擊鼓而奏，螺杯順流而飄，鼓聲停下時，螺杯飄到哪裡，誰就取了酒喝，或撫琴、或吟詩、或者變個小法術，只為博眾人一笑。

既散漫隨意，各自成樂，卻又彼此比試，眾人同樂，小夭看了一會，笑道：「馨悅還真是個會玩的。」

此時，鼓聲恰停了，眾人都看向螺杯，螺杯緩緩地飄到了防風邶和小夭面前。

小夭趕緊往後縮，小聲說：「我除了會做毒藥，什麼都不會。」

防風邶嗤笑，拿起螺杯，飲完酒，懶洋洋地站起，對眾人翩然行了一禮，「變個小法術吧！」

防風邶對小夭指指溪水邊，「站那裡。」

眾目睽睽下，小夭僵硬地站過去。

防風邶摘下一朵白色的玉簪花，將花瓣灑到小夭身上，小夭冷著臉，低聲說：「你要敢耍我，我和你沒完！」

話剛說完，那些白色的花瓣化作了水漬，在小夭衣服上暈染開，將一件梔黃的衣衫染成了白色，小夭臨水而立，皎皎婷婷。

有少女笑問：「還能換顏色嗎？」

防風邶問：「妳想要什麼顏色？」

少女把身旁的紫羅蘭花摘了兩朵，用靈力送到防風邶面前，防風邶撕下花瓣，灑到小夭的衣衫上，紫藍色的花瓣化作水滴，漸漸地暈染，將白色的衣衫變作一套紫羅蘭色的衣裙。

眾人看得好玩，尤其愛美的少女都笑著鼓掌。不知何時，馨悅、顓頊、豐隆、璟、篌、意映都站在了溪水邊，也笑著鼓掌。

防風邶又用綠色的綠萼花瓣變了一套綠色衣裙，他看小夭手握成了拳頭，強忍著不耐，笑對眾人道：「到此為止。」

豐隆將一枝紅色的蜀葵花送到防風邶面前，「再變一套紅色吧！」雖然剛才小夭穿的各色衣衫都好看，可也許因為小夭第一面給他的印象太深刻，他總覺得，紅色衣衫的小夭妖嬈得讓人心驚，可小夭好像不喜紅色，自祭拜大典後，再未穿過。

防風邶笑：「壽星的要求，那就再變最後一套。」他把紅色的蜀葵花瓣拋灑到小夭身上，綠色的衣衫漸漸地變作了紅色。

小夭的忍耐已經到了極限，一絲笑意都沒有，可又不好缺了禮數，她張開雙臂，轉了一圈，對豐隆遙遙行了一禮，示意遊戲已經結束，轉身離開。

一聲短促的尖叫突然響起，一個少女緊緊地捂住嘴巴，臉色煞白地看著小夭。一個坐在樹下的少年緩緩站起，陰沉地盯著小夭。

雖然當年，他們還年紀幼小，可是那噩夢般的一幕幕，他們永遠不會忘記。那個滅了他們全族的惡魔也是穿著一襲紅衣，也是有一雙好像什麼都不會放在眼裡的雙眸，面對著父兄們的哭泣乞求，只是冷漠不耐地眺望著遠處。

小夭不在意地看了一眼驚叫的少女，那少女立即低下頭，迴避了小夭的視線，身子無法抑制地在顫抖，只是隔著花影，沒有人留意到。

小夭和防風邶回了屋子，豐隆和顓頊他們也都跟了進來。

馨悅和意映圍到防風邶身邊，馨悅軟語相求：「好二哥，把你的法術教給我吧！」

防風邶笑著指指小夭，「只是一時，學去也沒用。」

果然，小夭衣衫上的紅色在褪去，露出了本來的梔黃色。馨悅和意映嘆氣，居然連半個時辰都堅持不了，真的是學會了也沒用。

婢女端了糕點進來，小夭正好覺得餓了，取了些糕點。

豐隆和顓頊坐到棋榻上下棋，馨悅坐在豐隆的身旁觀戰，小夭端著一碟糕點，坐到顓頊身旁，一邊吃糕點，一邊看。

意映過來湊熱鬧，靠近馨悅而坐，璟一瘸一拐地走了過來，坐到意映旁邊，恰挨著小夭。

意映看了一眼璟，滿是鄙夷嫌惡，一閃而過，眾人都沒發現，卻恰恰落在小夭眼內。這一剎那，她頓覺比自己被鄙夷嫌惡了都難受。

意映好像連和璟坐在一起都難以忍受，盈盈笑著站起身，去拿了杯酒，倚靠到榻上，和歪在榻上喝酒的防風邶、篌小聲說著話。

小夭挑了幾塊糕點，連著碟子遞給璟，笑咪咪地說：「很好吃的。」

璟不明白為什麼小夭突然對他格外溫柔，但從心裡透出歡喜來，接過糕點，抿著唇角笑。

小夭忽然覺得很不舒服，就好像有一條毒蛇在盯著她。她抬起頭，發現窗外有個少年看著她。少年看到小夭察覺，笑著點了下頭，走開了。

小夭說：「那個人剛才看著我，他是誰？」

年輕男子看美麗的女子再正常不過，幾人都沒在意。馨悅笑嘻嘻地說：「那是沐氏的一位表兄。沐氏很可憐，當年也是中原有名望的氏族之一，可是因為和蚩尤不合，被蚩尤抄家滅族，只有他一人逃出來。」

豐隆落下一子，接道：「被蚩尤抄家滅族的可不止沐氏一族，中原恨蚩尤的人一大堆，所以蚩尤雖是神農國的大將軍，可他戰死後，中原的氏族幾乎都拍手稱慶。」

馨悅道：「怨不得別人恨他，誰叫蚩尤那魔頭造了太多殺孽！」

防風邶突然插嘴道：「這天下誰都能罵蚩尤，唯獨神農氏的人不該罵蚩尤。」

馨悅不高興，盯向防風邶，防風邶依舊是懶洋洋無所謂的樣子，搖著酒杯，淡淡地說：「妳若不服氣，不妨去問問妳爹。」

本來不是什麼大不了的事，可因為顓頊在，馨悅覺得防風邶在情郎面前落了她的面子，不禁真動了怒，再加上之前的怨氣，便對意映說：「防風小姐，管好妳哥哥，說話做事前都先掂量一下自己的身分。」

意映心中惱怒馨悅瞧不起防風氏，面上笑容不減，給了馨悅一個軟釘子，「我這十來年一直住在青丘，幫奶奶打理生意，哪裡管得動防風家的事？妳若想管，自個去管！」

馨悅氣得笑起來，反唇相譏，「人還沒真進塗山氏的門呢！別話裡話外處處以塗山氏族長夫人自居！就算妳……」

「馨悅！」璟溫和卻不失強硬地打斷了馨悅的話。

小夭忙揀了塊糕點給馨悅，「這個可甜了，妳嘗嘗。」

馨悅正在氣頭上，冷著臉，沒有接。

顓頊道：「妳嘗嘗可好吃，若好吃，麻煩妳給我和豐隆也拿些，如果有瓜果，也拿一些。」

馨悅這才臉色緩和，接過小夭的糕點，帶著婢女出了門，去拿瓜果。

豐隆站起身，對意映行禮道歉，「妳千萬別往心裡去，馨悅被我娘慣壞了。」

意映滿心恨怨，她哪裡都不比馨悅差，可因為馨悅是神農氏，她就要處處讓著馨悅，而豐隆的道歉也不是真在意她的反應，完全是為了塗山璟。塗山璟又哪裡好了？一個軟弱的廢物，只因為他是塗山氏未來的族長，人人都得讓著他！一切都是因為身分！

意映細聲細語地說：「怨不得馨悅，是我自己輕狂了！」

豐隆看意映的氣還沒消，再次作揖行禮。

畢竟是未來的赤水族長，已經給足面子，意映站起，回禮道：「自家姊妹，偶爾拌幾句嘴，實屬正常，我再小氣，也不至於往心裡去！」

待馨悅拿著瓜果回來時，馨悅和意映都已經冷靜下來，說說笑笑的好像什麼事都沒有發生。

顓頊和豐隆一盤棋還沒有下完，就到了晚飯時間。

顓頊趁眾人不注意，悄悄對小夭說：「我和豐隆有事商量，待會妳和馨悅待一起，不要亂跑，我談完了事，會派人去接妳。」

小夭點點頭，乖乖地跟在馨悅身邊。

等她們用完飯，顓頊那邊也談完了事情。

馨悅親自送小夭到門口，看著她和顓頊乘上雲輦，才離開。

第十九章

人心如海深

她凝視著遠處的人形靶子，眼中盡是凜凜殺氣，
緊閉的唇壓抑著滿腔恨怨，就好像她箭頭瞄準的不是木頭人靶子，
而是一個真正讓她憎惡的人。

小夭的生活好像又恢復了在軒轅城時的日子，早上練習箭術，下午煉製毒藥，每日都安排得滿滿當當。

隔上幾日，她會去找防風邶學習箭術，一起去軹邑、澤州遊玩。防風邶不愧是吃喝玩樂了四百年的浪蕩子，對軹邑和澤州依舊很熟，每個犄角旮旯有什麼好吃的、好玩的，他都能翻出來。兩人結伴，享受著生活中瑣碎簡單的快樂。

軹邑、澤州距離五神山和軒轅山都很遠，不管是俊帝還是黃帝，都顯得有些遙遠。見過小夭真容的人很少，只要穿上中原服飾，把膚色塗抹得黯淡一些，再用脂粉掩去桃花胎記，就變成了一個容貌還不錯的普通少女。

和防風邶在一起時，小夭常常忘記了自己的身分，有時她甚至覺得她仍舊是玟小六，不過穿了女裝而已。

小夭知道防風邶就是相柳，可也許因為這裡不是戰場，不管再冷酷的殺神，脫下戰袍後依舊過的是普通人的日子，所以，他只是一個沒什麼出息的庶子。

一個無權無勢的庶子，一個靈力低微的普通少女，毫不引人注意。

兩人走在街上，碰到貴族的車輦，會讓路；被喝斥了，就溫順地低下頭；被濺汙了衣服，就拿帕子擦。

自從小夭恢復王姬身分，再沒缺過錢，第一次碰到防風邶的錢不夠時，她自然而然地想付錢，防風邶的臉色剎那間冷了，嚇得小夭趕緊把掏出的錢袋又收了回去。他一言不發地走出去，一會後拿著錢回來，應該是把什麼隨身的東西抵押或者賣掉了。

走出鋪子後，防風邶很嚴肅地對小夭說：「付錢是男人的事，妳以後別瞎摻和！」

看著防風邶的臉色，小夭不敢笑，只能面色嚴肅，默不作聲地忍著。可那一夜，紫金宮內不時就會傳出小夭的大笑聲，她邊捶榻邊滾來滾去地笑，笑得肚子都痛。

自那之後，小夭就明白，不管錢多錢少，只能邶有多少花多少。兩人去吃飯，邶有錢時，他們就去好館子，沒錢時，兩人就吃路邊攤。

有一次吃完中飯，邶身上只剩了兩枚幣，沒有辦法，兩人只好先去賭場轉一圈，才籌夠了下午的開銷。賭場的人見到防風邶，臉色很不好看，顯然防風邶不是第一次到賭場打秋風，不過幸虧他有錢時，出手大方，也知道輸一些，才不至於被趕出去。

小夭漸漸明白了相柳的意思，他沒有假扮防風邶，他只是在做自己。於他而言，防風邶像一份有很多自由、不用天天上工的差事，他為防風家做事，防風家給他發工錢，工錢不夠花時，他會去撈撈偏門。至於相柳於他而言算什麼，小夭就不知道了，也不敢問。

璟每隔三四日來神農山看一次小夭。

神農山很大，有太多地方玩，除了看守宮殿的侍女、侍衛，再沒有人居住，十分清靜。有時候他們在山間徜徉，有時候他們去水邊遊玩，有時候哪裡都不去，兩人在草凹嶺的茅屋裡待著。

紫金宮外就長了不少槿樹，小夭常常摘了槿樹葉，為璟洗頭。

她把葉片泡在清水裡揉出泡沫，用水瓢把含著泡沫的水，一點點澆到璟的頭髮上。璟的頭髮十分好，比絲緞還光滑柔軟，小夭喜歡手指滑過他頭髮的感覺。

也許因為她與璟的相識，就是她照顧他，因此小夭很習慣於照顧璟。有時候，小夭想起第一次給璟洗頭的情形，覺得恍如做夢，那個髮如枯草的人真是現在這個人嗎？

她甚至想解開他的衣袍，查看一下他身體上是否真有那些醜陋可怖的傷痕。可她不是玟小六，他也不是葉十七，她不敢。

小夭從不隱瞞自己的行蹤，璟知道小夭常去見防風邶，卻什麼都沒問。

其實，心底深處，小夭希望璟問，可也許因為璟覺得自己還沒有資格干涉小夭，什麼都沒問，他甚至從沒有提起過防風邶和相柳的相似，不知道是他調查過沒懷疑，還是他覺得壓根不重要。

既然璟不提，小夭也就什麼都沒解釋。

就這樣，平平靜靜地過了一年。

經過四年的練習，小夭的箭術已有小成，原來的弓箭不再適用。防風邶帶小夭去塗山氏開的兵器鋪子選購新的弓箭。

小夭知道好的兵器價值不菲，如果想讓店家拿出來給他們看，自然不能穿得太寒酸，特意穿了一套好布料的衣衫。

防風邶讓夥計把所有金天氏打造的弓箭都拿出來，夥計聽他們口氣不小，悄悄打量了一番防風邶和小夭，把他們領進能試用兵器的後院。

小夭拿起弓，一把一把地試用，仔細感受著每一把弓的不同。一張紅色的弓，小夭拉了一次沒有拉開，她覺得不適合自己用，放到了一邊。

防風邶卻拿了起來，遞給她，「再試一次。」

小夭兩腳站穩，對準遠處的人形靶子，凝神再拉，依舊沒有拉開。

防風邶走到她身後，握住她的手，輕輕牽引了她一下，小夭拉開了弓。

小夭射出箭矢，正中木頭人的胸口。

小夭驚喜地說：「就這把弓。」

「二哥、小夭。」意映笑叫。

小夭回頭，看到璟和意映走了過來。雖然璟一直知道小夭和防風邶常見面，可這是第一次大家狹路相逢。小夭沒覺得有什麼，坦然地笑了笑，瞟看了一眼小夭和防風邶，安靜地站在一旁。

意映好笑地看著幾乎半摟著小夭的邶，「我們也來買兵器，沒想到能碰到你們，二哥是要教小夭學射箭嗎？」

邶鬆開了小夭的手，漫不經心地說：「是啊！」

意映瞅著邶和小夭，笑得十分曖昧。小夭明白她的想法，因為四年前，她也是這想法，認為教授箭術只是邶接近女子的手段。

意映看到案上的弓箭，隨手拿起一把弓，拉了拉，讚道：「不愧是金天氏鑄造的兵器，對得起它們的天價！」

小夭忽然想起洞穿顓頊胸口的那一箭，笑道：「一直聽聞妳箭術高超，在我眼中，邶已經很厲害，可他都說自己的箭術不如妳，今日可能讓我開開眼界？」

意映盯著假山上的木頭人靶子半晌沒說話，小夭正要自己找臺階下，意映抿著唇笑了笑，說道：「有何不可呢？」

她拿起一支箭，緩緩拉滿了弓。剎那間，意映整個人的氣質截然不同，她凝視著遠處的人形靶子，眼中盡是凜凜殺氣，緊閉的唇壓抑著滿腔恨怨，就好像她箭頭瞄準的不是木頭人靶子，而是一個真正讓她憎惡的人。

嗖一聲，箭離弦，貫穿了木頭人的咽喉。小夭都沒看到意映拿箭，又是快若閃電的兩箭，貫穿了木頭人的兩隻眼睛。意映姿勢未改，只唇角透出一絲發洩後的冷酷笑意。

一瞬後，她才身體鬆弛，恢復了嬌弱的拂柳之姿，笑道：「獻醜了。」

小夭的身子有點發冷，卻笑得明媚燦爛，鼓掌喝彩，一派天真地對邶說：「你可要好好教我，我也要像意映一樣厲害。」

意映看著小夭，眼中不屑一閃而逝。邶倚著廊柱，懶洋洋地說：「這箭法妳永遠學不會。」

意映笑嗔道：「二哥，哪裡有徒弟還沒洩氣，師父就先打退堂鼓的呢？好好教王姬！」

意映挑選的兩把匕首送了過來，她確認無誤後，夥計把匕首放回禮盒，仔細包好。

夥計當然不可能知道璟和意映的身分，卻非常有眼色地捧給了璟，等著璟付帳。

意映一邊隨意打量陳列出的兵器，一邊漫不經心地說：「璟，麻煩你幫二哥把弓箭的錢一起付了吧！」

那種理所當然一下子讓小夭很不舒服。小夭也不知道為什麼，反正就是覺得這一刻任何一個男人都可以為她付帳，唯獨璟不行！

小夭從夥計手裡拿過包好的弓箭，塞進邶懷裡，帶著點撒嬌，笑咪咪地說：「如果是璟公子付錢的話，那不就成璟公子送我的嗎？」

邶盯著小夭，眼神很冷。

小夭咬著唇，慢慢地低下了頭。相柳不是任何一個男人，她犯大錯了！

邶的眼神依舊冷著，唇邊卻帶著笑意，掏出錢付帳，對璟和意映抱歉地說：「心意我領了，不過這是我要送給小夭的弓箭，自然不能讓你們付錢。」

意映笑起來，和小夭道歉：「真是不好意思，是我太粗心了。」

邶對璟和意映說：「你們慢慢逛，我們先走了。」
小夭跟在邶身後，亦步亦趨。
邶把弓箭扔給小夭，冷冷地說：「把錢還給我。」
小夭掏出錢袋，邶一文不少、一文不多地拿走了剛才買弓的錢。
街角有兩個乞丐在乞討，防風邶把剛從小夭手裡拿來的錢，放在了他們面前，兩個乞丐的眼睛驚駭地瞪大。
邶微微一笑，「贈給你們。」說完，揚長而去。
他看似步履從容，卻很快就消失不見，顯然沒打算再理會小夭。
小夭看著那兩個興高采烈、抱頭痛哭的乞丐，清楚地明白了相柳的意思。

晚上，九尾小白狐來找小夭，小夭用被子蒙住頭，沒有理它。
過了很久，小夭從被子裡探出腦袋，小白狐依舊守在榻旁。它歪著腦袋，黑溜溜的眼睛專注地盯著小夭，好像不明白小夭為什麼要和它玩捉迷藏。
小夭對它說：「走開！」它眨巴眨巴眼睛，也不知道聽懂沒有。
小夭揮手趕它，可它根本沒有實體，小夭的手從它的身體中穿過，它依舊搖晃著九條蓬鬆的尾巴，乖巧地看著小夭。

小夭吞了顆藥丸，背對著它呼呼大睡。

清晨，小夭醒來，迷迷糊糊地翻了個身，一睜眼，小白狐仍蹲在榻頭沒有離去，捧著小爪子專注地看著她。

小夭呻吟，「你怎麼還在？」

因為它的存在，小夭都不敢出屋子，只叫了珊瑚一人進來服侍。

珊瑚看到小白狐，伸手去抱，卻從小白狐的身體中穿過，原來是個虛體，「這是什麼法術變出的九尾白狐，真是太可愛了！」

小夭起身洗漱、吃早飯，小白狐亦步亦趨地跟著她。

一整天，不管小夭做什麼，小白狐都跟著她，小夭被黏得徹底沒了脾氣。

晚上，小夭和九尾小白狐面對面而坐。

小夭雙手捧著頭，在犯愁。一夜一日小白狐都沒離開，璟那個傻子不會一直在草凹嶺傻等吧？小夭有點賭氣地想：如果我一直不出現，難道你真能永遠等下去？這世上，誰都不能等誰一輩子！

九尾小白狐兩隻小小的爪子捧著尖尖的狐狸臉，一雙黑溜溜的大眼睛專注地看著小夭，好像也很犯愁。

顓頊的聲音突然傳來，「小夭！」

珊瑚應道：「王姬在裡面。」

小白狐好像很清楚它不能得罪顓頊，癟著嘴哀怨地看了小夭一眼，搖搖九條尾巴，噗哧一聲，煙消雲散。

顓頊快步走了進來，小夭問道：「怎麼了？」

顓頊說：「今日，璟和意映去參加朋友的宴席，從朋友家出來時，遇刺。」

小夭跳了起來，心慌地問：「他、他……怎麼樣？」

顓頊扶住小夭，說道：「傷勢應該很嚴重，我收到的消息是兩柄浸毒的長槍刺中了璟的要害，塗山氏封鎖了消息，目前還不知道璟的生死，我已經拜託豐隆去查探……」

小夭推開顓頊的手，跌跌撞撞地往外跑，顓頊急問道：「小夭，妳去哪裡？」

「我去找璟。」

顓頊抓住了她，「就算妳趕到青丘，也見不到他，不如等豐隆……」

小夭說：「我不去青丘，我想去的地方就在神農山。」

顓頊看到小夭急切的神色，立即召來坐騎，「我帶妳去。」

在小夭的指引下，顓頊驅策坐騎，飛到了草凹嶺。

山嵐霧靄中，璟站在茅屋的門口，一動不動，好像變成了一根柱子。

小夭鬆了口氣，半喜半嗔，罵道：「真是個傻子！」

顓頊詫異地說：「是璟？」

未等坐騎停穩，小夭已飛快地衝了過去。

璟看到小夭，恢復了幾分生氣，衝著小夭笑，「妳來了！」

在山嵐霧靄中站得太久，璟的袍襬濕漉漉，鬢角都凝著露珠，小夭不禁又是氣又是笑，捶了璟幾下，「你個傻子，嚇死我了！」

顓頊想起璟為他鍛造的那個能以假亂真的傀儡，明白過來，問道：「你一直在神農山？外面的那個璟是你的傀儡？」

璟道：「昨日下午我進山後，就沒出去。本來今天要去一個朋友家赴宴，但我沒見到小夭，就讓傀儡去了。」

顓頊一時間辨不清心中滋味，璟活著對他有百利而無一害，剛聽到璟遇刺的消息時，他明明很不高興，這會看到璟活著，他卻也高興不起來。顓頊笑道：「你平安就好，快快回去吧！你的傀儡受了重傷，青丘都亂成一鍋粥了。」

小夭央求道：「哥哥，我想和璟單獨待一會，就一會。」

顓頊笑了笑，轉身就上了坐騎，「我先回去，待會讓瀟瀟來接妳。」

小夭看顓頊的身影消失在雲霧中，轉過身看著璟。

璟猛然抱住小夭，他身上的涼意一下子浸沒了小夭。小夭抱住他，輕撫著他的背，像是要讓他暖和起來。

經歷了一場驚嚇，小夭也沒心思鬧彆扭了，低聲道，「我不來見你，不是因為我心裡有了別人，只是因為我不高興了。你說你會取消婚約，兵器鋪裡的事，算什麼？」

「一個朋友邀請我和意映去作客，朋友喜歡收集匕首，我打算來買兩把匕首，半路上遇到意映，她硬跟了過來。」

「你究竟有沒有正式和意映提出取消婚約的事？」

璟說道：「意映明明對我越來越冷淡，我本打算找個機會，和她商量一下取消婚約的事，可上次豐隆生辰，從小祝融府回去後，她突然轉變了態度，不但對我分外殷勤，還對奶奶說她常常被人嘲笑，暗示奶奶應該儘快舉行婚禮。奶奶本來就覺得對不起她，看她實在可憐，竟然反過來勸我，讓我給意映一個名分，說就算我喜歡其他姑娘，大不了都娶回家。」

小夭用力推了璟一下，「你做夢！」

璟忙抓住她，「我當然沒有答應奶奶了！我看沒有辦法說服奶奶，就去找意映。只要她同意退婚，奶奶也沒有辦法。我告訴意映，已經有意中人，想取消我們的婚約，不管她要求什麼補償，我都會做到。可意映竟然說，她不介意我多娶幾個女人。」

小夭笑起來，「真沒想到，意映竟然如此大度！我看你就娶她算了，日後就可妻妾成群，享盡風流！」

璟痛苦地說：「小夭，妳別譏嘲了！難道妳不明白嗎？正因為她壓根對我無意，才什麼都不介意，她想要的只是塗山氏族長夫人的身分！」

小夭斂了笑意，問道：「後來呢？」

「意映知道了我想取消婚約，跑去奶奶面前大哭一場，說當年父親想要退婚，她穿著嫁衣私自跑來青丘時，就沒想過再離開青丘，如果璟非要趕她走，她只能一死了之，還說什麼她知道自己不夠好，願意和其他妹妹一起服侍夫君、孝敬奶奶……奶奶現在覺得我在無理取鬧，根本沒有必要退婚，意映能幹大度、溫柔賢慧，她完全幫著意映。」

小夭說：「你就和她們僵持住了？」

璟無奈地點了點頭，「我沒有辦法取消婚約，她們也沒有辦法逼我迎娶意映。」

小夭嘆了口氣。果然如顓頊所說，璟想退婚，並不容易。

璟道：「小夭，妳別生氣！給我一些時間，我一定會想到法子解決。」

瀟瀟駕馭坐騎，從懸崖旁一掠而過，顯然在催促小夭，應該回去了。

小夭說道：「我承諾了等你十五年，只要你沒娶親，我就會做到。意映的事先不要緊，聽哥哥說，這次有十幾個刺客襲擊你，你覺得會是誰？是篌嗎？」

「能在青丘刺殺我，只能是他，可……」璟蹙眉，「大哥不是這麼沉不住氣的人，怎麼會突然出此昏招？我回來後，他一直很謹慎，幾次動手都很隱密，讓人抓不住一點錯處。今日究竟受了什麼刺激，突然不惜一切代價想要殺死我？難道不是大哥？」

小夭說道：「不管是不是他，反正有人敢光天化日下在青丘行刺你，你仔細想想如何保護好自己吧！我當年花費了那麼多心血救你，不是讓你去送死！」

「妳放心，我雖然不想殺大哥，可也絕不會再讓大哥來傷我。他這次鬧得這麼難看，我正好趁機徹查，把他在族中經營的勢力壓制下去，這樣也防止塗山氏再有人給顓頊添亂。」

小夭說：「反正你一切小心。」

璟說：「我知道。」

瀟瀟又飛了過來，小夭說：「我走了，再不回去，顓頊該生氣了。」

小夭招手讓瀟瀟落下，躍上了坐騎。

璟目送著她，直至身影全無，才依依不捨地離開了。

第二日，小夭從顓頊那裡知道，這次刺殺布置周密、來勢洶洶，如果不是璟恰好用了傀儡，很難說能否逃生。

幾日後，塗山氏傳出消息，璟已無生命危險，但究竟是誰刺殺璟，卻一直沒查出眉目，成了一段無頭公案。

私下，只有篌和璟兩人時，篌張狂地承認了是他派人去刺殺璟，讓璟來找他算帳。

璟依舊狠不下心除掉篌，不過，他開始翦除篌的羽翼。

隨著清查刺客，塗山氏的不少鋪子都換了主管，這場風波持續了三個多月才慢慢平息。

塗山氏的商鋪遍布中原，從男人用的兵器到女人用的脂粉，什麼生意都做。篌支持蒼林和禹陽，自從顓頊來到中原，塗山氏的人一直在監視和打壓顓頊。

這次璟出手，顓頊和豐隆的壓力大大減輕。

豐隆悄悄來神農山時，大笑著對顓頊說：「刺殺得好！往日看著篌不算個笨蛋，怎麼這次走了這麼昏的一招，完全不像他的行事風格，簡直像個氣急敗壞的女人突然發了瘋。」

顓頊笑道：「你就會事後叫好！當時聽聞璟出事時，你怎麼不這麼說？公然刺殺這招雖然走得有些急，卻是最狠毒有效的一招，一旦成功，篌不僅剷除了璟，還可以像璟如今一樣，以追查凶手的名義，把璟的所有勢力連根拔除，乾淨俐落地掌控塗山氏。」

小夭聽到豐隆和顓頊的對話，心裡一動，眼前浮現出那日在兵器鋪子，防風意映挽弓射箭的畫面。可仔細分析，璟若死了，篌會繼任族長，就算防風意映願意捧著靈位成婚，她也只能在冷清院落裡守節終老，得不到一絲好處。只有璟活著，意映才能當族長夫人，才能得到她想要的一切。

小夭搖搖頭，不可能是意映！

小夭暗責自己，不能因為璟，就把意映往壞處想。意映對璟雖無男女之情，可她和璟休戚相關，無論如何，也不至於想殺璟。

紫金頂，陽光明媚的早上。

小夭守在火爐前，臉頰發紅，額頭有細密的汗珠。

她看時間差不多了，戴上手套，打開鍋蓋，將模具取出，全部放入冰水裡冰著。待模具裡的汁液凝固，她將模具倒扣，一個個凝結好的東西擺在案上，有的粉紅，有的翠綠，有的嫩黃。

顓頊悄悄走進「煉藥室」，看小夭在凝神做事，他未出聲叫她，站在屋角，靜靜地看著。案上的東西色澤晶瑩，卻形狀怪異，有的像撕裂的花瓣，有的像半片葉子，實在看不出是什麼東西。

小夭拿出一個長方形的琉璃盤，上下兩端和左右兩側是黑灰色，中間是白色，猶如一幅攤開的卷軸畫，只是白色的畫布上還什麼都沒有繪製。

小夭用小刷子蘸了透明的汁液，把雪白的盤子刷了一遍。

小夭洗乾淨手，把手放在冰水裡浸了一會，用雪白的布擦乾淨。她一手拿起剛才用模具凝結的東西，一手拿著小刻刀，一邊雕刻，一邊把東西輕輕放到白色的琉璃盤上，就好像在白色的畫布上繪畫。

顓頊很是好奇，輕輕走到了小夭身後。只看小夭細長的手指靈巧地忙碌著，漸漸地，白色的托盤上，生出了綠色的荷葉，葉上的露珠好像馬上就要滾落，粉色的荷花也長了出來，嫩黃的花蕊若隱若現，剛結的蓮蓬嬌羞地躲著，兩條鯉魚在花間戲水。

不知不覺一上午過去，一幅錦鯉戲蓮圖出現，除了沒有聲音，連荷的清香都是有的。

小夭仔細看了看，滿意地笑起來。

顓頊鼓掌，讚道：「色香味俱全，看得我都想吃一口。」

小夭做了個鬼臉，笑道：「全是毒藥。」

顓頊搖頭，「也不知妳這是什麼癖好，竟然想到把毒藥當成美食去做，妳的煉藥室完全就像個廚房。」

小夭小心翼翼地把卷軸琉璃盤端起，放入一個精美的木盒，再把盒子蓋上，用白綢包好。

顓頊詫異地說：「妳不會把這東西送人吧？」

小夭笑笑，「秘密。」

顓頊嘆氣，「真不知道妳是喜歡此人還是憎惡此人。」

忙了一上午，腰痠背痛，小夭一邊捶著腰，一邊問道：「你怎麼有空來看我做藥？」

顓頊說：「我有事和妳商量。」

小夭收了嬉笑的表情，「你說。」

「豐隆約了妳好幾次，妳都推掉了？」

「嗯。」小夭眼珠子轉了轉，歪著頭問：「你希望我答應？」

顓頊點了下頭，小夭不解，「不是有馨悅嗎？你們若決定了要向天下宣布結盟，你娶馨悅不就行了！」

「馨悅是馨悅，她是神農氏。豐隆是豐隆，他是未來的赤水氏族長。妳則是妳，俊帝和黃帝的血脈。」

小夭蹙眉，「你不會是希望我嫁給豐隆吧？」

「豐隆有什麼不好呢？」顓頊倒是真的不解，塗山璟有婚約，防風邶浪蕩不羈，豐隆和他們比起來，好了太多，要人有人，要才有才，要家世有家世，小夭卻寧可和防風邶去荒山看野花，也不願和豐隆去神山賞名卉。

小夭乾笑兩聲，「如果我說出來，你先保證不會揍我。」

顓頊無奈，「看來不會是好話，好吧，我保證不會揍妳。」

小夭笑嘻嘻地說：「豐隆沒有什麼不好，只是他有點像你，凡事算得太清楚。他想見我，並不是說我在他心裡有多好，不過是他把身邊的所有女子比較了一番，覺得我最適合做他的夫人。」

顓頊舉起拳頭，作勢要捶小夭，「因為像我，妳就不要？」

小夭閃躲，「說好了不揍人的。」

顓頊還是敲了小夭的頭一下，「身在他那位置，不可能不計較。雖然有比較衡量，但不見得沒有真情實意。」

小夭不滿地瞅著顓頊，「你真要幫豐隆啊？你到底是我哥哥，還是他哥哥？」

顓頊嘆了口氣，「我當然是妳哥哥，如果妳真不喜歡他，我不會勉強，我也勉強不了。但妳就算是給我幾分面子，好歹和豐隆接觸一下。馨悅為了這事，已經拜託我好幾次，豐隆骨子裡還是有些傲氣，不好意思明說，但顯然也是希望我幫忙撮合。」

小夭思索了一瞬，問道：「你在中原是不是離不開豐隆的支持？」

顓頊點了下頭，把小夭拉到懷裡，在她耳邊低聲說：「我在秘密練兵。」

小夭一時間屏住了呼吸。

修建宮殿，必然需要大量錢財，材料由塗山氏提供，價格可以作假，人工也可以作假，養兵的錢解決了。工匠進進出出，徵募的士兵自然可以進入神農山，神農山連綿千里，藉助陣法，藏兵沒有絲毫問題。有了豐隆的幫助，在中原可以神不知鬼不覺地徵募士兵，不過以顓頊的性子，必然不會完全依賴豐隆。

細細想去，一切都解決了，可是如果、如果被外公知道了……是死罪！

小夭看著顓頊，顓頊笑了笑，眼中是義無反顧的決然。

顓頊道：「四世家的族規傳承了數萬年，要求子孫明哲保身，不得參與任何爭鬥，也許適合璟那樣的人，卻束縛住了豐隆的手腳，豐隆早已不耐煩聽老頑固們的訓斥。我是離不開豐隆，不過，豐隆也離不開我。只有明君，沒有能臣，霸業難成；沒有明君，能臣再有才，也只能埋沒。只有明君和能臣互相輔助，才能成就千秋霸業，萬載聲名。」

小夭說：「我會把豐隆看作朋友，見面、說話、一起玩都可以，但我肯定不會嫁他。」

顓頊笑道：「這就夠了。至於以後的事，誰都說不準，順其自然吧！」

小夭笑說：「那我過幾日去找豐隆玩。」

顓頊輕輕咳嗽了兩聲，尷尬地說：「馨悅邀請妳去小祝融府住一段日子。」也不知是豐隆的意思，還是馨悅另有打算，在撮合豐隆和小夭這事上，馨悅不遺餘力。小夭問：「顓頊，你真的會娶馨悅嗎？」

顓頊邊思索邊說：「看她的意思！如果她願意嫁，我會娶，畢竟她是神農王族的後裔，娶了她，對所有的中原氏族來說，無疑是一顆定心丸。統御天下需要剛柔並濟，剛是要有絕對的力量去征服一切，柔卻就是這些看似無聊、實際非常必要的手段。」

小夭嘆了口氣，「既然是未來嫂嫂的邀請，那我去吧，得趁早搞好姑嫂關係。」

顓頊凝視著小夭，眼神非常複雜。

小夭納悶地問：「我說錯什麼話了嗎？」

顓頊垂下了眼眸，笑道：「早知道妳會為這個理由答應，我廢話那麼多幹嘛？為了說服妳，連自己的秘密都交代了。」

「後悔也晚了！我這會要出去一趟，先讓珊瑚幫我收拾衣物，明天就搬去馨悅那裡。」小夭推著顓頊往外走，「我這『廚房』裡到處都是毒，我不在的時候，你千萬別進來。」

歌舞坊內，舞伎在輕歌曼舞。

小夭陪著笑臉，把白綢包著的大盒子放在防風邶面前。

邶掃了一眼，漫不經心地問：「什麼玩意？」

小夭說：「你打開看看。」

邶搖晃著酒樽，說道：「我在喝酒。」

小夭握拳，忍、忍、忍！她鬆開了拳頭，把包好的白綢解開。

小夭說：「打開蓋子。」

邶依舊沒有興趣伸手，一邊啜著酒，一邊看舞伎跳舞。

小夭無可奈何，只能自己打開蓋子。做的時候，為了那股荷花的清香費了不少心神，可這會，周圍的脂粉氣、酒菜香都太濃烈，荷花的清香一點不顯。

小夭興沖沖而來，本來有一肚子話要說，炫耀荷花是什麼毒做的，蓮蓬是什麼毒做的，現如今看著那一幅「錦鯉戲蓮圖」只覺索然無味，什麼都懶得說，端起酒樽，開始喝悶酒。

邶終於把目光從舞伎身上收了回來，看向案上。一幅攤開的卷軸圖，瀲瀲清波中，團團翠葉，露珠晶瑩，荷花半謝，蓮蓬初結，一對錦鯉在蓮下嬉戲，魚唇微張，好像在等著蓮子落下，趕快去搶吃。

邶凝目看了一會，拿起木勺，吃了一口荷葉。

一口又一口，一會荷葉、一會錦鯉、一會蓮蓬……慢慢地，他把一幅「錦鯉戲蓮圖」藥全部吃乾淨了。

小夭呆看著他，「你、你別撐著自己。」

邶掃了她一眼，小夭立即閉嘴。

邶吃完最後一口，把勺子放下，喝了一樽酒，淡淡說：「不錯。」

小夭看著吃得空空的琉璃盤，高興起來，得意地說：「天底下能把毒藥都做得這麼好吃的人只有我！」

邶笑嘲，「天下也只有我能欣賞妳的好廚藝！」

小夭可不接受打擊，「得一知音足矣！」

邶似笑非笑地看著小夭，什麼都沒說。

小夭問：「可以繼續教我箭術了嗎？」潛台詞是——不生我的氣了吧？

邶喝完樽中酒，說：「我要離開一段日子，等我回來。」

小夭猜到，他是要回清水鎮，雖然一直沒有戰事，可他畢竟是神農義軍的將軍，還是有不少事要他定奪。

小夭忍不住長長嘆了口氣，低聲嘟囔，「如果你一直都是防風邶，該多好！」

邶好像什麼都沒聽到，放下了酒樽，起身離去，身影消失在重重簾幕中。

第二十章

磐石無轉移

妳若是風中蓮，我願做水上風，相見相思；
妳若是雲中月，我願做天上雲，相戀相惜。
我心如磐石無轉移，只願和妳長相守、不分離！

清晨，小夭搬去小祝融府。

小夭本打算只帶珊瑚一個婢女，可顓頊又給了她個婢女，叫苗莆。小夭猜到是他訓練的暗衛，什麼都沒說地收下了。

小祝融的夫人並未居住在這裡，馨悅說她娘常年在赤水，所以小祝融府裡的女主人就是馨悅。馨悅知道小夭的性子有些怪誕，顓頊又一再叮嚀她不要束縛住小夭，所以馨悅給小夭安排了一座獨立的小院，除了小夭帶來的兩個婢女珊瑚和苗莆，只有兩個灑掃丫頭，還不住在院內。

小夭對馨悅的安排十分滿意，馨悅放下心來，留下兩個婢女收拾屋子，她帶著小夭逛小祝融府，讓小夭熟悉一下她將要生活的地方。

晚上，小夭第一次見到大名鼎鼎的小祝融，是個身材魁梧、五官英朗的男子，可也許因為常年政事纏身、案牘勞神，縱使溫和地和小夭說著話，他的眉頭也是緊鎖著，透著疲憊。

小祝融和小夭說了一會話，叮囑馨悅好好款待小夭後，就離去了。

馨悅輕輕地吐了口氣，對小夭說：「是不是很沉悶？不過，別擔心我爹，他忙得很，我都是好幾天才能見他一面，若哪裡有事，他趕去處理，幾個月見不到也正常。這府邸雖大，平日裡其實就我在家。」

馨悅拉住小夭的手，「我哥哥也是大忙人，尤其妳哥哥來了之後，他更是忙得連影子都抓不住，很多時候，我想找人說話都找不到，我覺得妳在紫金頂只怕和我一樣，所以我才請妳哥哥讓妳住過來，至少我們兩個能作個伴。」

小夭笑著點點頭，「好。」

馨悅說：「雖然妳年紀比我大，可我總覺得妳什麼都不多想，我卻事事操心，倒像姊姊。妳不要和我客氣，就把這裡當妳家，不管想要什麼、想玩什麼都和我說。」

小夭笑道：「我哪裡什麼都不想？其實該想的都想了。」她只是什麼都不想要，所以給馨悅的感覺是什麼都不多想。

小夭和馨悅一起用完晚飯，兩人又說了一陣子話。

馨悅也是個健談的，把她小時候的事情講給小夭聽，小祝融掌管中原後，哥哥在赤水，她和娘留在軒轅城，她是在軒轅城長大的，所以她對軒轅城很有感情，她也去朝雲殿玩耍過。

小夭聽著聽著，反應過來，其實馨悅和她娘是人質，恐怕那個時候黃帝還未完全信任小祝融，所以一邊把中原交託給小祝融，一邊卻扣押了他的妻子和女兒。想來馨悅也是明白的，但她什麼都不提，只講著軒轅城的趣事，自己哈哈笑，小夭也笑得前仰後合。

等馨悅離開，小夭躺在榻上，才意識到，馨悅竟然是她的第一個閨中女友。扮了幾百年的男子，沒機會和女子這麼親近，恢復了女兒身後，身分特殊，一般人不敢接近。阿念雖然是她妹妹，可兩人在一起不要打架就不錯了，哪裡可能像今晚一樣，邊聊邊笑？

這種少女間交談的感覺和小夭與其他人說話的感覺完全不一樣，小夭覺得挺喜歡。

在小祝融府住下後，小夭感覺很不錯。

雖然馨悅比她年紀小，可馨悅做女人的時間要比她長得多，在小夭的成長中，缺乏一個成年女性的引導，小夭跟著馨悅，還真有點像是妹妹跟著姊姊，馨悅教小夭如何調和胭脂，分析小夭適合什麼樣子的髮髻，幫她染腳趾甲，告訴小夭，男人更喜歡偷看女人的腳，一定要好好保養腳。

小夭把以前在軒轅城買的花露拿出來，兌以藥草，幫馨悅調製了四種很特別的香氣，讓她春夏秋冬分開用，馨悅高興得不得了。

豐隆也很有禮貌，即使想接近小夭，可知道小夭剛住到府裡，所以一直都迴避著。直到小夭熟悉後，他才偶爾和馨悅一起來看小夭，他處理得大方自然，小夭把他看作朋友，平常心對待，三人一起說話玩耍，不覺尷尬沉悶，反倒很有意思。

搬到馨悅這裡，練習箭術倒沒什麼，別人看到也只當她在玩，只是不方便再煉製毒藥，小夭有些不習慣，只能翻看醫書，煉製些藥丸，聊勝於無。

一日，小夭正在配置藥草，馨悅來找小夭，笑道：「有個事要提前徵詢一下妳的意思。璟哥哥要來軹邑，我哥哥小時候曾跟著他學習過，兩人同吃同住，一直交好，雖然璟哥哥在軹邑多得是宅邸，可只要哥哥在軹邑，都會邀請他住過來，但這次妳在，哥哥怕妳介意，所以讓我來問一聲。」

小夭緩緩道：「這麼大的府邸，自然是人越多越熱鬧越好。」

馨悅拍手，「和我想的一模一樣。我就和哥哥說，妳看著冷淡，不容易接近，可實際真相熟了，十分隨和健談。」

馨悅道：「妳忙吧，我趕緊派人給哥哥送消息，還要去把璟哥哥住的園子收拾好，等璟哥哥到了，我再來找妳。」

小夭看著手中的藥草，突然想不起來，自己剛才想做什麼。

傍晚，馨悅來叫小夭，「璟哥哥住的那個院子叫木犀園，在一片木犀林中，每年一到秋天，香氣馥郁，林下坐久了，連衣衫上都帶著木犀香。今晚我們就在木犀園用飯，既是朋友相聚，也是賞木犀花。」

小夭說：「好。」

馨悅帶著小夭往木犀園行去，小夭問：「意映來了嗎？」

「沒有。」馨悅撇撇嘴，欲言又止，看看四下無人，說道：「這事就咱們姊妹私下說，千萬別再和人提起。」

小夭還不知道這是女孩子講別人閒話時的必備開場白，十分鄭重地承諾，「好。」

馨悅壓著聲音說：「其實，璟哥哥很可憐，意映並不喜歡璟哥哥。」

小夭愣住，「妳怎麼知道？意映告訴妳的？」

「意映怎麼可能和我說這種話？璟哥哥的娘是曋氏，我外祖母也是曋氏，我外祖母是他娘的親姑姑，璟哥哥的外祖母是赤水氏，是我外祖父的大堂姊，我們和璟哥哥可是真正的親戚，意映算什麼？」馨悅眼含不屑，「如果意映不是璟哥哥的未婚妻，我怎麼可能和她走得那麼近？」

「那妳怎麼知道……」

「女子喜歡一個人時可以藏得很深，甚至故意做出討厭的樣子，可真討厭一個人時，再掩飾也會從小動作流露出來。有一次璟哥哥遠遠地走來，一瘸一拐，意映異常冷漠地看著璟哥哥，那個眼神……充滿了鄙夷厭惡，我都打了個寒顫。意映發現我在看她後，立即向著璟哥哥走去，親熱地嘘寒問暖，可自那之後，我就暗自留了心，越是仔細觀察，越是驗證了我的猜測。」

小夭以為只有自己看過意映對璟的鄙夷憎惡，沒想到馨悅也看過。意映不是不小心的人，這只能說明，她真的很討厭璟。

馨悅說：「還有件事我印象特別深。有一次我們一群人去山裡玩，男子們都去狩獵，璟哥哥因為腿腳不方便，沒有去，意映卻和另外幾個善於狩獵的女子隨著男子們一塊出去狩獵了。小夭，妳說，如果是妳的心上人因為腿腳不方便不能去狩獵，妳會怎麼做？」

小夭低聲說：「我會陪著他。」

馨悅說：「就是啊！所以我說璟哥哥可憐。後來我哥都帶著獵物回來了，意映卻還在山裡玩，我哥看璟哥哥孤孤單單，半打趣半責怪地說，璟哥哥把自己的女人縱容得太貪玩了。我哥那個傻子哪裡明白，再貪玩的女人如果心繫在了男人身上，自然會守著自己的心。」

小夭喃喃說：「既然那麼討厭，為什麼不取消婚約呢？」

馨悅冷哼，「取消婚約？她才捨不得呢！意映生得美，又自恃有才，做什麼都想拔尖，可惜她再要強，也只是防風家的姑娘，中原六大氏的女孩子壓根不吃她那一套，見了她都淡淡的，壓根不帶她玩。那時候，我還小，她就小心接近我，和我玩好了，中原六大氏的姑娘才不得不接納她，別人見她和我們玩得好，自然都高看她一等。後來也不知道怎麼回事，璟哥哥的娘相中了她，把她定給璟哥哥，她一下子就不一樣了，對我也不再像以前一樣言聽計從、軟意奉承。那時，我已經懂事，覺得沒什麼可介意的，畢竟她是將來的塗山氏族長夫人，我自然也得使點手段，籠絡住她。」

木犀園已經快到了，馨悅再次叮嚀小夭，「千萬別和別人說啊！」

「嗯，妳放心。」

馨悅讓婢女把酒席擺在了木犀林中，應是以前就曾如此玩樂過，有一整套木犀木雕的榻、案、屏風、燈。燈不是懸掛起，而是放在每個人的食案上，一點微光，剛剛能看清楚酒菜，絲毫不影響賞月。

座席上，放著兩張長方形的食案，中間擺著一個圓形酒器，盛滿了美酒。璟和豐隆已經在了，各自坐在一張食案前，正好相對。馨悅拉著小夭高高興興地走過去，自小就認識璟，也未行禮，只甜甜叫了聲「璟哥哥」。

小夭朝豐隆笑笑，坐在璟旁邊，馨悅不好再讓小夭起來，只好坐到小夭對面，和豐隆同案。

馨悅吩咐侍女都退下，不要擾了他們自在。

豐隆笑著指指酒器，對小夭說：「妳酒量好，今日可別客氣。」

小夭和他已混熟，笑嗔道：「別亂說，別人聽了還以為我是酒鬼。」說著話，卻已經動手舀了一勺酒，倒在酒杯中。

小夭給豐隆和馨悅敬酒，「謝謝二位款待。」

三人同時滿飲了一杯。

小夭又給璟敬酒，卻什麼都沒說，只是舉了舉杯子，一飲而盡，璟也飲盡了杯中酒。

豐隆回敬小夭，小夭毫不推拒地飲完一杯。

馨悅笑道：「小夭，妳注意點。」

小夭揮揮手，說道：「放心吧，放倒你們三個不成問題。」

豐隆大笑起來，「行，我們就看看妳能不能一個人放倒我們三個。」

婢女捧了琴來，馨悅道：「本不該在璟哥哥面前亂彈琴，可是只吃酒未免無趣，正好這幾日我新得了一支曲子，就獻醜了。」

小夭笑著調侃，「可惜顓頊不在，沒有人和妳琴簫合奏。」

馨悅臉紅了，啐道：「和妳不熟時看妳清冷少言，沒想到一混熟了如此聒噪煩人。」

小夭舉起酒杯，「我自罰一杯，給妹妹賠罪。」

馨悅坐到琴前，撫琴而奏。

小夭對豐隆舉杯，兩人連飲三杯，小夭又給璟敬酒，也是連飲三杯，豐隆竟然陪飲了三杯。

豐隆給小夭敬酒，兩人又是連喝了三杯。

待馨悅奏完曲子，小夭笑著點點豐隆，說道：「今晚第一個醉倒的肯定是你。」

豐隆豪爽地說：「飲酒作樂，不醉還有什麼意思？和妳喝酒很爽快、夠痛快！」

小夭對婢女叫：「上酒碗！」

豐隆喜得直接扔了酒杯，「好！」

婢女倒滿酒碗，小夭和豐隆各取了一碗酒，咕咚咕咚喝下，同時亮了亮碗底，笑起來。

馨悅無奈地搖搖頭，對璟說：「以前就只有我哥一個瘋子，現在又來了一個，以後可有得熱鬧了。」

豐隆對小夭說：「再來一碗？」

「好啊！」小夭爽快地和豐隆又喝了一碗。

豐隆走到空地處，「我來舞獅助酒興。」他手一揮，一隻水靈凝聚的藍色獅子出現，栩栩如生地盤踞在地上，好像隨時會撲噬。

豐隆對馨悅說：「妹妹。」

馨悅展手，凝出一個紅色的火球，將球拋給了豐隆。小夭這才知道馨悅修煉的是火靈，豐隆卻好像是罕見的水火兼修。

豐隆展臂伏身踢腿，像是踢毽子般，把火球踢得忽左忽右，時高時低，獅子追著火球，時而高高躍起，時而低低撲倒。

馨悅故意使壞，不時把火球往獅子嘴裡送，豐隆卻顯然技高一籌，總會及時補救，不讓獅子吃到球。水火交映，流光飛舞，煞是好看。

小夭鼓掌喝彩，又去拿酒杯，璟擋住了她，低聲問：「妳是高興想喝，還是難過想喝？」

小夭說：「我又難過又高興。」難過意映竟然那樣對璟，高興意映竟然這樣對璟。

璟不解地看著小夭。

小夭悄悄握住了璟的手，她的眼睛亮如星子，盈出笑意，比她身後的流光更璀璨。

璟不禁呆看著她，小夭回頭看，豐隆在醉舞獅子，馨悅笑嘻嘻地撥動火球，給豐隆添亂，兩人一時間都沒看他們。小夭用力拽璟的手，璟的身子向前傾，小夭借了一把力，半直起身子，飛快地在他臉頰上親了一下。

小夭又甜蜜喜悅，又心慌意亂，飛快地轉身，一邊偷眼去看馨悅有沒有看到，一邊裝作什麼都沒發生地去舀酒。

可沒料到，她拽得用力，鬆得突然，璟又一瞬間腦中一片空白，砰一聲，竟然跌倒在坐榻上，帶著酒杯翻倒，叮叮咚咚地響著。

豐隆和馨悅都看過來，馨悅趕忙問：「璟哥哥，你沒事吧？」

璟坐了起來，臉通紅，「沒、沒事，一時眼花，被絆了一下。」

豐隆大笑，「我還能舞獅子，你倒先醉倒了。」豐隆對小夭說：「看來今晚最先醉倒的人要是璟了。」

馨悅怕璟尷尬，忙對哥哥嗔道：「你以為每個人都像你？燈光暗，一時看不太清楚，摔一下也正常。」

璟低頭靜坐著，有些呆，有些笨拙。小夭飲了一杯酒，笑著站起，翩然地轉了一圈，輕舒廣袖，「我給你們唱首山歌吧！」

也未等他們回應，小夭就自顧自地邊唱邊跳起來：

君若水上風
妾似風中蓮
相見相思
相見相思
君若天上雲
妾似雲中月
相戀相惜
相戀相惜
君若山中樹
妾似樹上藤
相伴相依
相伴相依
緣何世間有悲歡
緣何人生有聚散
唯願與君
長相守、不分離

長相守、不分離
長相守、不分離……

天高雲淡、月朗星暗，木犀林內，花影扶疏，香氣四溢，小夭踏著月光香花，輕歌曼舞，身如軟柳，眸如春水，她歌月徘徊，她舞影零亂，最後一句長相守不分離，聲如遊絲飄絮，一唱三嘆，情思繾綣，纏綿入骨。

一時間，席間三人竟都怔怔無語。

小夭走回座席，只覺臉熱心跳，腳步踉蹌，軟坐在榻上。她撐著額頭，醉笑道：「我頭好暈，看這几案都在晃。」

馨悅嘆道：「果然像哥哥說的一樣，飲酒作樂，一定要醉了才有意思。」她端起酒杯，「小夭，敬妳一杯。」

小夭搖搖晃晃地拿起酒杯，仰頭一飲而盡。

小夭的酒量很好，往日喝酒，即使身醉了，心神也還清明，可今夜，竟喝得心也糊塗了。馨悅在月下踏歌，笑叫著小夭，她想去，卻剛站起，腳一軟，人就向後栽去，倒在了璟的臂彎裡。

小夭對著璟笑，璟也眉眼間充滿了笑意，小夭想伸手摸摸他的眉眼，卻慢慢闔上了雙眼，醉睡過去。

第二日，起身時，已快要晌午。

小夭揉了揉發痛的腦袋，不禁笑起來，難怪男人都愛酒，果然是醉後才能放浪形骸。珊瑚兌了蜜水給小夭，她慢慢喝完，略覺得好過了些。

小夭洗漱完，婢女端上飯菜。

小夭問珊瑚和苗莆：「馨悅他們都用過飯了嗎？」

珊瑚笑道：「早用過了。豐隆公子和璟公子清早就出門辦事，馨悅小姐也只是比平時晚起了半個時辰，這麼大個府邸，裡裡外外的事情都要馨悅小姐管，偷不了懶。」

小夭不好意思地笑，「看來只有我一個閒人。」

小夭用過飯，練了一個多時辰的箭，就開始翻看醫書，看一會醫書，在院子裡走一會，時而站在花前發呆，時而倚在廊下思索。

傍晚，馨悅派人來請小夭一塊用飯，小夭看豐隆和璟都不在，裝作不經意地問：「豐隆和璟都在外面用飯了？」

馨悅笑道：「我哥哥以前幾乎完全不回家，這段日子妳在，他還能六七日裡回來吃一次。璟哥哥倒不是，他下午就回來了，但我和哥哥從來不把他當客，讓他怎麼自在怎麼來，如果哥哥在，他們會一起用飯，如果哥哥不在，璟哥哥都是在園子裡單獨用飯。」

小夭吃了會飯，說道：「我聽妳的琴藝已是相當好，為何妳昨日還說不該當著璟亂彈琴？」

馨悅嘆了口氣，「不是我妄自菲薄，妳是沒聽過璟哥哥撫琴，當年青丘公子的一曲琴音不知道傾倒了多少人！娘為我請過兩個好師父，可其實，我全靠璟哥哥的點撥，才真正領悟到琴藝。只是他經歷了一次劫難後，聽哥哥說他手指受過重傷，不如以前靈敏，所以他再不撫琴。」

小夭說：「雖然自己撫琴會受到影響，可應該不會影響教人彈琴。」

馨悅問：「妳想請璟哥哥教妳彈琴？」

「是有這個想法。妳也知道，我小時候就走失了，一直流落在外，並未受過正經的教導，很多東西都不會，其實有時候挺尷尬的。」

馨悅理解地點頭。世家子弟間交往，如果沒有些才能，的確十分尷尬，即使礙著小夭的身分不敢當面說，可背地裡肯定會輕蔑地議論。

小夭說：「我一直都想學學音律，可好師父難尋，顓頊根本沒時間管我，聽到妳盛讚璟，不免心思就動了，恰巧他如今也住在府裡。」

馨悅說：「要真能請動璟哥哥，那是極好的，不過璟哥哥如今的性子……反正先試試吧！」畢竟小夭身分特殊，璟哥哥再怪癖，也還是會考慮一下。

小夭笑道：「我也這麼想的，說不準他看我誠心，就同意了。」

馨悅笑問：「要我和哥哥幫妳先去說一下好話嗎？」

「不用了，小祝融府是那麼容易進的？我既然能住在妳府裡，璟自然明白我和你們的關係，我自己去和他說，才比較有誠意。」

馨悅點頭。小夭就是這點好，看似什麼都不在意，可真做事時，卻很妥當。

第二日，小夭一起身就悄悄叮囑珊瑚和苗莆，「妳們留心著點，如果木犀園裡的璟公子回來了，就來和我說一聲。」

珊瑚和苗莆什麼都沒問，只點頭表示明白。

下午時，小夭午睡醒來，苗莆對小夭說：「璟公子回來了。」

小夭洗漱梳頭，換好衣衫，帶了珊瑚去木犀園。

白日裡的木犀林和晚上很不同，林中十分靜謐，一簇簇黃色的小花綻放在枝頭，香氣馥郁，小徑上一層薄薄的落花，踩上去，只覺足底都生了香。

珊瑚去敲門，開門的是靜夜，小夭笑問：「妳家公子在嗎？」

靜夜認出小夭是前夜醉酒的王姬，笑著說：「公子在，王姬請進。」

小夭暗自腹誹：當年對我橫眉怒目，現在卻這麼有禮，真是太可惱了！

璟正在屋內看帳冊，聽到是熟悉的腳步聲，沒等靜夜奏報，他就迎了出來，一看到小夭，又驚又喜。

靜夜看璟半晌沒說話，以為他並不歡迎小夭，不得不提醒說：「公子，請王姬進去吧。」

璟這才強自鎮靜地請小夭進去。小夭進門前，對珊瑚說：「讓靜夜給妳煮點茶吃，自己玩去吧，不用管我。」

靜夜覺得這王姬口氣熟稔，實在有點太自來熟，但看璟頷首，顯然是讓她照做，她恭敬地應道：「是。」帶著珊瑚退下。

屋子裡只剩下他們，小夭立即冷了臉，質問璟：「你怎麼都不來看我？難道我不來找你，你就不會想辦法來見我嗎？」

璟說：「我去見過妳。」昨夜他隱在林間，一直看她睡下了才離開。

「你偷看我？」

「不算是，我沒靠近，只能看到妳的身影……」璟越解釋，聲音越小。

小夭笑起來，問道：「你想見我嗎？」

璟點了下頭。正因為想見，他才住到了小祝融府。

小夭道：「我對馨悅說，想跟你學琴，你教我彈琴，就能天天見到我了。」

璟驚喜地笑起來，小夭得意洋洋地問：「我是不是很聰明？」

璟笑著點了下頭。

小夭看著他因為笑意而舒展的眉眼，不禁有些心酸。當眾人都去狩獵，他獨坐在屋內時，會是什麼表情呢？當他走向意映，意映卻鄙夷地看著他時，他又是什麼表情呢？

小夭抱住了他，臉貼在他肩頭。

小夭的動作太柔情款款，縱使一字未說，可已經將一切都表達。璟攬住了小夭，頭埋在她髮間，只覺歲月靜好，別無所求。

兩人靜靜相擁了很久，久得兩人都忘記了時間。

直到屋外傳來一聲輕響，小夭才好像驚醒一般，抬起了頭。璟愛憐地撫撫她的頭，「沒事，這次帶來服侍的兩人是靜夜和胡啞，他們看到了也無所謂。」

小夭笑笑，推璟去榻邊，說道：「我想仔細查看一下你這條腿。」

璟靠坐到榻上，小夭跪坐在榻側，從他的腳踝一點點往上摸，一直摸到膝蓋，又慢慢地從膝蓋往下摸，最後停在他的斷骨處。小夭一邊思索，一邊反反覆覆地檢查，最後，她對璟說：「我能治好你的腿，不能說十成十全好，但肯定走路時看不出異常。」

璟問：「妳介意它嗎？」

小夭搖搖頭，彎身在璟的小腿受傷處親了一下，璟的身子劇顫，小夭也被自己的舉動嚇著了，十分不好意思，放開了璟，低頭靜坐著。

璟挪坐到她身旁，「只要妳不介意，就先不治了。」

「可是……可是我介意別人介意，也不是我真介意，我不想任何人看低了你……我希望你開心，我想你……」

璟的食指放在小夭的唇上，阻止她繼續說，「我明白，妳是擔心我會因為別人介意的目光而難受，可我不會。小夭……」璟的手從她的額頭撫下，「只要妳肯看我一眼，不管任何人用任何目光看我，都不可能傷到我。」

小夭咬了咬唇，剛想說話，突然覺得璟的呼吸好像急促了一些，他的身子向她傾過來，便一下忘記了想說什麼。

璟輕輕地吻了下她的唇角，小夭閉上眼睛，一動不敢動。璟又吻了一下她另一邊的唇角，小夭依舊沒有躲避，他終於輕輕地含住了小夭。

璟的唇柔軟清潤，讓小夭想起了夏日清晨的鳳凰花。她小時候常常把還帶著露珠的鳳凰花含在唇間，輕輕一吮，將花蜜吮吸出，一縷淡淡的甜從唇間滲入喉間，又從喉間滑入心中。只不過這一次，她是鳳凰花，被璟含著。

璟輕輕地吮吸，用舌尖描摹著小夭的唇，一遍又一遍後，他才戀戀不捨地把舌尖探入了小夭的口中。

小夭身子發軟，頭無力地向後仰著。她不明白，明明是璟在吮吸她，可為什麼她依舊覺得甜，比鳳凰花的蜜還甜，從唇齒間甜到喉間，從喉間甜到心裡，又從心裡散到了四肢百骸，讓她一點力氣都沒有。

小夭一點點地軟倒在榻上，璟抬起頭看小夭，小夭的髮髻亂了，嬌唇微啟，雙頰酡紅，眼睫毛如同受驚的蝴蝶般急速地顫動著。

璟忍不住去吻小夭的睫毛，輕輕地用唇含著，不再讓它們受驚顫動，可又喜歡看它們為他而顫動，遂又放開。他親小夭的臉頰，喜悅於它們為他而染上了晚霞的色彩，他吻小夭的髮絲，喜歡它們在他指間纏繞。

小夭羞怯地睜開了眼睛，卻又不敢全睜開，依舊半垂著眼簾，唇角盛滿了笑意。

璟忍不住去吮吸她的唇角，想把那笑意吮吸到心間，永遠珍藏起來。

小夭笑，喃喃說：「是甜的。」

「嗯？」璟不明白她說什麼。

小夭往他懷裡躲，「你的吻是甜的。」

璟明白了，他喜悅地去親她，「因為妳是甜的，我只是沾染了一點妳的甜味。」

小夭嚶嚀一聲，更加往他懷裡縮，想躲開他的唇，「癢！」

璟身體的渴望已經太強烈，不敢再碰小夭，只是鬆鬆地摟著她。

小夭抬起頭，眼睛亮晶晶的，「為什麼？」

「什麼為什麼？」

「為什麼是現在？上次在海灘邊，我請你……你都不肯。」

「不知道，也許因為妳太好了，也許因為我現在很自私，只為自己考慮，也許是因為妳剛才太……」璟笑看著小夭，最後兩個字幾乎沒發出聲音，小夭只能根據唇形，猜到好像是「誘人」。

小夭敲了璟的胸膛一下，璟居然抓住她的拳頭，送到唇邊，用力親了一下。

小夭的心急跳著，覺得在男女之事上，男人和女人真是太不一樣了。她看著主動大膽，可一旦過了某個界，她會忍不住害羞、緊張、慌亂，雖有隱隱地期待，卻也本能地害怕。璟看著羞澀清冷，可一旦過了某個界，他就主動熱烈，只本能地渴望著占有，沒有害怕。

篤篤的敲門聲，靜夜叫道：「公子。」

小夭趕緊坐起來，璟卻依舊慵懶地躺著。小夭推了他一下，璟才坐起來，「什麼事？」

小夭整理髮髻，璟把歪了的釵緩緩抽出，替她重新插好。

靜夜說：「馨悅小姐的婢女剛才來問王姬是不是在這裡，我和她說在，她去回話了，想是馨悅小姐待會要過來。」

小夭一下著急了，立即站起來。璟按她坐下，「還有時間，妳慢慢收拾。」

小夭把頭髮梳理好，又檢查了下衣衫，她問璟：「可以嗎？」

璟凝視著她，笑點了下頭。

小夭站在窗邊，深吸了幾口氣，平復著自己的心情。

璟說：「馨悅到了。」

敲門聲響起，靜夜去打開門，馨悅走進來。

「璟哥哥。」馨悅一邊和璟打招呼，一邊疑問地看著小夭，小夭點了下頭，馨悅笑起來，「恭喜，恭喜。」

小夭說：「要謝謝璟肯收我這個笨徒弟。」

馨悅說：「既然小夭有心要學琴，那就要先找一張琴，我恰好收藏了四張好琴，待會我帶妳去選一張。」

小夭忙擺手，「不用、不用。」她哪裡真有興趣學琴？有那時間不如玩毒藥，既可保命又可殺人，小夭是個非常現實的人。

馨悅以為小夭客氣，「妳別和我客氣，反正我也用不了那麼多。」

璟幫小夭解圍，「她才入門，沒必要用那麼好的琴，明日我帶她去琴行轉轉，選張適合初學者的琴。」

馨悅覺得有道理，說道：「這樣也好，不過真是不好意思，明日我還有事情要處理，就不能陪你們了。」

小天說：「都說了不當我是客人，自然妳忙妳的，我玩我的。」

馨悅賠罪，「是我說錯話了。」

馨悅對璟說：「璟哥哥，今晚一起用飯吧，讓小夭敬你三盅敬師酒。」

「好。」璟頷首同意。

第二日晌午，璟來找小夭去買琴。

兩人並不是第一次一起逛街，可卻是璟和小夭第一次單獨逛街，能光明磊落地走在大街上，兩人的心情都有些異樣。

小夭總是忍不住想笑，因為她快樂，璟也覺得快樂，眼中一直含著笑意。

璟帶小夭去了琴行，琴行的夥計一看璟的氣度，立即把他們引入內堂，點了熏香、上了茶，把適合初學者用的琴都拿出來，讓他們慢慢挑選，有事隨時吩咐，自己乖巧地退到了外面。

璟讓小夭挑選自己喜歡的琴，小夭說：「你隨便幫我選一張就行了，我又不是真想學琴。」

璟卻沒有馬虎，認真幫小夭選琴。

他看琴，小夭看他。璟禁不住唇角上翹，抬眸去看小夭，視線從小夭的眉眼撫過，緩緩落在小夭的唇上。小夭臉頰發紅，匆匆移開了視線，低下頭裝模作樣地撥弄琴弦。

璟忍不住握住了小夭的手，小夭忽閃著眼睛，緊張地看著他。

璟把她的手合攏在掌間，「我只是想告訴妳，我覺得我是天下最幸運的男人。」

小夭笑，「為什麼？」

璟彎下身、低下頭，捧著她的手掌，在她掌心溫柔地親了下，卻沒有抬頭，而是保持著這個好像在向小夭彎身行禮祈求的虔誠姿勢，「因為妳看我的眼神，妳對我說話的語氣，妳為我做的每一件事。」

小夭不好意思了，用力抽出手，凶巴巴地說：「我看你和看別人一樣，我對你說話一點不溫柔，經常對你生氣發火，我是幫你做了不少事，可你也幫我做了不少事。」

璟笑起來，愛憐地捏了捏小夭的臉頰，去看另一張琴。因為感受到小夭已經把他放在了心裡，他變得從容許多，不再那麼患得患失，緊張擔憂。

璟對小夭說：「這張琴可以嗎？」

小夭用手指隨意撥拉了幾下，「你說可以就可以。」

璟叫夥計進來，「我們要這張琴。」

夥計看是音質最好、價格也最貴的一張琴，高興地說：「好，這就給您去包好。」

小夭低聲問：「這是你們家的鋪子嗎？」

「不是。」

「哈！你竟然不照顧自己家的生意！」

璟笑了笑，說道：「我覺得這樣才算真正給妳買東西。」

小夭抿著唇角笑起來。

璟把包好的琴，交給胡啞，對小夭說：「我們走路回去吧！」

小夭點頭，「好。」

璟帶小夭慢慢地走著，也不是想買什麼，只是想青天白日下陪著小夭多走一程。碰到賣小吃的攤子，璟要了一些鴨脖子、雞爪子，讓小販用荷葉包好。他拎在手裡，對恨不得立即咬幾口的小夭說：「回去再吃。」

小夭說：「我更想吃你做的。」老木滷肉的一手絕活，小夭和桑甜兒都沒學到手，十七卻完全學會了。

璟笑，「好，回頭做給妳。」

「你怎麼做？怎麼和馨悅說？」

「妳就不要操心了，反正妳也只管吃。」

小夭嘟嘴，又笑。

兩人一路走回小祝融府，璟把小夭送到她住的院子門口，小夭看他要走，一臉毫不掩飾的依依不捨，簡直像是一隻要被遺棄的小狸貓，璟心內又是難受，又是歡喜，他說：「妳好好休息，明天我給妳做好吃的。」

小夭點點頭，一步三回頭地進了屋子。

璟每天早上要出門處理生意上的事，小夭練箭。

中午吃過飯，小夭睡一覺起來時，璟已經在木犀園內等她。

璟是認真教小夭學琴，小夭怕豐隆和馨悅日後考問，認真學了一會，可學著學著就開始不耐煩，「要多久才能學會彈好聽的曲子？」

璟只能說：「看妳怎麼定義好聽。」

小夭說：「還是聽人彈琴舒服，你給我彈一首曲子吧！」

璟已經將近二十年沒有彈過琴。有一次，他看到以前用過的琴，自然而然地坐在琴前，信手撫琴，可是很快，他就發現自己的手指和以前截然不同，每個流淌出的音符都有偏差，這提醒著他，這具身體曾發生過什麼，大哥對他的身體施虐時，羞辱他的話一一迴響在耳邊。他打翻了琴，不想再聽到那些話，更不想再回憶起那些痛苦，他覺得自己這輩子再不會碰這些東西。

可是，小夭現在說她要聽他彈琴。

璟沒有辦法拒絕小夭，他凝神靜氣，盡力把一切都遮罩，手放在琴上，卻不知道該彈什麼，在反覆的折磨羞辱中，他已經失去了一顆享受音樂的心。

小夭羞澀地笑了笑，「就彈那天晚上我唱給你聽的那首歌吧，你還記得嗎？」

怎麼可能忘記？

君若水上風
妾似風中蓮
相見相思
相見相思
君若天上雲

妾似雲中月
相戀相惜
相戀相惜
君若山中樹
妾似樹上藤
相伴相依
相伴相依
緣何世間有悲歡
緣何人生有聚散
唯願與君
長相守、不分離
長相守、不分離
長相守、不分離……

隨著小夭的歌聲在腦海中迴響起，璟的心漸漸安寧。他撫琴而奏，琴音淙淙，每個音符依舊不完美，可是，在璟眼前的是小夭的舞姿，伴隨著琴音的是小夭的歌聲，她月下起舞，對他一唱三嘆，要長相守、不分離。

奏完一遍，璟又重新彈起，這一次卻不是在重複小夭的歌聲，而是他想要告訴小夭：妳若是風中蓮，我願做水上風，相見相思；妳若是雲中月，我願做天上雲，相戀相惜；妳若是樹上藤，我願做山中樹，相伴相依；縱然世間有悲歡，縱然人生有聚散，但我心如磐石無轉移，只願和妳長相守、不分離！

小夭聽懂了他的傾訴，鑽進他懷裡，緊緊摟住他的腰，他的琴音停住，小夭呢喃著，「我喜歡聽。」

璟繼續彈給她聽，心裡沒有痛苦，耳畔沒有羞辱聲，他的心再次因為美妙的樂音而寧靜快樂，甚至比以前更快樂，因為現在還有個人因為他奏出的曲子而快樂。

靜夜和胡啞聽到琴音，都從自己的屋子裡衝出來，彼此看了一眼，不敢相信地看著璟的屋子。他們的公子竟然再次撫琴了！不但在撫琴，那琴音裡還流淌著快樂和滿足！

靜夜緩緩蹲在地上，掩住嘴，眼淚顆顆滾落。

這些年來，公子雖然回到了青丘，可他再不是當年的青丘公子璟。

靜夜本以為防風意映會撫平公子的傷口，但是，她發現自己錯了。

公子的傷腿在陰冷的雪天，一旦站久了，就會十分疼痛，她都發現公子不舒服，可公子身旁的防風意映卻毫無所覺，依舊忙著遊玩。

防風意映喜歡參加宴席，也喜歡舉辦宴席，她在宴席上談笑風生、撫琴射箭，被眾人的恭維喝彩包圍，公子卻獨自坐在庭院內。

靜夜把公子以前最喜歡的琴拿了出來，公子看到後，果然沒有忍住，信手彈奏，可突然之間，他打翻了琴，痛苦地彎下身子，防風意映不但沒有安慰，反而鄙夷地看著。

宴席上，有人要求公子奏琴，公子婉言拒絕，不知道因由的眾人起鬨，知道因由的防風意映不但不出言相幫，反而眼含譏嘲，笑著旁觀。

後來，公子想退婚，和防風意映長談了一次，靜夜不知道他們談了什麼，只知道那夜之後，防風意映又變了，變得像是公子剛回來時，對公子十分溫柔恭敬，但靜夜已經明白，她只是在演戲。

靜夜以為公子永不會再奏出一首完整的曲子，可是二十年後，她竟然再次聽到了青丘公子璟的琴音。

璟在小祝融府住了小半年，從秋住到了冬。

小夭每天都能見到他，璟是真心教小夭彈琴，可小夭是真心沒有興趣學，每日練一會指法就不耐煩，對璟說：「反正以後我想聽曲子時，你就會奏給我聽，我幹嘛要學呢？」

兩人的教與學最後都會變成璟彈琴，小夭要麼在啃他做的鴨脖子，要麼在喝他釀的青梅酒，要麼就是裹著條毯子趴在榻上，一邊翻看醫書，一邊和璟講些亂七八糟的事情。

豐隆每次見了小夭，都會問她琴學得如何了，小夭乾笑傻笑。

小夭決定走捷徑，她強迫璟幫她想一首最簡單的曲子，不許要求她的指法，不許要求節拍，只教她如何能把一首曲子彈完，什麼都不需要理解掌握，彈完就行！

小夭彈完一遍後，激動地說：「我也會彈曲子了。」

她孜孜不倦地練習幾天，覺得自己真的彈得不錯了，當豐隆回來時，她對豐隆和馨悅宣布，「我要為你們奏一曲。」

豐隆和馨悅都期待地坐好，神情鄭重，就差焚香沐浴更衣了。

小夭開始彈奏，馨悅的臉色變了變，看了璟幾眼，璟卻正襟而坐，一派泰然。豐隆雖然琴技不如馨悅，可畢竟是大家族裡的子弟，琴棋書畫都要有涉獵，欣賞的能力還是很高的，他也無奈地看著小夭。

小夭彈完，期待地看著豐隆和馨悅，馨悅怕傷她自尊心，急忙鼓掌喝彩，溫柔地說：「還有很大的進步空間，繼續努力。」

豐隆憋了一會，還是不知道說什麼，小夭瞪著他，「當不當我是朋友？是朋友的就說真話！」

豐隆艱難地說：「我覺得妳的天賦在其他地方，以後若有人請妳撫琴，妳還是拒絕吧！別難過，妳看我和璟擅長做的事情就截然不同。」

馨悅也終於忍不住了，「小夭，妳辜負了一個好師父。以後即使彈琴，也千萬別說妳是青丘公子璟的弟子。」

璟忙道：「和她無關，是我沒有教好。」

小夭點頭，「我是很聰明的。」

馨悅又嘆又笑，「師父太寬容，弟子太無恥，活該一事無成！」

小夭撲過去，要掐馨悅的嘴，「妳說誰無恥？」

馨悅笑著躲，「誰著急就是說誰！」

小夭站住，猶豫著自己是該著急，還是不該著急，豐隆和瑲都大笑出來。小夭不管了，決定先收拾馨悅再說，馨悅趕忙往哥哥背後躲。

嘻嘻哈哈，幾人鬧成一團。

冬末時，瑲必須要回青丘，和家人一塊迎接新春來臨，陪奶奶祝禱新的一年吉祥如意。

瑲一拖再拖，直到不得不走時，才動身。

從軹邑到青丘，如果乘坐雲輦的話，一個時辰就能到，駕馭坐騎飛行就更快了，小半個時辰而已，可瑲離開那天，恰好下著大雪，不能乘坐雲輦，只能坐雪獸拉的車回去，至少要花四五個時辰才能到。

小夭一再叮嚀瑲路上小心，又把幾瓶藥膏交給靜夜，囑咐她，如果路上耽擱了，瑲腿疼，就抹這藥。以後瑲雪天出門，記得提醒他提前把藥抹在傷腿上。回去時，若覺得腿疼，就泡個藥水澡，藥她已經分成小包都包好了，放在行囊中。

靜夜一一應下，把東西都仔細收好。

待雪車出發了，靜夜回頭，看到小夭和豐隆、馨悅站在門口。距離漸遠，豐隆和馨悅都已經轉身往回走了，小夭卻落在後面，邊走邊回頭。

靜夜不禁嘆了口氣，對胡啞說：「如果王姬能是咱們的夫人就好了。」靜夜說這話時，並沒刻意壓低聲音。

胡啞擔憂地看了一眼瑲，低斥靜夜：「不要亂說話，公子已有婚約，王姬不過是感激公子這段日子的教導。」

靜夜不服氣地說：「有婚約又如何？還沒有成婚，什麼都沒定！難道你不知道世上有兩個字叫『退婚』嗎？」

璟一直靜坐著，好像什麼都沒聽到，從水晶車窗望出去，天地間，大雪紛飛，白茫茫一片。

第二十一章

梅谷絕死陣

火舌席捲而來，燒著璟的衣袍，灼痛了他的肌膚，
他卻只是把小夭更緊地摟在懷裡，
任憑火舌將他們吞沒……

雖然小夭和顓頊都不在乎辭舊迎新之禮，但小夭想著神農山上太冷清，她便打算回神農山去陪顓頊。

馨悅說：「就算妳回去了，也就你們兩個人，那麼大個紫金宮，照樣冷冰冰的，還不如讓顓頊過來，我們一起熱熱鬧鬧地賞雪烤肉。」

小夭疑惑地問：「可以嗎？我哥和妳哥為了避嫌，除了那些不得不見面的場合，從不公開見面，上一次還是藉著你們的生辰做藉口。」

馨悅道：「沒問題，哥哥都安排好了。顓頊是王子，為了重修神農山的宮殿才孤零零地留在神農山，我爹不僅是神農族的族長，還是軹邑城主，掌管整個中原的民生，無論哪種身分，他都應該禮貌性地款待感謝顓頊。去年爹不在府中，自然什麼都沒做，今年如果爹什麼表示都沒有，才會奇怪。哥哥讓爹爹出面邀請顓頊來家中小住，一起辭舊迎新，任誰都不會懷疑。」

小夭笑起來，「這樣好，我也不想回神農山，留在城裡才熱鬧好玩。」

數日後，顓頊應小祝融的邀請，來了小祝融府。

馨悅帶顓頊到小住的園子後，很希望能多待一會，可辭舊迎新時，別人都等著過節，最是清閒，唯獨家裡的女主人是最忙的，她只能依依不捨地和顓頊說：「我晚上再來看你，哥哥要明日才能到家。」

小夭在旁邊竊笑，馨悅瞪了小夭一眼，紅著臉離開了。

小夭對顓頊說：「幸虧你沒把金萱和瀟瀟帶來，我看馨悅雖然認可了金萱和瀟瀟跟著你，但畢竟還是緊張這事，看到你沒帶婢女，一下子鬆了口氣，笑得都格外甜。咱們剛遇到馨悅時，她是多麼高傲的一個姑娘啊！好哥哥，你說你怎麼就把人家給馴得服服貼貼了呢？不但心甘情願地跟著你，還心甘情願地看著你左擁右抱。」

顓頊沒理小夭的打趣，盯著她問：「妳這段日子開心吧？如果我不來，妳是不是要把我完全丟到腦後了？」

小夭心虛地笑，「如果你不來，我肯定乖乖回神農山。」

顓頊哼了一聲，小夭諂媚地說：「不信你去問馨悅，我都和她辭行了的，只不過聽完豐隆的安排，才繼續住著。」

顓頊的臉色好看了一些，卻仍有些恨恨地說：「這個塗山璟真是無孔不入！他都已經定下了防風家的人，有什麼資格和豐隆爭？」

小夭斂了笑意，走到顓頊面前坐下，「哥哥！」

顓頊看著她，小夭認真地說：「我說他有資格他就有資格，而且根本沒有爭，他也不用和豐隆爭，我從沒考慮過豐隆。」

顓頊沉默著，面無表情，半晌後才說道：「據我所知，塗山氏的太夫人很喜歡防風意映，這些年一直把她帶在身邊親自教導，儼然已經把她當作未來的族長夫人。對塗山太夫人來說，璟喜不喜歡意映並不重要，重要的是意映符不符合她的要求，她不會同意璟取消婚約，防風氏也不可能放棄和塗山氏的婚約。」

「我知道。」小夭的眉眼中難掩惆悵。

顓頊長嘆了口氣，「算了，不談這些不開心的事了，反正日子長著呢，日後再說吧！」

小夭瞪了顓頊一眼，「都是你！」

「好，都是我的錯！」

小夭露了笑意，開始和顓頊雜七雜八地聊著瑣事，還把俊帝寫給她的信讀給顓頊聽。因為小夭告訴父王她在學箭，所以俊帝對這個問得最多，一再叮囑小夭不要強求，縱然學不好也別在意。

顓頊頷首同意，「我也覺得妳太執著了，妳現在不是孤身流浪的玟小六，妳有父王，還有我，至不濟，軒轅山上還有個外祖父呢！」

俊帝在信裡提到了小夭和阿念的終身大事，他自嘲地說，一個女兒恐怕他想操心，也不會允許他操心，另一個女兒卻是要他操碎心。

小夭不明白父王的意思，顓頊解釋道：「上一次阿念回到五神山後突然鬧著要嫁人，師父幫她選夫婿。可每選一個，阿念相處一段日子後，就橫挑鼻子豎挑眼。」

小夭又是好笑又是無奈，這個阿念啊，幸虧有個天下無雙的好父親。小夭對顓頊抱拳，讚佩地說：「你竟然連五神山上都有眼線，厲害厲害！」

顓頊白了小夭一眼，「這需要眼線嗎？我好歹在五神山長大，有一堆兄弟！這是蓐收那混蛋給我訴苦的信裡寫的，他是生怕哪天師父看上了他。他說，我在時，覺得我是個假惺惺的混蛋，可我離開了，每次他對阿念咬牙切齒時，就會對我甚為思念。」

小夭大笑起來，顓頊也是滿臉笑意，輕嘆道：「其實，我也蠻想念他們。我是流落異鄉的落魄王子，他們是一群高辛的貴族子弟，在一起時不是沒有矛盾，甚至惡意的爭鬥，但長大後，回想過去，只記住了年少輕狂，大家一起胡作非為的快樂，那些不快樂都模糊了。」

小夭微微而笑。當年，顓頊迫不及待地想離開高辛，也終於順利回到軒轅，以後不管他多麼懷念在高辛時的日子，以他的身分，都不可能再回到高辛了，就如黃帝從未踏足高辛的土地。五神山只能永遠印在顓頊年少時的記憶中。

傍晚，馨悅來找顓頊和小夭吃飯，小夭用完飯後，自動早早離去，留馨悅和顓頊單獨相處。

第二日，一年的最後一日，豐隆回來了。

晚上，小祝融和他們四人一起用了一頓豐盛的晚飯。吃完飯，小祝融沒有像以往一樣離去，而是和他們圍爐而坐，詢問著兒子、女兒的生活瑣事，又問了顓頊不少事。小祝融待顓頊的態度很特別，顓頊對小祝融也透著一點異樣。

豐隆、馨悅都知道他們的爺爺神農祝融和軒轅四王子同歸於盡的事，小夭也很清楚四舅舅是為何而死，但對豐隆和馨悅而言，爺爺實在距離他們太遙遠，他們感受不到那曾經讓無數人拋頭顱、灑熱血的刻骨恨意，而對小夭而言，她明白顓頊在幾百年前就已經捨私情擇大義，所以他們三人裝作什麼都不知道，什麼都沒察覺。

小夭感慨地想，其實小祝融不也是捨了私情，擇了大義？他成全了中原百姓的安穩生活，捨棄了自己的國仇家恨。也許正因為顓頊和小祝融做了同樣的選擇，所以他們對彼此都有一分敬重。

新舊交替時，小祝融領著他們四人去樓上看煙花。

城池的四角都有神族士兵在放特殊製造的煙花，煙花高高地飛上天空，開出美麗的花朵，映得整個天空都好像變成了五彩繽紛的大花園。

街道上有無數百姓在放自己購買的煙花，雖然飛不了多高，可勝在別致有趣，兒童們拿著各種煙花追逐嬉戲，笑鬧聲洋溢在空氣中。

這是一種只有太平盛世才會有的歡樂氣象。

馨悅湊在小夭耳畔，低聲說：「我爹對煙花有很特異的情感，每年澤州和軹邑兩城的煙花他都會親自過目，為了讓煙花足夠美麗，甚至不惜自己拿錢出來。」

小夭默默看著漫天煙花。青丘此刻想必也是如此美麗，璟大概攙扶著奶奶，和眾人一起看著繽紛絢爛、漫天綻放的煙花；而清水鎮外的茫茫大山中，應該是黑暗的，蕭瑟寒風中，士兵們圍著篝火，就著粗劣的烈酒，唱一曲故國的歌謠。相柳大概一身雪白的衣，陪著共工，默默地穿行在黑暗中，從一個營地巡邏到另一個營地。

看完煙花後，小祝融就去休息了，讓他們四人隨意。

四人笑著說再玩一會，去了暖閣。

馨悅和小夭在外間一邊打瞌睡，一邊有一句沒一句地說著話，顓頊和豐隆則在裡間，一直商議他們的事。

小夭睡了過去，迷迷糊糊中，感覺到有人給她蓋被子，她睜開眼睛，看到她和馨悅依偎著，竟然枕在一個枕頭上睡著了。

馨悅也醒了，含糊地問：「你們談完了？」

顓頊把被子給她們蓋好，低聲說：「沒有，半晌沒聽到妳們的說話聲，所以出來看一眼，妳們接著睡吧！」

馨悅這段日子累得夠嗆，也真是起不來，閉上眼睛接著睡了。

小夭也閉上了眼睛。

顓頊看她們二人並肩躺著，髮髻蓬鬆，睡顏嬌憨，風情各異卻相得益彰，真如兩朵水靈靈的嬌花並蒂開著，不禁心頭急跳了幾下，怔怔看了一瞬，輕撫小夭的額頭，才輕手輕腳地走回內室。

顓頊在小祝融府住了四天，豐隆卻只逗留了一夜，新年第一天的傍晚就駕馭坐騎趕往赤水。

馨悅對小夭吐舌頭，「沒辦法，每年他都是這樣忙忙碌碌，今年陪了我和爹辭舊迎新，必須儘快趕回去陪爺爺和娘。其實爺爺和娘並不在意，可赤水族裡的那幫老頑固總喜歡指手劃腳，哥哥已經煩透他們了！他們把赤水氏的族長之位看得比天還大，殊不知哥哥並沒多稀罕，反而覺得那些破家規這也不准做，那也不准做，限制了他的手腳。」

顓頊回神農山時，馨悅比小夭還要難過不捨，顓頊的雲輦早消失在天空中，她還呆呆地站著，直到小夭笑出聲，她才收回目光，嘆了口氣，悵然道：「妳別笑我，遲早有妳的一日。」

小夭嘆息，已經有了，只不過她更克制，也更會掩飾。其實，小夭不知道的是，並不是她的掩飾有多麼天衣無縫，而是馨悅壓根不相信小夭會看上璟，小夭又有些男兒氣，玩得興起時，和豐隆也照樣哥倆好地親密，所以她壓根沒往那方面想。

馨悅問小夭：「妳對我哥哥真的一點感覺都沒有？」

小夭搖頭，笑道：「其實妳哥哥對我也沒什麼男女之情。」

馨悅知道小夭是聰明人，老實地承認，「我哥哥的心根本不在女人身上，他對妳已經算上心的了。其實，沒感覺也沒什麼，只要不討厭就行，神族間的婚姻有幾個還真恩愛了？只要兩人能像朋友般相處，就是好夫妻。而且我哥和妳哥可不一樣，我哥從不對女人上心，妳嫁給我哥，不用擔心還會有其他女人來煩妳。」馨悅說著，悵然地嘆了口氣。

小夭可不敢接嘴，趕緊傻笑著轉移話題。

小祝融去了軒轅城，向黃帝奏報事務。豐隆在赤水、顓頊在神農山、璟在青丘，偌大的小祝融府只剩下了馨悅和小夭。

瞫氏的小姐給馨悅送了帖子，請她和王姬去郊外看梅花。

馨悅對小夭說：「梅花沒什麼看頭，她們只是找個由頭玩而已，我也是真覺得悶了，咱們去轉轉吧！」

小夭和馨悅不一樣，她曾獨自一人在深山二十多年，又被九尾狐幽禁過三十年，她雖然喜歡有人陪伴，可她對陪伴對象卻很挑剔，如果不喜歡，寧可自己一個人待著自娛自樂。她懶洋洋地說：「妳自己去吧，我在家裡玩射箭。」

馨悅不依，搖著她的胳膊說：「好姊姊，人家帖子上都寫了妳，妳不去的話，她們肯定在背後嚼舌頭，說我一副輕狂樣子，看似和高辛王姬多麼要好，實際上人家也是一點面子不給。」

小夭知道他們這些人很講究這些，馨悅又向來高傲，的確不好讓她在那些公子小姐中落了面子，便笑道：「嫂嫂有命，豈敢不遵？不過，咱們事先說好，我懶得說話，到時嫂嫂妳可要幫我應付他們。」

馨悅又喜又羞，捶了小夭一下，「咱倆將來誰叫誰嫂子還不一定呢！」

小夭和馨悅到梅林時，已經有不少人到了。

小夭戴著帷帽，跟著馨悅，馨悅讓她走她就走，馨悅讓她停她就停，馨悅讓她打招呼她就打招呼，雖然沉默少語，可眾人都知道這位高辛王姬十分難請，所以都不介意，只是羨慕馨悅竟然能和她玩得這般好。

小夭看到了那位沐家的公子，雖然上次他只是隔著窗戶看了她一會，可自小的經歷，讓她警戒性很高，所以她依舊記得他。

沐家公子過來給馨悅和她打招呼，這一次小夭沒有感受到任何異樣。

有人在梅林中打起了雪仗，馨悅被她的表姊妹和堂姊妹們拉去加入了戰鬥。

一個少女邊打邊躲，不小心把一個雪球砸到了小夭身上，她不好意思地頻頻道歉，小夭不在意地說：「沒事。」

為了不再被誤傷，小夭遠離戰場，在梅林裡隨意逛著。一路行去，梅花越開越好，因為一直能聽到少女的笑聲和尖叫聲，小夭覺得自己離她們並不遠，也就一直朝著花色最好的地方走去。

突然間，所有的聲音都消失了，梅林依舊安靜地絢爛著，小夭野獸的本能卻讓她立即停住腳步。她謹慎地看了一會前方，慢慢回身，想沿著來時的足跡返回，但是，雪地白茫茫一片，沒有一個腳印。

小夭摘下了帷帽，四處張望，潔白的雪，沒有足印，就好像她是從天而降到這裡。

小夭掌中握了毒藥，看向天空，卻找不到太陽在哪裡。她觀察梅樹，梅樹居然沒有陰面與陽面，頓時無法辨別方向，唯一的解釋就是她被困在了一個陣法中。

不管設陣、還是破陣，都是一門極深的學問，沒有上百年的學習，不可能掌握。小夭在玉山時，年紀小，王母還沒來得及教她，之後不可能有師父教她，所以小夭對陣法幾乎一竅不通。

小夭知道碰上了高手，也許人家壓根不會出現，她的毒藥好像用處不大。

小夭雖凝神戒備，卻並不擔心，畢竟她的身後是俊帝和黃帝，沒有人會冒著抄家滅族之禍來取她性命。可她也想不透是誰困住了她，往好裡想，也許是她誤入了別人的陣法，等主人發現就會放她出去。

但小夭很快就明白自己判斷錯誤了。

所有的梅樹都開始轉動，它們伸出枝條抽打纏繞著她，小夭只能憑藉在山裡鍛鍊出的猿猴般的敏捷盡力閃避，可是她靈力低微，難以持久。在梅樹的圍攻下，她被絆倒了好幾次，每一次她都咬牙站起，繼續奔逃閃避。

突然，從雪裡冒出一隻枯黑的手，抓住了小夭的腳，她用匕首去刺那隻手，手鬆開，卻化為長刺，迅雷不及掩耳地刺穿了小夭的腳掌，將她釘在地上。

梅樹的枝條結成了一把巨大的錘頭，向著小夭的頭狠狠砸下。

小夭咬著牙，用力拔出腳，顧不上腳掌傳來的劇痛，連滾帶爬地逃開，那把錘頭砸在地上，濺起漫天雪花。

小夭腳掌上鮮血汩汩地湧著，她嘶聲大喊：「你是誰？你要殺我，就出來，藏頭露尾算什麼？」小夭不想大吼大叫地去威脅，因為此人既然周密地部署一切，一定完全明白後果是什麼。小夭只是想知道誰這麼恨她，寧可面對兩大帝王的憤怒，也要不惜一切殺了她。

沒有人回答她。

這個陣法比當年赤水獻攻擊禺疆的陣法更靈力充沛，除非是像禺疆、赤水獻那樣大荒內的頂尖高手，才有可能以一人之力設置出這樣的陣法，可小夭真的想不出她幾時和這樣的人結了抄家滅族的仇怨。另一個推測會更可怕，這個陣法不是一個人所設置，而是好幾個人聯合設置推動，居然有很多靈力不弱的人非要她死！

野獸的咆哮聲傳來，兩隻凶惡的怪獸出現在梅林內。這種凶猛的怪獸根本不可能出現在這裡，必是有精通馴獸的神族在驅策牠們。小夭明白了，是有好幾個人聯合起來要她死！

怪獸聞到了血腥氣味，向著小夭慢慢地走來。

小夭一隻腳掌剛被刺穿，血仍汩汩地流著，力氣已經耗盡，根本逃不過。

小夭坐在雪地上，安靜地盯著怪獸。

怪獸看著柔弱的小夭，居然本能地察覺出了危險。牠們微微低下頭，開始一步步地退後，以野獸的姿態，表示出牠們屈服於小夭，沒有進攻的意圖。可是，幾聲尖銳的鳴叫，怪獸在主人的脅迫下，昂起了頭，不得不選擇進攻。

一隻怪獸撲了過來，張開血盆大口，小夭竟然將手直接遞進牠的嘴裡，只要牠閉攏嘴巴，她的胳膊就會被生生地咬斷。

怪獸合嘴，鋒利的牙齒被一把豎立的匕首卡住，小夭握著匕首退出牠的嘴，身子一蜷，縮到了怪獸的肚皮下，恰好避開另一隻怪獸的撲擊。

怪獸高高抬起上半身，雙爪撲下，想用爪子撕裂小夭，小夭只是冷漠地看著牠。怪獸雙爪往下落時，清晰地感受到自己的生命在遠離，牠悲傷地嚎叫，當雙爪落到地上時，嚎叫聲戛然而止，身子重重倒下。

另一隻怪獸愣愣看著同伴，電光石火間，小夭猛地躥出，將匕首狠狠刺進了牠的眼睛，再迅速躍開，以剛死掉的怪獸屍體作為暫時的壁壘，避開另一隻怪獸的攻擊。

怪獸皮粗肉厚，很難下毒，身上最容易下毒的地方就是嘴巴和眼睛，所以小夭冒險把手直接伸進怪獸嘴裡下毒，又利用第二隻怪獸看到同伴莫名死去時的呆滯，給牠的眼睛下毒。看似沒有費多少工夫，但每個動作都要恰到好處，否則，她會立即缺胳膊少腿，葬身怪獸腹中。

兩隻怪獸都死了。

小夭雖然活下來了，可是她最後的力氣都用在剛才的搏鬥中。

小夭叫道：「你們有本事就繼續啊！我倒要看看你們還有什麼花招。」

小夭能感受到他們深恨她，否則不可能明明能用陣法殺她，卻還驅策怪獸來撕裂她，唯一的解釋是他們都不想她死得太容易，恨不得讓她嘗遍各種痛苦。小夭希望他們多用點法子來折磨她，因為馨悅不是笨蛋，她應該會察覺不對，而只要馨悅察覺出，小夭就有希望躲過今日一劫。

一個男子從梅林深處走來，是那位沐氏的公子。

小夭心中透出絕望，他們不再隱藏身分，說明已經決定要殺死她了。

沐公子說道：「我們恨不得讓妳嘗遍世間上最痛苦的死法，但是，我們更不想讓妳有任何機會活下去。」

梅林瘋狂地舞動著，從四面八方探出枝椏。小夭已經沒有力氣再逃，梅樹枝條將她牢牢捆縛住，懸吊在半空。

小夭問：「為什麼？你我從沒有見過面，我做過什麼讓你這麼恨我？」

沐公子悲憤地說：「妳做過什麼？我全族三百四十七人的性命！」

「是蚩尤滅了你全族，和我有什麼關係？」小夭的身體不自禁地顫抖著。

沐公子大吼道：「蚩尤和妳有什麼關係？妳不要再裝了！他屠殺了我們所有的親人，今日我們就殺掉他唯一的親人，血祭我們一千零二十二個親人的性命！」

小夭搖頭，叫道：「不！不是的！我和蚩尤沒有關係！我爹是俊帝！」

地上的雪片化作了四把利刃，刺入小夭的手掌和腳掌，血滴滴答答地落在雪地上，觸目驚心。

劇痛從骨肉間蔓延開，好像連五臟六腑都要絞碎，小夭卻是一聲未哼，反而一字字平靜地說：

「我和蚩尤沒有關係，我爹是俊帝！」

沐公子吼道：「這些血是祭奠詹氏！」

六把利刃刺入了小夭的腿上，鮮血汩汩落下，她痛得全身痙攣，卻依舊未慘叫、未求饒，

「我、我爹……是俊帝。」

沐公子叫道：「妳不承認也沒有用！這些血是祭奠晉氏！」

三把利刃刺入小夭的身上，鮮血如水一般流淌著。沐公子說：「這些血是祭奠申氏！」

小夭臉色煞白，斷斷續續地說：「你、你……殺……錯了人。」

沐公子眼中全是淚，對天禱告：「爺爺、爹爹、娘，你們安息吧！」

他揮舞雙手，梅花漫天飛舞，化作了梅花鏢。沐公子對小夭說：「這些血是祭奠沐氏！」

鋪天蓋地的梅花鏢向著小夭射去，釘入了她的身體。
鮮血如雨一般，飄灑在梅林內。

清水鎮外的深山。
屋內，相柳正和義父共工商議春天的糧草，突然，他站了起來，面色冷凝。
共工詫異地看著他，「怎麼了？」
「我有事離開。」
相柳匆匆丟下一句話，發出一聲長嘯，向外狂奔去，白羽金冠鵰還未完全落下，相柳已經飛躍到牠背上，向著西北方疾馳而去。
共工和屋內的另一位將軍面面相覷。

神農山，紫金頂。
殿內，顓頊靠躺在榻上，瀟瀟溫順地趴在他膝頭。顓頊一邊無意識地撫著瀟瀟的頭髮，一邊懶洋洋地聽著下屬奏報宮殿整修的情況。

突然，顓頊覺得心慌意亂，好像有些喘不過氣，他不禁推開瀟瀟，站了起來。下屬見他面色不豫，忙告退離去。

瀟瀟恭敬地看著顓頊，以為他有什麼重要的命令。

顓頊面色茫然，凝神思索，他想起來，當年爹在萬里之外出事時，他也是這般的心慌，頓時面色大變，對瀟瀟說：「妳立即帶人去軹邑找小夭，帶她回來見我，無論發生什麼，一定要保住她的性命。」

「是！」瀟瀟轉身就走。

顓頊在殿內走來走去，突然衝出了殿門，叫道：「來人！我要去軹邑！」

在坐騎上，顓頊仰頭望天，竟然在心裡默默祈求：爹、娘、姑姑、奶奶、大伯、二伯，求你們，求求你們！

不管再艱難時，他都告訴他們：你們不要擔心，我會好好走下去！可這一次，他求他們，求他所有的親人保佑他唯一的親人！

青丘，塗山氏府邸。

塗山太夫人的屋子內，璟、意映、篌和篌的夫人藍枚陪著奶奶說話，奶奶對他們四人叨唸：「我活不了幾年了，第一是希望璟兒能趕緊成為塗山氏的族長，第二是希望你們兄弟和睦，一起守護好塗山氏，第三是希望你們給我生個重孫。若這三件事你們做到了，我就是含笑而終。」

四人都默不作聲，奶奶咳嗽起來，璟和篌趕緊幫奶奶端水拍背，璟說道：「奶奶，妳不要操心了，安心休養，只要妳身體好，一切都會好的。」

太夫人瞪他，「我最操心的就是你。讓你成婚，你不肯；讓你舉行繼位儀式，成為族長，你也不肯。你到底打算拖到什麼時候？」

璟掛在腰上的香囊，突然無緣無故斷開，掉在地上，他愣了一愣，彎身去撿，握住香囊，只覺心悸。這藥草香囊是小夭所贈！璟面色驟變，轉身就往外跑，心神慌亂，什麼都忘記了，只一個念頭：小夭，他必須立即找到小夭。

意映和藍枚都驚訝不解，意映叫道：「璟、璟，你去哪裡？」

太夫人道：「肯定是有什麼事要發生，璟兒能感覺到，卻並不真正知道。」

意映和藍枚都疑惑地看著太夫人，太夫人解釋道：「真正繼承了塗山先祖血脈的塗山子弟都會有一種能力，沒有辦法解釋，也說不清楚，但的確存在，他們能模糊地預感到一些重大事情的發生。從上古到現在，塗山氏歷代族長的靈力並不很高，可我們塗山氏一直是最強大的氏族之一，一個重要的原因就是這個能力，它能讓塗山氏趨吉避凶。」太夫人看了一眼篌，望著牆上的九尾狐圖，語重心長地說：「璟兒是命定的塗山氏族長！」

藍枚低下了頭，不敢看篌。意映擔憂地看向篌，篌不屑地冷冷一笑。

璟瘋狂地驅策坐騎快點再快點，趕到小祝融府時，小夭不在。

珊瑚詫異地對璟說：「王姬去郊外的梅林了。」

璟趕到梅林時，梅花開得如火如荼，男男女女漫步在花下，少女們的嬌笑聲飄蕩在梅林內，沒有絲毫危險的氣息。

璟卻更加心悸，召出小狐，和小狐循著小夭留下的點滴蹤跡，追蹤而去。九尾狐天生善於追蹤和藏匿，璟又對小夭心心念念，不管混雜多少別人的氣息，只要小夭的一點點氣息他都能分辨。

璟有天生靈目，能看透一切迷障和幻化，再加上識神小狐的幫忙，他一直追蹤到了另外一個山谷。眼前是一個水、木、火三靈結合的陣勢，是個必殺的殺陣，不過滿地是雪，對他卻最有利。璟從地上抓起一團雪，握在掌中，從他的掌間逸出白霧，將他裹住，整個人消失不見。

璟走進陣勢中，聽到男人的悲哭聲，他循著聲音而去，沒有看到男人，卻看到地上的白雪已經全被鮮血染紅，一個血淋淋的人吊在半空中，血肉模糊，難辨男女，可她的臉孔異樣地乾淨，粉雕玉琢般地晶瑩，眼睛依舊大大地睜著。

璟剎那間肝膽俱裂，發出了一聲悲痛得幾乎不是人聲的低呼，飛撲上前，揮手斬斷枝條，抱住了小夭。

璟伸手去探小夭的脈搏，卻感受不到任何跳動。他全身都在發抖，緊緊地摟住小夭，企圖用自己的身體溫暖她冰涼的身體。

他把手放在小夭的後心，不管不顧地輸入靈力，「小夭，小夭，小夭……」

璟一邊喃喃叫著小夭，一邊去親她。

他親她的臉頰，可是，她的面色依舊像雪一樣白，她不會再為他臉紅。

他親她的眼睛，可是，她的眼睫毛再不會像受驚的小蝴蝶般撲扇著蝶翼。

他含住她的唇，輕輕地吮吸，可是小夭的唇緊緊地閉著，冰冷僵硬，她再不會像花朵般為他綻放，讓他感受到世間最極致的芬芳甜蜜。

璟不停地吻著小夭，小夭卻沒有絲毫回應。

璟整個身體都在劇顫，他淚如雨下。小夭，小夭，求求妳！

不管他輸入多少靈力，她的脈搏依舊沒有跳動。

璟發出悲痛欲絕的叫聲，他的眼淚浸濕了小夭的衣衫。

小夭啊，這世間如果沒有了妳，妳讓我如何活下去？我錯了！我真的錯了！我不該離開妳！不管有什麼理由，我都不該離開妳！

陣勢的最後一步發動，每一朵梅花都變成火焰，熊熊大火燃燒起來，將一切都焚毀，點滴不留。縱使俊帝和黃帝發怒，也找不到一點證據。

火舌席捲而來，燒著璟的衣袍，灼痛了他的肌膚，他卻只是把小夭更緊地摟在懷裡，任憑火舌將他們吞沒。

小夭，我只想做妳的葉十七，說好了我要聽妳一輩子的話，妳不能丟下我！如果妳走了，我也要跟隨著妳，不管妳逃到哪裡，我都會追著妳！

顓頊和瀟瀟趕到山谷時，看到整個山谷都是烈火。

顓頊要進去，「小夭在裡面，小夭肯定在裡面！」

瀟瀟拉住他，「殿下，這是個絕殺陣，陣勢已經啟動，你不能冒險進去，我們去救王姬。」

顓頊壓根聽不到她說什麼，一邊不管不顧地往裡衝，一邊大叫：「小夭，小夭……」

瀟瀟咬了咬牙，用足靈力，猛地一掌砸在顓頊的後脖上，顓頊暈倒。

瀟瀟對兩個暗衛下令，「保護好殿下。」

她領著另外四個暗衛衝進火海，最後的吩咐是：「如果半個時辰後我們還沒回來，就是已死，你們立即護送殿下回神農山。殿下冷靜下來後，會原諒你們。」

四周都是火，火靈充盈整個天地，隔絕了其他靈氣，五個暗衛只能倚靠本身的靈力和火對抗。的確如瀟瀟推測，最多只能堅持半個時辰。

除了火的紅色，什麼都看不到，他們一邊搜索，一邊叫著：「王姬，王姬……」

時間在流逝，五個暗衛中靈力稍低的已經皮膚變焦，可是他們沒有絲毫懼色，依舊一邊搜索，一邊叫著：「王姬、王姬……」

突然，瀟瀟說：「停！」

五個人靜靜地站著，瀟瀟側耳傾聽了一瞬，指著左方，「那邊！」

五人急速飛奔而去，看到火海中，一個男子緊緊抱著一個女子，他依舊在不停地給女子輸入靈力，女子的身體沒有被火損傷，他自己卻已經被燒得昏迷。

他們立即圍繞著男子，把火焰隔開，瀟瀟認出是塗山璟，先滅掉他身上的火，下令道：「我帶王姬，鈞亦帶公子璟。」

鈞亦想抱起璟，可璟緊緊扣著小夭，整個身體就像藤纏繞著樹一般，竟是怎麼分都分不開。

瀟瀟不敢再耽誤時間，說道：「先一起吧，回去再說。」

一個修煉木靈的暗衛用兵器化出了木架子，他們把小夭和璟放在架子上，瀟瀟和鈞亦抬起架子，飛速向火海外奔去。

進來時，要找人，只能慢慢走，如今找到了人，他們又都精通陣法，出去很簡單，不一會，已經到了陣外。

顓頊仍昏迷著。

瀟瀟檢查了下小夭和璟，臉色很難看，「璟公子還活著，王姬卻……已經沒了氣息。」

她手貼在小夭的後心上，對幾個暗衛下令，「立即回神農山，從現在開始，即使沒有用，我們輪流給王姬輸入靈氣。還有，立即去找馨悅小姐，說王姬受了重傷，我們要中原所有最好的醫師，但請她先封鎖消息。」

回到神農山後，顓頊醒過來，他立即跳了起來，「小夭！」

瀟瀟稟奏，「我們已經將王姬從火海中帶回。」她不敢說救，只能說帶回。

顓頊大喜，「小夭在哪裡？」

金萱提心吊膽地領著顓頊去看小夭。

經過幾個暗衛的努力，他們終於分開了璟和小夭，現在小夭平躺在一張特殊的水玉榻上，據說是當年炎帝用來療傷的榻，水玉能匯聚靈氣，護住身體。一個暗衛盤腿坐在榻頭，手掌貼在透明的水玉榻上，給小夭輸入靈氣。

小夭全身裹得像個粽子，只有臉還露在外面。顓頊的醫師鄞跪坐在榻尾，看到顓頊站了起來。

顓頊問道：「小夭如何？」

鄞是個啞巴，自小沉迷醫術，不解人情俗事，完全不懂得回答某些問題要委婉，用手勢直接地回道：「她已經死了。」

顓頊瞪著鄞，如同一隻要擇人而噬的怒獸。鄞第一次覺得畏懼，急忙跪下。

半晌後，顓頊從齒縫裡擠出兩個字，「退下。」

鄞沒有看懂顓頊的唇語，瀟瀟給他打手勢讓他離開，鄞如釋重負，趕緊退了出去。

顓頊坐到小夭身旁，從她的臉一直摸到了腳，臉色陰沉，神情卻異常平靜，簡單地下令：「說！」

瀟瀟立即俐落地奏道：「王姬手掌、腳掌被利刃貫穿，左腿被利刃刺穿了三次，右腿三次，左臂兩次，右臂兩次，腹部三次，身體還被無數飛鏢刺入。這種虐殺方式多用於血債血還的仇殺。最後見到的雖然是火陣，但根據王姬身上的傷，應該還有水靈和木靈的高手，初步推斷，這個陣勢至少有三個人聯合設置。這是一次計畫周詳、布置周密、目標明確的殺人計畫，非短時間內能完成。殺人者必定有一個和瞫氏的小姐認識，所以才能影響或者提前得知瞫小姐會請馨悅小姐和王姬去遊玩。」

顓頊的呼吸有些急促，一瞬後，他緩緩說道：「查！查出來後，千萬不要讓他死！」

「是！」瀟瀟轉身走出了殿門。

金萱問：「要派人稟奏俊帝和黃帝陛下嗎？」

顓頊說：「怎麼可能不稟奏兩位陛下？讓軒轅和高辛最好的醫師立即趕來。」

「是。」說完金萱退了出去。

小夭沒有一絲生氣，但因為有靈力源源不絕地輸入，她的身體還是溫暖柔軟的，並沒有冰涼僵硬。雖然感受不到她的脈搏和呼吸，可顓頊覺得她的心臟仍在微微跳動。

顓頊輕撫著小夭的頭，說道：「我知道妳很堅強，一定會挺過去。小夭，妳嘗過被人丟下的痛苦，所以我知道妳一定不會丟下我。我已經在紫金頂種了鳳凰樹，再過幾十年，它們就會長大，妳答應過，要陪我一起看到神農山上也盛開出鳳凰花。」

馨悅帶著中原最好的兩位醫師趕到神農山，看到小夭死絕的樣子，她腿一軟，跌坐在地上，一時問竟然連話都不敢說。

醫師上前檢查小夭，顓頊走過去，扶起了馨悅，「和妳無關，他們能計畫這麼周密，不利用妳也會利用別人，沒必要因為別人的錯誤而責怪自己。」

馨悅的眼淚湧到了眼眶裡，因覺得溫暖，心更加柔軟，反倒更加愧疚，也就更加恨那些竟敢利用她的人，她哽咽道：「我一定會從曋表姊那裡仔細追查下去，給小夭一個交代。」

顓頊和馨悅都看著醫師，兩位醫師仔細檢查後，相對看了一眼，跪下磕頭，「殿下，我等無能。」語意婉轉，可意思和鄞一模一樣，認為小夭已經沒有救。

這兩位醫師的父親都曾跟著炎帝神農氏學習醫術，可以說，是得了炎帝醫術親傳的傳人，他們若說沒救，整個大荒應再無醫師能救小夭。馨悅的眼淚落了下來，怕顓頊傷心，壓抑著不敢哭。

顓頊卻很平靜，揮揮手示意醫師下去，對馨悅說：「小夭不會丟下我，她一定會挺過去。」

馨悅想說什麼，金萱朝她悄悄搖頭，便吞下已經到嘴邊的話，把帶來的稀世靈藥交給顓頊。

顓頊說：「謝謝。妳留在這裡也幫不上什麼，但有件事情妳卻能幫我做，也只有妳是最適合做的人。」

馨悅道：「我明白，我這就回去，曋表姊那裡我去盤問。你放心，我一定會找出端倪。」

顓頊說：「我送妳出去。」

「不用了，你照顧小夭吧！」

顓頊對金萱說：「妳代我送一下馨悅。」

金萱把馨悅送到了殿門外，馨悅說：「剛才謝謝妳。」

金萱行禮，「小姐太客氣了。」

兩個女人本沒有任何關係，可因為喜歡上了同一個男人，關係變得微妙。

馨悅問兩個醫師：「王姬可……真死了？」

兩個醫師回道：「已死。五臟雖還有生氣，但那全是靠著源源不絕的靈力在支撐，一日停止輸入靈力，五臟就會死透。」

馨悅猶豫了下，對金萱說：「小夭已死，顓頊卻還不願接受現實，你們盡力寬慰一下他。」

馨悅躍上畢方鳥坐騎，帶著醫師，一行人離開了神農山。

金萱回到殿內，顓頊仍坐在榻旁。

輸靈氣的暗衛臉色發白，另一個暗衛立即換下了他。

顓頊問：「璟的傷勢如何？」

金萱回道：「璟公子只是燒傷，鄞醫師說他傷勢並不算嚴重，但他悲痛欲絕，在主動求死，所以一直昏迷不醒。」

顓頊沉默了一瞬，說道：「他還算是對得起小夭的另眼相待。用靈藥吊住他的性命，小夭若能熬過去，他自然會醒來。」

「是。」金萱默默退了出去。

顓頊一直守著小夭，一整夜都未離開。

瀟瀟回來時，金萱低聲問：「從昨日下午到現在一直在裡面，要想辦法勸一下嗎？」

瀟瀟搖搖頭，「殿下清楚自己在做什麼，他不能發怒，不能痛哭，更不能倒下，只能選擇這種方式宣洩。我們做好自己的本分就行了。」

突然，守護神農山的護山陣勢發出了尖銳的警告聲，表示有人在硬闖神農山。

負責警戒天上的侍衛們驅策坐騎，朝某個方向飛去。霎時，冷清了許久的神農山，天上地下都是士兵。

瀟瀟拔出了兵器，大聲喝道：「所有人各司其職，不許驚慌！」

金萱退進殿內，守在顓頊身邊。

顓頊輕蔑地一笑，「如果現在真有人想趁這個時機取我性命，我必讓他後悔做了這個決定。」

靈力和陣法撞擊，發出雷鳴一般的轟鳴聲，顓頊笑對金萱說：「來者靈力很高強，可不是一般的刺客，應該不是籍籍無名之輩，我們去會會。」

金萱想勸他，終究忍住了，應道：「是。」在這個男人面前，一切都只能交由他掌控，她唯一能做的就是服從。

顓頊對幾個暗衛說：「不管發生什麼，你們的任務就是保護好王姬。」

顓頊帶著金萱走到殿外，看到天空中全是士兵。

一個人突破了陣法，向著紫金頂而來，白衣白髮，銀白的面具，長身玉立在白色的大鵰上，纖塵不染得就如一片剛凝成的雪，在清晨的朝陽中異常刺目。

顓頊笑道：「原來是老朋友。」

士兵將相柳圍住，相柳用靈力把聲音送到顓頊耳中，「顓頊，你是想小夭活，還是想她死？」

顓頊臉色陰沉。消息一直在封鎖中，除非相柳就是想殺小夭的人，否則他怎麼可能這麼快得到消息？

顓頊怒到極點，反倒笑起來，「讓他下來。」

相柳落在殿前，他走向顓頊，一排侍衛將他隔開，相柳問：「小夭在哪裡？」

「你想要什麼？」顓頊想不通相柳的目的，如果他想要求什麼，那需要保住小夭的命才能交換，而不是殺了小夭，可是梅花谷內設陣的人顯然是想要小夭的命。

相柳也是絕頂聰明的人，立即明白顓頊誤會了他，說道：「不是我做的，昨日下午之前我一直在清水鎮外的大山中，這會剛到神農山。」

顓頊相信相柳說的話，因為相柳想撒謊不用這麼拙劣，頓時更加困惑，「那你怎麼可能知道小夭有事？」

相柳道：「在清水鎮時，軒被小六下了一種怪毒，小六為了替軒解毒，不得已只好把毒引到另一個人身上。」

顓頊盯著相柳，抬了抬手，「都退下。」

侍衛全部退下，相柳走到顓頊面前，顓頊轉身向殿內走去，「跟我來。」

相柳看到了小夭，他走過去，坐到水玉榻旁，凝視著無聲無息的小夭。

顓頊看了眼瀟瀟，瀟瀟過去，替換下正在輸靈力的暗衛，殿內的侍者都退了出去。

顓頊問：「那個蠱在你身上？」

「嗯。」

「為什麼？」顓頊能理解小夭為了幫他解蠱，不惜禍害另一個人，卻不能理解相柳竟然容忍小夭這麼做。

相柳淡淡地說：「這是我和小夭之間的事。」

顓頊說：「你來此想做什麼？為什麼你剛才問我想小夭生還是想她死？」

「你把她交給我，我能救活她。」

「什麼叫交給你？難道你不能在這裡救她嗎？」

「不能！」

顓頊苦笑，「你是殺人無數的九命相柳，如果我腦袋還沒糊塗，咱倆應該誓不兩立，你讓我把妹妹交給你，我怎麼可能相信你？」

「你不把她交給我，她只能死。」

顓頊的醫師鄞，師承軒轅和高辛兩邊的宮廷醫師，醫術十分好，他判定了小夭生機已斷。馨悅帶來的兩位醫師是中原最好的醫師，他們也認為救不了小夭。

顓頊相信，即使軒轅和高辛宮廷中最好的醫師趕來，肯定和三位醫師的判斷相同。相柳是唯一認為小夭還未死的人，顓頊不相信相柳，可他更不能放棄這唯一可能救活小夭的機會，只得說：

「你讓我考慮一下。」

相柳平靜地說：「她就快沒有時間了。」如果不是有這麼多靈力高強的人不停地給小夭輸靈力，縱使他現在趕到，也不可能了。只能說顓頊奢侈浪費的舉動，為小夭爭取了一線生機。

「你需要多少時間？我什麼時候能再見到小夭？」

「不知道，也許一兩年，也許幾十年。」

顓頊在殿內走來走去，面色變來變去，終於下定了決心，「你帶她走吧！」顓頊盯著相柳，冷聲說：「如果你敢傷害她，我必鏟平神農義軍，將你碎屍萬段！」

相柳十分心平氣和，淡然地說：「我不傷害她，難道你就會不想鏟平神農義軍，不想將我砍成幾段？」死都死了，幾段和萬段有何區別？

顓頊無奈地看著相柳，他開始有點明白小夭為什麼能和相柳有交情了，這人雖然混帳，但是混帳得很有意思。

顓頊嘆了口氣，也心平氣和地說：「反正你明白我的意思。」

相柳說：「把你所有的好藥都給我。」

顓頊讓金萱把紫金殿中所有的好藥都拿出來，和馨悅帶來的靈藥一起裝好，「夠了嗎？不夠的話我可以再派人去黃帝、俊帝、王母那裡要。」

相柳看著地上的大箱子，嘲道：「足夠了，難怪人人都想要權勢。」

相柳彎身，抱起了小夭。

顓頊雖然做了決定，可真看到相柳要帶走小夭，還是禁不住手握成了拳。他對瀟瀟說：「帶他從密道出去，我可不想我妹妹的名字和個魔頭牽扯到一起，我還指望著她嫁個好人家！」

相柳毫不在意，只是淡淡一笑，抱著小夭隨瀟瀟進了密道。

顓頊拿出兩個若木做的傀儡，點入自己的精血，幻化成兩個人，一個是小夭的模樣，放到水玉榻上，一個是相柳的模樣。顓頊對金萱說：「妳送相柳出去吧！」

金萱送相柳出了大殿。

半晌後，瀟瀟回來，奏道：「已經送相柳離開神農山，我派了幾個人暗中跟蹤。」

顓頊說：「不會有用，相柳肯定會甩掉他們。」

瀟瀟沉默不語。

金萱也回來了，奏道：「已送相柳離開。」

顓頊微微頷首，表示知道了。

金萱說道：「殿下，塗山氏的璟公子還在紫金殿，不可能不給青丘那邊一個交代，可璟公子的情形……處理不好只怕會影響殿下和塗山氏的關係。」

顓頊沉吟了一會說：「馨悅一定已經通知了豐隆，豐隆應該很快會趕到，等他到了，麻煩他把璟送回青丘。」

半夜裡，豐隆趕到了神農山。

顓頊知道榻上的傀儡瞞不住豐隆，也沒打算瞞豐隆，把事情經過原原本本告訴了豐隆，只是隱下了相柳體內有蠱的事，豐隆自然也不可能知道小夭和相柳以前就認識。但相柳本就以心思詭詐、能謀人所不能謀在大荒內聞名，所以並未深究相柳的出現，只是分析他這麼做的目的。

在小夭的事上，豐隆比顓頊更冷靜理智，他說道：「不管相柳說的話是真是假，如果我是你，我也會選擇相信他，畢竟只有這樣，還有一線生機。而且，我覺得他真能救小夭，因為只有救活了小夭，他才能和你或者黃帝談條件。」

從昨日到現在，顓頊終於露出第一絲真心的微笑，「我相信你的判斷。」

豐隆道：「其實這事你本不必告訴我。」

顓頊說：「有些事是私事，的確不方便告訴你，但這事有可能關係大局，你都願意把性命押在我身上，我豈能不坦誠相待？」

豐隆道：「你難道不是把性命也押到了我身上？你若留在軒轅城徐徐圖之，不是沒有勝算，可你卻來了中原。」

顓頊道：「因為我要的不僅僅是權勢，一個王座算什麼呢？」

豐隆道：「一個族長算什麼呢？」

顓頊和豐隆相視而笑，顓頊道：「你隨我來，我還要帶你見一個人。」

豐隆看到昏迷的璟，愣住，「這是怎麼回事？」

顓頊道：「我也不知道。我剛才和你說，我趕到山谷時，已是一片火海，我想衝進去，卻被瀟瀟敲暈了，等我醒來時，瀟瀟已經救回小夭。讓瀟瀟告訴你吧！」
瀟瀟對豐隆簡潔明瞭地說道：「我們進入陣勢中搜救王姬，找到王姬時，看到璟公子護著王姬，如果不是璟公子用靈氣護住了王姬，王姬的身體只怕早就焚毀，也正是因為他一直給王姬輸入靈力，王姬才能留住一線生機，可以說，其實是璟公子真正救了王姬。當時，璟公子已經陷入昏迷，我們帶著王姬和璟公子回到紫金頂，醫師說璟公子傷勢並不算嚴重，是他自己不願求生，所以不能醒來。」
豐隆滿臉茫然，喃喃說：「璟不是在青丘嗎？怎麼會出現在梅谷中？這倒不重要，幸虧他出現，才救了小夭，但為什麼他不願求生？究竟發生了什麼事？」
瀟瀟說：「不知道，也許只有等璟公子醒來或者抓到那幾個想殺王姬的人，才能知道。」
豐隆已經冷靜，明白顓頊帶他來看璟的意思，說道：「你放心吧，我親自送璟去青丘。璟和小夭都是受害者，現在小夭命懸一線，我想太夫人不會怪罪到你頭上。」
顓頊對豐隆作揖，「那就麻煩你了。」
「你和我客氣什麼？我現在就送璟回青丘。追查凶手的事，妹妹在查辦，我是赤水氏，不太好直接插手到中原的這些氏族，但妹妹會隨時和我溝通。」
「你處理璟的事就成，至於凶手……」顓頊冷哼，「就算掘地三尺，我也一定會想辦法把他們都挖出來。」
豐隆護送著璟，星夜趕到了青丘。
豐隆小時曾在塗山府住過十幾年，與璟同吃同住，所以和太夫人十分親近。雖然這次半夜裡突然出現，但僕人依舊熱情地把他迎了進去，立即去稟奏太夫人。

太夫人年紀大了，本就睡得少，這個時候已經醒了，只不過沒起身而已。這會她正躺在榻上琢磨璟昨日的異常舉動，不知道他究竟預感到了什麼，只希望不會是禍事，但一直沒他的消息，天亮後也該派人去找他了。

太夫人聽到婢女說豐隆求見，立即讓婢女扶著坐起，「叫豐隆兒趕緊進來。」

婢女為難地說：「豐隆公子請太夫人移步過去見他。」

太夫人倒沒介意，一邊穿衣服，一邊說：「豐隆兒不是不知禮數的人，這麼做必定有原因，我們趕緊過去。」

走進豐隆的屋子，太夫人看到躺在榻上的孫子，身子一晃，豐隆趕緊說：「傷勢不重。」

太夫人平靜下來，坐到榻旁，「究竟發生了什麼事？」

豐隆把高辛王姬遇險的事仔細交代一番，把瀟瀟的話原封不動地重複一遍，只把相柳的事隱瞞了下來。豐隆說道：「王姬現在生死未卜，凶手還未找到，如今只能看出是璟救了王姬，可為什麼璟萌生死志、不願求生，我們都不清楚。顓頊王子拜託我把璟送回來，也許璟回到家中，能甦醒過來。」

太夫人立即讓婢女去叫醫師，醫師趕來，把完脈後，對太夫人回道：「公子的傷沒有大礙，他是哀傷過度，心神驟散，五內俱傷，這病卻是無藥可醫，只能用靈藥保住性命，再設法喚醒公子，慢慢開解他。」

豐隆安慰太夫人，「奶奶不必擔心，我很瞭解璟，他看起來柔和善良，卻心性堅韌，一定不會有事。」

太夫人不說話，只是默默地看著孫兒。

璟失蹤十年，回來後，不肯說究竟發生了什麼，卻堅決要求取消婚約，太夫人勸不動他，想著先用緩兵之計，表面上說需要時間考慮退婚，暗地裡處處製造機會，誘哄著璟和意映多相處。她想著只要兩人多點機會相處，意映姿容不凡，璟遲早會動情，可沒想到璟竟然直接對意映表明心有所屬，想說服意映取消婚約。她和意映拗不過璟，一再退讓，都同意了璟可以娶那女子，她甚至告訴璟，人娶進了門，他想寵愛哪個女人，隨他意，就算他一次不進意映的房，那也是意映自己沒本事。璟卻依舊堅持要退婚，太夫人一直想不通原因，現在，終於明白了。如果璟心有所屬的那個女子是王姬，一切就說得通了。

太夫人又氣又傷，恨不得狠狠捶璟一頓，可當務之急，是要保住璟的命。

太夫人思來想去，半晌後，對心腹婢女小魚說：「璟兒的病情不許外洩。」

小魚回道：「奴婢已經在外面設了禁制，除了診病的醫師胡珍，只有豐隆和太夫人知道。」

豐隆說：「我來時很小心，沒有人知道我帶著璟一起來的。」

太夫人對豐隆說：「我有一事相求。」

豐隆忙起身行禮，恭敬地說道：「奶奶有事儘管吩咐，千萬別和豐隆兒客氣，否則我爺爺該揍我了。」

太夫人扶起豐隆，握著豐隆的手，說道：「你把璟兒帶去小祝融府，讓他在小祝融府養傷，我會命靜夜和胡啞，還有剛才給璟診病的醫師胡珍一塊跟去，平日他們會照顧璟。」

豐隆立即猜到太夫人是覺得自己畢竟老了，擔憂塗山府中有人會趁這個機會取璟的性命，便說：「奶奶放心，小祝融府的護衛本就很周密，這次出了這樣的事，妹妹一定會把府裡的人看管得更緊，我也會安排幾個死衛保護璟。」

太夫人用力地拍拍豐隆的手，「好，好！」她的眼淚差點要落下，表兄弟像親兄弟，真正的親兄弟卻揮劍相向。

太夫人說：「為了保密，趁著天還沒亮，你趕緊帶璟兒離開吧！」

豐隆應道：「好。奶奶，您保重，我會讓妹妹經常派人給您送消息。」

在太夫人的安排下，豐隆帶著璟從青丘秘密趕回軹邑。

馨悅聽完因由後，把璟安頓在他早已住慣的木樨園。

除了靜夜、胡啞、醫師胡珍，馨悅還安排了幾個靈力高強的心腹明裡照管花木，暗中保護木樨園，豐隆也留下了幾個赤水氏訓練的死衛保護璟。

回到木樨園，靜夜覺得公子的心緒好像寧和許多，也許太夫人為了保護公子的舉動，其實在無意中真的救了公子。

只是，每次她一想到胡珍說的話，就覺得害怕，究竟發生了什麼事，能讓公子在瞬間悲痛到心神消散，只想求死？

靜夜隱隱猜到原因，暗暗祈求那位能讓公子再次奏出歡愉琴音的高辛王姬千萬不要出事，否則她真怕公子永不會醒來。

第二十二章

生死兩相依

公子寧可被烈火燒死，也不願離開已死的妳。
王姬難道還不明白公子的心嗎？
他是不管生死都一定要和妳在一起啊！

神農山的地牢。

牆壁上燃著十幾盞油燈，將地牢內照得亮如白晝。

沐斐滿身血汙，被吊在半空。

地牢的門打開，顓頊、豐隆、馨悅走了進來。馨悅蹙著眉，用手帕捂住口鼻，顓頊回頭對她說：「妳要不舒服，就去外面。」

馨悅搖搖頭。

豐隆說道：「我們又不在她面前動刑，這是中原氏族的事，讓她聽著點，也好有個決斷。」

一個高個的侍從對顓頊說道：「我們現在對他只動用了三種酷刑，他的身體已受不住，一心求死，卻始終不肯招供出同謀。」

顓頊說道：「放他下來。」

侍從將沐斐放了下來，沐斐睜開眼睛，對顓頊說：「是我一個人殺了你妹妹，要殺要剮，隨君意願。」

豐隆說：「就憑你一人？你未免太高看自己了。」

沐斐冷笑著不說話，閉上了眼睛，表明要別的沒有，要命就一條，請隨便拿去！

顓頊蹲了下去，緩緩說道：「你們在動手前，必定已經商量好你是棄子，所有會留下線索的事都是你在做。我想之所以選擇你是棄子，不僅是因為你夠英勇，還因為縱使兩位陛下震怒，要殺也只能殺你一人，你的族人早已死光，無族可滅。」

沐斐睜開了眼睛，陰森森地笑著，以一種居高臨下的神情看著顓頊，悲憫著顓頊的無知。

顓頊微微笑道：「不過，如果沐氏一族真的只剩了你一個人，你一死，沐氏的血脈就滅絕。當年為了從蚩尤的屠刀下保住你，一定死了無數人，我相信，不管你再英勇，再有什麼大事要完成，也不敢做出讓沐氏血脈滅絕的事。如果我沒有猜錯，你應該已經有子嗣。」

沐斐的神情變了，顓頊的微笑消失，只留下了冷酷，「你可以選擇沉默地死去，但我一定會把你的子嗣找出來，送他去和沐氏全族團聚。」

沐斐咬著牙，一聲不吭。

顓頊叫：「瀟瀟。」

瀟瀟進來，奏道：「已經把近一百年和沐斐有過接觸的女子詳細排查了一遍，目前有兩個女子可疑，一個是沐斐乳娘的女兒，她曾很戀慕沐斐，在十五年前嫁人，婚後育有一子。還有一個是沐斐寄居在親戚曋氏家中時，服侍過他的婢女，叫柳兒。柳兒在二十八年前，因為和人私通，被趕出了嘾府，從此下落不明。」

顓頊道：「繼續查，把那個婢女找出來。既然是和人私通，想來很有可能為姦夫生下孩子。」

「是。」

瀟瀟轉身出去。

沐斐的身子背叛了他的意志，在輕輕顫抖，卻還是不肯說話，他只是憤怒絕望地瞪著顓頊。

顓頊道：「你傷了我妹妹，我一定會要你的命，但只要你告訴我一件事，我就不動你兒子。」

沐斐閉上了眼睛，表明他拒絕再和顓頊說話，可他的手一直在顫抖。

顓頊說：「你不想背叛你的同伴，我理解，我不是問他們的名字，我只是想知道你為什麼要殺小夭。只要你告訴我你為什麼要殺小夭，我就放過你兒子。」

顓頊站起，「你好好想想，不要企圖自盡，否則我會把所有酷刑用到你兒子身上。」

顓頊對豐隆和馨悅說：「走吧！」

馨悅小步跑著，逃出了地牢。等遠離了地牢，她趕緊站在風口，大口呼吸著新鮮空氣。

顓頊和豐隆走了出來，馨悅問：「為什麼不用他兒子的性命直接逼問他的同謀？」

豐隆說：「說出同謀的名字，就是背叛，那還需要僵持一段時間，才能讓他開口。顓頊問的是為什麼要殺小夭，他回答了也不算背叛，不需要太多心理掙扎，只要今夜讓獄卒多弄幾聲孩子的啼哭慘叫，我想明天他就會招供。只要知道了他為什麼要殺小夭，找他的同謀不難。」

地牢裡沒有時間的概念，所以時間顯得特別長、特別難熬。

沐斐半夜裡就支撐不住，大吼著要見顓頊，還要求豐隆必須在場。

幸虧馨悅雖然回了小祝融府，豐隆卻還在神農山。

當顓頊和豐隆再次走進地牢，沐斐說道：「我可以告訴你為什麼要殺你妹妹，但我要你的承諾，永不傷害我兒子。」

顓頊爽快地說：「只要你如實告訴我，我不會傷害他。」

沐斐看向豐隆，冷冷地說：「他是軒轅族的，我不相信他，我要你的承諾，我要你親口對我說，保證任何人都不會傷害我兒子。」

豐隆對沐斐笑了笑，說道：「只要你告訴顓頊的是事實，我保證任何人不能以你做過的事去傷害你兒子，但如果你兒子長大後，自己為非作歹，別說顓頊，我都會去收拾他！」

沐斐愣了一愣，「長大後？」他似乎遙想著兒子長大後的樣子，竟然也笑了，喃喃說：「他和我不一樣，他會是個好人。可惜，我看不到了……」

因為豐隆的話，沐斐身上的尖銳淡去，變得溫和了不少，他對豐隆說：「你也許在心裡痛恨我為中原氏族惹來這麼大個禍事，可是，我必須殺她。如果換成你，你也會做和我一模一樣的事，因為她根本不是什麼高辛王姬，她是蚩尤的女兒。」

豐隆說：「不可能！」

沐斐慘笑，「我記得那個魔頭的眼睛，我不會認錯。自從見到假王姬後，我雖然又恨又怒，卻還是小心查證了一番。假王姬的舅舅親口說假王姬是蚩尤的女兒，他還說當年軒轅的九王子就是因為撞破了軒轅王姬和蚩尤的姦情，才被軒轅王姬殺了。」

顓頊冷哼了一聲，「胡說八道！不錯，姑姑的確是殺了我的九叔叔，但不是什麼姦情，而是……」顓頊頓了一頓，「我娘想刺殺九叔叔，卻誤殺了九叔叔的親娘，我爺爺的三妃。我娘知道九叔叔必定會殺我，她自盡時，拜託姑姑一定要保護我，姑姑答應了娘。姑姑是為了保護我，才殺了九叔叔。」

外面都說顓頊的娘是戰爭中受了重傷，不治而亡，竟然是自盡……這些王室秘聞，沐斐和豐隆都是第一次聽聞，但沐斐知道顓頊說的是真話。

豐隆也說道：「你從沒見過俊帝，所以不清楚俊帝的精明和冷酷，但你總該聽說過五王之亂，俊帝可是親自監刑，斬殺了他的五個親弟弟，還把五王的妻妾兒女全部株殺，你覺得這樣一個帝王，連你都能查出來的事，他會查不出來？如果他有半分不確信小夭是他的女兒，他會為小夭舉行那麼盛大的祭拜儀式？那簡直是向全大荒昭告他有多喜愛小夭！」

沐斐糊塗了，難道他真殺錯了人？不、不會！他絕不會認錯那一雙眼睛！沐斐喃喃說：「我不會認錯，我不會認錯……」

顓頊冷冷地說：「就算知道錯，也晚了！你傷害了小夭，必須拿命償還！」

顓頊轉身就走，豐隆隨著他出了地牢。

顓頊面無表情地站在懸崖邊上，雖然剛才他看似毫不相信地駁斥了沐斐，可心裡真的是毫不相信嗎？已經不是第一次聽到小夭是蚩尤的女兒了，顓頊開始明白小夭的恐懼，一次、兩次都當了笑話，可三次、四次……卻會忍不住去搜尋自己的記憶，姑姑和蚩尤之間……

豐隆靜靜站在顓頊身後，顓頊沉默了許久，說道：「被蚩尤滅族的氏族不少，可還有遺孤的應該不會太多，首先要和沐斐交好，才能信任彼此，密謀此事；其次應該修煉的是水靈、木靈。另外，我總覺得他們中有一個是女子，只有女子配合，才有可能在適當的時機，不露痕跡地分開馨悅和小夭，阻攔下我派給小夭的護衛苗莆。有了這麼多訊息，你心裡應該已經約莫知道這件事是誰做的了。」

豐隆說：「你明天夜裡來小祝融府，我和馨悅會給你一個交代。」

顓頊說道：「沐斐剛才說的話，我希望只你我知道。不僅僅因為這事關係著我姑姑和俊帝陛下的聲譽，更因為我那兩個好王叔竟然想利用中原的氏族殺了小夭。」

豐隆說道：「我明白。」小夭的事可大可小，如果處理不好，說不定整個中原都會再起動盪。

顓頊說：「我把小夭放在明處，吸引所有敵人的注意，讓我的敵人們以為她是我最大的助力，就連把她送到小祝融府去住，也是讓別人以為我是想利用小夭討好你，他們看我費盡心機接近你，反而會肯定你還沒決定站在我這一邊。其實是我給小夭招來的禍事。豐隆，小夭一直都知道我在利用她。」

豐隆拍了拍顓頊的肩膀，「小夭不會有事。」

顓頊苦笑，「只能把全部的希望寄託在相柳身上。」

深夜，顓頊在暗衛的保護下，秘密進入小祝融府。

馨悅的死衛將顓頊請到密室。

豐隆和馨悅已經在等他，顓頊坐到他們對面。

豐隆對馨悅點了下頭，馨悅說道：「經過哥哥的盤查，確認傷害小夭的凶手有四個人，除了沐氏的沐斐，還有申氏、詹氏和晉氏三族的遺孤，申柊、詹雪綾、晉越劍。」

顓頊說：「很好，謝謝你們。」

馨悅說：「雪綾是樊氏大郎的未婚妻，他們青梅竹馬，一塊長大，三個月後就要成婚。越劍和鄭氏的嫡女小時就定了親，樊氏、鄭氏都是中原六大氏。」

顓頊盯著馨悅，淡淡問：「妳是什麼意思？」

馨悅的心顫了一顫，喃喃說：「我、我……只是建議你再考慮一下。」

豐隆安撫地拍了妹妹的背一下，對顓頊說：「其實也是我的意思。你現在正是用人之時，如果你殺了他們，就會和中原六大氏中的兩氏結怨，很不值得！顓頊，成大事者，必須要懂得什麼能做，什麼不能做。小夭受傷已成事實，你殺了他們，也不能扭轉，只不過洩一時之怒而已，沒有意義！但你饒了他們，卻會讓你多一份助力，成就大業。」

顓頊沉吟不語，一會後才說道：「你說得很對。」

豐隆和馨悅都放下心來，露了笑意。

顓頊笑了笑，說道：「我想給你們講件我小時候的事。那時，我還很小，我爹和我娘去打仗了，就是和你們爺爺的那場戰爭。我在奶奶身邊，由奶奶照顧。有一天，姑姑突然帶著昏迷的娘回來了，姑姑跪在奶奶面前不停地磕頭，因為她沒有帶回我爹。

我爹戰死了！奶奶問姑姑究竟怎麼回事，姑姑想讓我出去，奶奶卻讓我留下，她說從現在起，我是這個家中唯一的男人了。姑姑說的話，我聽得半懂半不懂，只隱約明白爹爹本來可以不死，是九叔叔害了他，可爺爺卻會包庇九叔叔。我看到奶奶、姑姑，還有我娘三個人相對落淚。」

顓頊看著豐隆和馨悅，「你們從沒有經歷過痛失親人的痛苦，所以無法想像三個女人的痛苦。她們三人都是我見過世間最堅強的女子，可是那一刻，她們三人卻淒苦無助，茫茫不知所依，能令見者心碎。就在那一刻，我對自己發誓，我一定要強大，要變得比黃帝更強大，我一定要保護她們，再不讓她們這樣無助淒傷地哭泣。可是，她們都等不到我長大，我娘自盡了，我奶奶傷心而死，我姑姑戰死，我沒有保護她們，她們最後依舊孤苦無依地死了……」

顓頊猛地停住，他面帶微笑，靜靜地坐著，豐隆和馨悅一聲都不敢吭。

半晌後，顓頊才說：「我是因為想保護她們，才想快快長大，快點變強，才立志要站在比爺爺更高的地方。我現在長大了，雖然還不夠強大，但我絕不會讓任何人再傷害我的親人。如果今日我為了獲取力量，而放棄懲罰傷害了小夭的人，我就是背叛了朝雲殿上的我，我日後將不能再坦然地回憶起所有過往的快樂和辛苦。」

顓頊對豐隆說：「的確如你所說，這世間有事可為，有事不可為，但無論什麼理由，都不該背叛自己。我希望有朝一日，我站在高山之巔、俯瞰眾生時，能面對著大好江山，坦然自豪地回憶一切。我不希望自己變得像我爺爺一樣，得了天下，卻又把自己鎖在朝雲殿內。」

豐隆怔怔地看著顓頊，顓頊又對馨悅說：「妳勸我放棄時，可想過今日我能為一個理由捨棄保護小夭，他日我也許就能為另一個理由捨棄保護妳？」

馨悅呆住，訥訥不能言。

顓頊說：「我不是個好人，也不會是女人滿意的好情郎，但我絕不會放棄保護我的女人們！不管是妳，還是瀟瀟、金萱，只要任何人敢傷害妳們，我都一定不會饒恕！」

馨悅唇邊綻出笑，眼中浮出淚，似乎想笑，又似乎想哭。

顓頊笑道：「絕大多數情況下，我都是個趨利避害、心狠手辣的混帳，但極少數情況下，我願意選擇去走一條更艱難的路。得罪了樊氏和鄭氏的確不利，我的確是放棄了大道，走了荊棘小路，但又怎麼樣呢？大不了我就辛苦一點，披荊斬棘地走唄！」

豐隆大笑起來，「好，我陪你走荊棘路！」

顓頊道：「我相信，遲早有一日，樊氏和鄭氏會覺得還是跟著我比較好。」

豐隆忍不住給了顓頊一拳，「瘋狂的自信啊！不過……」他攬住顓頊的肩，洋洋自得地說：「不愧是我挑中的人！」

顓頊黑了臉，推開他，對馨悅說：「我沒有特殊癖好，妳千萬不要誤會。」

馨悅噗哧一聲笑了出來，一邊匆匆往外走，一邊悄悄印去眼角的淚，「懶得理你們，兩個瘋子！」

豐隆看密室的門合上了，壓著聲音問道：「你究竟是喜歡我妹妹的身分多一點，還是她的人多一點？」

顓頊嘆氣，「那你究竟是喜歡小夭的身分多一點，還是她的人多一點？」

豐隆乾笑。

顓頊說：「雖然決定了要殺他們，但如何殺卻很有講究。如果方式對，樊氏和鄭氏依舊會很不高興，不過怨恨能少一些。」

豐隆發出嘖嘖聲，笑嘲道：「你剛才那一堆好聽話把我妹妹都給糊弄哭了，原來還是不想走荊棘路。」

顓頊盯著豐隆，「你不要讓我懷疑自己挑人的眼光。」

豐隆笑道：「你想怎麼殺？」

「如果把沐氏、申氏、詹氏、晉氏都交給爺爺處置，有心人難免會做出一些揣測，不利於小夭，所以要麻煩你和馨悅把此事遮掩住，讓你爹只把沐斐交給爺爺。申氏、詹氏和晉氏，我自己料理，這樣做，也不會驚動王叔。」

「你打算怎麼料理？」

「雖然有無數種法子對付詹雪綾，不過看在她是女人的分上，我不想為難她，給她個痛快吧！但越劍，先毀了他的聲譽，讓鄭氏退親，等他一無所有時，再要他的命；申柊交給我的手下去處理，看看他能禁受多少種酷刑。」

豐隆心裡其實很欣賞顓頊的這個決定，但依舊忍不住打擊嘲諷顓頊，「難怪女人一個兩個都喜歡你，你果然對女人心軟！」

顓頊站起，「我得趕回去了。」顓頊走到門口，又回身，「璟如何了？」

豐隆嘆了口氣，搖搖頭，「完全靠著靈藥在續命，長此以往肯定不行。」豐隆猶豫了下，問道：「你說他到底是為了什麼傷心欲絕？」

顓頊道：「等他醒來，你去問他。」

顓頊拉開了密室的門，在暗衛的護衛下，悄悄離開。

又過了好幾日，眾人才知道高辛王姬遇到襲擊，受了重傷。小祝融捉住了凶手，是沐氏的公子沐斐。因為沐斐是沐氏最後的一點血脈，中原的幾個氏族聯合為沐斐求情，不論斷腿還是削鼻，只求黃帝為沐氏留一點血脈。黃帝下旨將沐斐千刀萬剮，曝屍荒野，並嚴厲申斥了聯合為沐斐求情的幾個氏族，甚至下令兩個氏族立即換個更稱職的族長。

俊帝派了使者到中原，宴請中原各大氏族，當眾宣布，高辛不再歡迎這幾個氏族的子弟進入高辛。自上古到現在，高辛一直掌握著大荒內最精湛的鑄造技藝，大部分的神族子弟在成長中，都需要去高辛尋訪好的鑄造師，為自己鑄造最稱心如意的兵器。俊帝此舉，無疑是剝奪了這幾個氏族子弟的戰鬥力。

一時間中原人心惶惶，生怕又起動盪。幸虧有小祝融，在他的安撫下，事件才慢慢平息，眾人都希望王姬的傷趕緊養好，俊帝能息怒。

小夭覺得自己死前看見的最後一幅畫面是鋪天蓋地的梅花飛向自己。不覺得恐怖，反而覺得真美麗啊！

那麼絢爛的梅花，像雲霞一般包裹住了自己，一陣劇痛之後，身體裡的溫暖隨著鮮血迅速地流逝，一切都變得麻木。

她能清晰地感覺到，自己的心跳在漸漸地微弱，可就在一切都要停止時，她聽到了另一顆心臟跳動的聲音，強壯有力，牽引著她的心臟，讓它不會完全停止。就如被人護在掌心的一點燭火，看似隨時會熄滅，可搖曳閃爍，總是微弱地亮著。

小夭好像能聽到相柳在譏嘲地說：只是這樣，妳就打算放棄了嗎？

小夭忍不住想反唇相譏：什麼叫就這樣？你若被人打得像篩子一樣，全身上下都漏風，想不放棄也得放棄。

她真的沒力氣了，就那一點點比風中燭火更微弱的心跳都已耗盡了她全部的力氣。即使有另一顆心臟的牽引鼓勵，她的心跳也越來越微弱。

突然，源源不絕的靈力輸入進來，讓那點微弱的心跳能繼續。

她聽不到、看不見、什麼都感受不到，可是她覺得難過，因為那些靈力是那麼傷心絕望。連靈力都在哭泣，小夭實在想不出來這些靈力的主人該多麼傷心絕望。

小夭想看看究竟是誰在難過，卻實在沒有力氣，只能隨著另一顆心臟的牽引，把自己慢慢鎖了起來，就如一朵鮮花從盛放變回花骨朵，又從花骨朵變回一顆種子，藏進了土壤中，等待嚴冬過去，春天來臨。

小夭看不見、聽不到、感受不到，卻又有意識，十分痛苦。就像是睡覺，如果真睡著了，感受不到時間的流逝也無所謂，可是身體在沉睡，意識卻清醒，如同整個人被關在一個狹小的棺材中，埋入了漆黑的地下。清醒的沉睡，很難捱！

寂滅的黑暗中，時間沒有開始，也沒有結束，一切都成了永恆。

小夭不知道她在黑暗裡已經待了多久，更不知道她還要待多久，她被困在了永恆中。小夭第一次知道永恆才是天下最恐怖的事，就好比吃鴨脖子是一件很享受的事，可如果將吃鴨脖子變成了永恆，永遠都在吃，沒有終點，那麼絕對不是享受，而是最恐怖的酷刑。

永恆的黑暗中，小夭覺得已經過了一百萬年。如果意識能自殺，她肯定會殺了自己的意識，可是，她什麼都做不了，只能永遠如此，她甚至開始怨恨救了自己的人。

有一天，小夭突然能感覺到一點東西，好像有溫暖從外面流入她的身體，一點點驅除著冰涼。她貪婪地吸收著那些溫暖。

每隔一段日子，就會有溫暖流入。雖然等待很漫長，可因為等待的溫暖終會來到，那麼即使漫長，也並不可怕。

一次又一次溫暖流入，也不知道過了多久，她心臟的跳動漸漸變得強勁了一些，就好像在微弱的燭火上加了個燈罩，燭火雖然仍不明亮，可至少不再像隨時會熄滅了。

有一次，當溫暖流入她的身體時，小夭再次感受到了另一顆心臟的跳動。她的心在歡呼，就好像遇見了老朋友。

小夭想笑：相柳，是你嗎？我為你療了那麼多次傷，也終於輪到你回報我一次了。

一次又一次，小夭不知道究竟過了多久，只是覺得時間真漫長啊！

在寂滅的永恆黑暗中，相柳每次來給她療傷成了她唯一覺得自己還活著的時候，至少她能感受到他給予的溫暖，能感受到另一顆心臟的跳動。

又不知道過了多久，有一天，當溫暖慢慢地流入她的身體時，小夭突然覺得自己有了感覺，能感受到有人在抱著她。

很奇怪，她聽不到、看不見，甚至感受不到自己的身體，可也許因為體內的蠱，兩顆心相連，她能模糊感受到他的動作。

他好像輕輕地撫摸著她的臉頰，然後睡著了，在她身邊一動不動，小夭覺得睏，也睡著了。

當小夭醒來時，相柳已經不在。

小夭不知道自己等了多久，也許是幾個時辰，她再次感受到了相柳，就好像他回家了，先摸摸她的額頭，給她打招呼，之後躺在了她身邊。

他又睡著了，小夭也睡著了。

因為相柳的離開和歸來，小夭不再覺得恐怖，因為一切不再是靜止的永恆，她能透過他感受到時間的流逝，感受到變化。

每隔二三十天，相柳會給她療傷一次。療傷時，他們應該很親密，因為小夭覺得他緊緊地擁抱著自己，全身上下都能感受到他。可平日裡，相柳並不會抱她，最多摸摸她的額頭或臉頰。

又不知道過了多久，小夭只能猜想著至少過了很多年，因為相柳給她療傷了很多次，多得她已經記不住。

漸漸地，小夭的感覺越來越清晰，當相柳擁抱著她時，她甚至能感受到他的體溫，也開始清楚地意識到流入她身體的溫暖是什麼，那應該是相柳的血液。和一般的血液不同，有著滾燙的溫度，每一滴血像一團小火焰，小夭只能推測那也許是相柳的本命精血。

相柳把自己的本命精血餵給她，但大概他全身都是毒，血液也是劇毒，所以他又必須再幫她把他血液中蘊含的毒吸出來。

小夭知道蠱術中有一種方法，能用自己的命幫另一人續命，如果相柳真是用自己的命給她續命，她希望他真有九條命，讓給她一條也不算太吃虧。

有一天，小夭突然聽到了聲音，很沉悶的一聲輕響，她急切地想再次驗證自己能聽到聲音了，可相柳竟然是如此沉悶的一個人，整整一夜，什麼聲音都沒有發出。

小夭急得壓根睡不著，一個人在無聲地吶喊，可是怎麼吶喊都沒用，身邊的人平靜地躺著，連呼吸聲都沒有。

早上，他要離開了，終於，又一聲沉悶的聲音傳來，好像什麼東西緩緩合上。小夭既覺得是自己真的能聽到了，又覺得是因為自己太過想聽到而出現幻覺。

小夭強撐著不休息，為了能再聽到一些聲音。可是相柳已經不在，四周死寂，沒有任何聲音。

直到晚上，終於又響起一點聲音，相柳到了她身旁，摸摸小夭的額頭，握住了她的手腕。小夭激動地想，她真的能聽到了，那一聲應該是開門的聲音，可她又覺得自己不像是躺在一個屋子裡。

剛開始什麼都聽不到時，覺得難受，現在發現自己又能聽到了，小夭無比希望能聽到一些聲音，尤其是人的說話聲。她想聽到有人叫她名字，證明她仍活著，可相柳竟然一點聲音都沒有。

整整一夜，他又是一句話都沒說。

清晨，相柳離開了。

一連好幾天，相柳沒有一句話，小夭悲憤惡毒地想，難道這麼多年中發生了什麼事，相柳變成了啞巴？

又到了每月一次的療傷日。

相柳抱住小夭，把自己的本命精血餵給小夭，用靈力把小夭的經脈全部遊走了一遍，然後他咬破小夭的脖子，把自己血液中帶的毒吸了出來。

等療傷結束，相柳並沒有立即放開小夭，而是依舊擁著她。

半晌後，相柳輕輕地放下了小夭，撫著小夭的臉頰說：「小夭，希望妳醒後，不會恨我。」

小夭在心裡嚷：不恨，不恨，保證不恨，只要你多說幾句話。

可是，相柳又沉默了。

小夭不禁恨恨地想：我恨你，我恨你！就算你救了我，我也要恨你！

小夭想聽見聲音，卻什麼都聽不到。她晚上睡不好，白日生悶氣，整天都不開心。

相柳每日回來時，都會檢查小夭的身體，覺得這幾天小夭無聲無息，看上去和以前一樣，可眉眼又好像不一樣。

相柳忽然想起了小夭以前的狡詐慧黠，總嚷嚷害怕寂寞，他對小夭說：「妳是不是在海底躺悶了？」

小夭驚詫：我在海底？我竟然在海底？難怪她一直覺得自己好像飄浮在雲朵中一般。

相柳說：「我帶妳去海上看看月亮吧！」

小夭歡呼雀躍：好啊，好啊！

相柳抱住小夭，像兩尾魚兒一般，向上游去。

他們到了海面上，小夭感覺到海潮起伏，還有海風吹拂著她，她能聽到潮聲、風聲，激動得想落淚。

相柳說道：「今夜是上弦月，像一把弓。每次滿月時，我都要給妳療傷，不可能帶妳來海上，我也好多年沒有看見過滿月了。」

小夭心想，原來我沒有算錯，他真的是每月給我療傷一次。聽說滿月時，妖族的妖力最強，大概正因為如此，相柳才選擇滿月時給她療傷。

相柳不再說話，只是靜擁著小夭，隨著海浪起伏。天上的月亮，靜靜地照拂著他們。

小夭舒服地睡著了。

相柳低頭看她，微微地笑了。

從那日之後，隔幾日，相柳就會帶小夭出去玩一次，有時候是海上，有時候是在海裡。

相柳的話依舊很少，但會說幾句。也許因為小夭無聲無息、沒有表情、不能做任何反應，他的話也是東一句、西一句，想起什麼就說什麼。

月兒已經快圓，周圍浮著絲絲縷縷的雲彩，乍一看像是給月兒鑲了花邊，相柳說道：「今晚的月亮有點像妳的狌狌鏡，妳偷偷記憶在狌狌鏡子裡的往事……」

小夭簡直全身冒冷汗。

相柳停頓了好一會，淡淡說：「等妳醒來後，必須消除。」

小夭擦著冷汗說：只要你別發火，讓我毀了狌狌鏡都行！

有一次，他們碰上海底大渦流，像陸地上的龍捲風，卻比龍捲風更可怕。

相柳說：「我從奴隸死鬥場裡逃出來時，滿身都是傷，差點死在渦流中，是義父救了我。那時，炎帝還健在，神農國還沒有滅亡，義父在神農國，是和祝融、蚩尤齊名的大將軍，他為了救我一個逃跑的妖奴，被我刺傷，可他毫不介意，看出我重傷難治，竟然以德報怨給我傳授了療傷功法。他說要帶我去求炎帝醫治，可我不相信他，又逃了。」

小夭很希望相柳再講一些他和共工之間的事，相柳卻沒有繼續講，帶著小夭避開了大渦流。

很久後，某一夜，相柳帶她去海上時，小夭感覺到一片又一片冰涼落在臉上。相柳撫去小夭臉頰上的雪，「下雪了。妳見過的最美的雪在哪裡？」

小夭想了想，肯定地說：在千里冰封、萬里雪飄的極北之地，最恐怖，也最美麗！

鵝毛大雪，紛紛揚揚地飄下，落在了相柳身上。

相柳說：「極北之地的雪是我見過最美麗的雪。我為了逃避追殺，逃到極北之地，一躲就是一百多年。極北之地的雪不僅救了我的命，還讓我心生感悟，從義父傳我的療傷功法中自創了一套修煉功法。」

小夭想：難怪每次看相柳殺人都美得如雪花飛舞！

相柳笑了笑，說道：「外人覺得我常穿白衣是因為奇怪癖好，其實，不過是想要活下去的一個習慣而已。在極北之地，白色是最容易藏匿的顏色。」

相柳又不說話了。小夭心癢難耐，只能自己琢磨，他應該是遇見防風邶之後才決定離開。神農國滅後，共工落魄，親朋好友都離共工而去，某隻九頭妖卻主動送上了門。也許一開始只是想了結一段恩，可沒想到被共工看中，收為義子。恩易償，情卻難還。

想到這裡，小夭有些恨共工，卻覺得自己的恨實在莫名其妙，只能悶悶不樂地和自己生悶氣。

相柳撫她的眉眼，「妳不高興嗎？難道不喜歡看雪？那我帶妳去海裡玩。」

相柳帶著小夭沉入了海底。

又不知道過了多少年，小夭好像能感受到自己的腳了，她嘗試著動腳趾，卻不知道究竟有沒有動，她也不可能叫相柳幫她看一看。可不管動沒動，小夭都覺得她的身體應該快要甦醒了。

有一天，相柳回來時，沒有像以往一樣摸摸她的額頭，而是一直凝視著她。小夭猜不透相柳在想什麼，唯一能感覺到的是他在考慮什麼，要做決定。

相柳抱起了小夭，「今夜是月圓之夜，我帶妳去玩一會吧！」

小夭不解，月圓之夜不是應該療傷嗎？

相柳帶著她四處閒逛，有時在大海中漫遊，有時去海面上隨潮起潮落。

今夜的他和往日截然不同，話多了很多，每到一個地方，他都會說話。

「那裡有一隻玳瑁，比妳在清水鎮時睡的那張榻大，妳若喜歡，日後可以用玳瑁做一張榻。」

「一隻魚怪，牠的魚丹應該比妳身上戴的那枚魚丹紫好，不過，妳以後用不著這玩意。」

大海中傳來奇怪的聲音，既不像是樂器的樂聲，也不像是人類的歌聲，那聲音比樂器的聲音更纏綿動情，比人類的歌聲更空靈純淨，美妙得簡直難以言喻，是小夭平生聽到最美妙的聲音。

相柳說：「鮫人又到發情期了，那是他們求偶的歌聲，據說是世間最美的歌聲。人族和神族都聽不到，也許妳甦醒後，能聽到。」

相柳帶著小夭遊逛了大半夜，才返回。

「小夭，妳還記得塗山璟嗎？玟小六的葉十七。自妳昏睡後，他也昏迷不醒，全靠靈藥續命，支撐到現在，已經再支撐不下去，他就快死了。」

璟、璟……小夭自己死時，都沒覺得難過。生命既有開始，自然有終結，開始不見得是喜悅，終結也不見得是悲傷，可現在，她覺得很難過，她不想璟死。

小夭努力地想動。

相柳問：「如果他死了，妳是不是會很傷心，恨我入骨？」

小夭在心裡回答：我不要璟死，我也不會恨你。

相柳說：「今晚我要喚醒妳了。」

相柳把自己的本命精血餵給小夭，但和以前不同，如果以前他的精血是溫暖的小火焰，能驅開小夭身體內死亡帶來的冰冷，那麼今夜，他的精血就是熊熊烈火，在炙烤著小夭。它們在她體內亂衝亂撞，好像把她的身體炸裂成一片片，又一點點揉合在一起。

小夭喊不出、叫不出，身體在劇烈地顫抖。漸漸地，她的手能動了，她的腿能動了，終於，她痛苦地尖叫一聲，所有神識融入身體，在極致的痛苦中昏死過去。

小夭醒來的一瞬，覺得陽光襲到她眼，她下意識地翻了個身，閉著眼睛接著睡。

突然，她睜開了眼睛，卻不敢相信，愣愣地發了會呆，緩緩把手舉起。

啊！她真的能動了！

「相柳！」小夭立即翻身坐起，卻砰的一聲撞到了什麼，撞得腦袋疼。

沒有人回答她，只看到有一線陽光從外面射進來。小夭覺得自己好像在什麼殼子裡，她嘗試著用手去撐頭上的牆壁，牆壁像是花兒綻放一般，居然緩緩打開了。

一瞬間，小夭被陽光包圍。

只有被黑暗拘禁過的人才會明白這世間最普通的陽光是多麼寶貴！陽光刺著她的眼睛，可她都捨不得閉眼，迎著陽光幸福地站起，眼中浮起淚花，忍不住長嘯了幾聲。

待心情稍微平靜後，小夭才發現她穿著寬鬆的白色紗衣，站在一枚打開的大貝殼上，身周是無邊無際的蔚藍大海，海浪擊打在貝殼上，濺起了無數朵白色的浪花。

原來，這麼多年，她一直被相柳放在一枚貝殼中沉睡。小夭不禁微笑，豈不是很像一粒藏在貝殼中的珍珠？

小夭把手攏在嘴邊，大聲叫：「相柳、相柳，你在哪裡？我醒來了。」

一隻白羽金冠鵰落下，相柳卻不在。

小夭摸了摸白鵰的背，「毛球，你的主人呢？」

毛球搧搧翅膀，對著天空叫了一聲，好像在催促小夭上牠的背。

小夭喜悅地問：「相柳讓你帶我去見他？」

毛球搖搖頭。

小夭遲疑地問：「相柳讓你送我回去嗎？」

毛球點了點頭。

不知道相柳是有事，還是刻意迴避，反正他現在不想見她。小夭怔怔地站著，重獲光明的喜悅如同退潮時的潮汐一般，嘩嘩地消失了。

毛球啄小夭的手，催促小夭。

小夭爬到白鵰的背上，白鵰立即騰空而起，向著中原飛去。

小夭俯瞰著蒼茫大海，看著一切如箭般向後飛掠，消失在她身後，心中滋味很是複雜。

第二日早上，白鵰落在軹邑城外。小夭知道不少人認識相柳的坐騎，牠只能送她到這裡。

不知為何，小夭覺得無限心酸，猛地緊緊抱住了毛球的脖子。毛球不耐煩地動了動，卻沒有真正反抗，歪著頭，鬱悶地忍受著。

小夭的頭埋在毛球的脖子上，眼淚一顆顆滾落，悄無聲息而來，又悄無聲息地消失在毛球的羽毛上。

毛球實在忍無可忍了，急促地鳴叫一聲。

小夭抬起頭，眼角已無絲毫淚痕。她從毛球背上跳下，拍打了毛球的背一下，「回你主人身邊去吧！」

毛球快走了幾步，騰空而起。小夭仰著頭，一直目送到再也看不到牠。

小夭進了軹邑城，看大街上熙來攘往，比以前更熱鬧繁華，放下心來。

她要了輛馬車，坐在車內，聽著車外的人語聲，只覺親切可愛。

馬車到了小祝融府，小夭從馬車裡躍下，守門的兩個小奴已是新面孔，並不認識她，但管他們的小管事卻還是老面孔，他驚疑不定地看著小夭，小夭笑道：「不認識我了嗎？幫我先把車錢付了，然後趕緊去告訴馨悅，就說我來了。」

小管事結結巴巴地說：「王姬？」

「是啊！」

小管事立即打發人去付車錢，自己一轉身，用了靈力，一溜煙就消失不見。

不一會，馨悅狂奔了出來，衝到小夭面前，「小夭，真的是妳嗎？」

小夭在她面前轉了個圈，「妳看我像是別人變幻的嗎？」

馨悅激動地抱住了她，「謝天謝地！」

小夭問：「我哥哥可好？」

馨悅道：「別的都還好，唯一掛慮的就是妳。」

小夭說：「本該先去神農山看哥哥，可我聽說璟病得很重，想先去青丘看看璟，妳能陪我一塊去嗎？」

馨悅拽著她往裡走，「妳來找我算是找對了，璟哥哥不在青丘，他就在這裡。」

小夭忙說：「妳現在就帶我去看他。」

馨悅一邊帶她往木犀園走，一邊說：「當年究竟發生了什麼事？為什麼璟哥哥會在梅花谷？」

小夭回道：「我也不知道。我只記得那個人把梅花變作梅花鏢射向我，然後我就什麼都看不見，什麼都聽不到了。」

馨悅想起小夭當時的傷，仍舊覺得不寒而慄。她疼惜地拍拍小夭的手，「那些傷害妳的人已經全被妳哥哥處理了，他們不會再傷害妳。」

小夭沉默不語。

到了木犀園，馨悅去敲門。

靜夜打開門，看到小夭，霎時愣住，呆呆地問：「王姬？」

「是我！」

靜夜猛地抓住小夭，用力把她往屋裡拽，一邊拽，一邊已經淚滾滾而下。

馨悅詫異地斥道：「靜夜，妳怎麼對王姬如此無禮？」

小夭一邊被拽著走，一邊回頭對馨悅說：「這裡的事交給我處理，妳給顓頊遞個消息，就說我回來了。」

馨悅想到，小夭突然歸來，的確讓她要處理一堆事情，她道：「那好，妳先在璟這裡待著，若有事，打發人來叫我。」

「好！反正我不會和妳客氣的！」

馨悅笑著點點頭，轉身離開了。也許因為神族的壽命長，連親人間都常常幾十年、上百年才見一次面，所以即使幾十年沒有見小夭，也不覺得生疏。

靜夜似乎怕小夭又消失不見，一直緊緊地抓著小夭。

她帶小夭來到一片木犀林中，林中罩蓋了一座大木屋，整個屋子用的都是玉山桃木。走進桃木屋，屋內還種滿了各種靈氣濃郁的奇花異草，組成了一個精妙的陣法，把靈氣往陣眼匯聚。陣眼處，放著一張用上等歸墟水晶雕刻而成的晶榻，璟正靜靜地躺在榻上。

小夭走到榻旁坐下，細細看璟，身體枯瘦，臉色蒼白。

靜夜說：「前前後後已經有數位大醫師來看過公子，都說哀傷過度，心神騦散，五內俱傷，自絕生機。」

小夭拿起了璟的手腕，為他把脈。

靜夜哽咽道：「為了給公子續命，太夫人已經想盡一切辦法，都請求了俊帝陛下允許公子進入聖地歸墟的水眼養病，可公子一離開木犀園反而會病情惡化，再充盈的靈氣都沒用。王姬，求求妳，救救公子吧！」

靜夜跪倒在小夭面前，砰砰磕頭。

小夭納悶地說：「的確如醫師所說，璟是自己在求死。發生了什麼事？他竟然傷心到欲絕了？」

靜夜滿是怨氣地看著小夭，「王姬竟然不明白？」

「我要明白什麼？」

「顓頊王子說他們去救王姬時，看到公子抱著王姬。當時王姬氣息已絕，整個陣勢化作火海。公子天生靈目，精通陣法，又沒有受傷，不可能走不出陣勢，可是他卻抱著王姬在等死。」靜夜哭著說：「公子寧可被烈火燒死，也不願離開已死的妳。王姬難道還不明白公子的心嗎？他是不管生死都一定要和妳在一起啊！」

小夭俯身凝視著璟，喃喃自語：「你真為了我竟傷心到自絕生機？」小夭覺得匪夷所思，心上的硬殼卻徹底碎裂了，那一絲斬了幾次都沒斬斷的牽念，到這一刻終於織成了網。

胡珍端了藥進來，「該吃藥了。」

靜夜扶起璟，在璟的胸口墊好帕子，給璟餵藥。藥汁入了口，卻沒有入喉，全都流了出來，滴滴答答地順著下巴落在帕子上。

靜夜怕小夭覺得骯髒，趕緊用帕子把璟的唇角下巴擦乾淨，解釋道：「以前十勺藥還能餵進去兩三勺，這一年來連一勺都餵不進去了，胡珍說如果再這樣下去……」靜夜的眼淚又掉了下來。

小夭把藥碗拿過來，「你們出去吧，我來給他餵藥。」

靜夜遲疑地看著小夭，小夭說：「如果我不行，再叫妳進來，好嗎？」

胡珍拽拽靜夜的袖子，靜夜隨著胡珍離開了。

小夭舀了一勺藥，餵給璟，和剛才靜夜餵時一樣，全流了出來。

小夭撫著璟的臉，嘆了口氣，對璟說：「怎麼辦呢？上次你傷得雖然嚴重，可你自己還有求生意志，不管吞嚥多麼艱難，都盡力配合，這次卻拒絕吃藥。」

小夭放下藥碗，抱住璟的脖子，輕輕地在他的眼睛上吻了下，又輕輕地在他的鼻尖吻了下，再輕輕地含住了璟的唇。她咬著他的唇，含糊地嘟囔：「還記得嗎？在這個園子裡，我跟著你學琴。每一次，你都不好意思，明明很想親我，卻總是盡力忍著，還刻意地避開我。其實我都能感覺到，可我就喜歡逗你，裝作什麼都不知道，看你自己和自己較勁，可你一旦親了，就從小白兔變成大灰狼，不管我怎麼躲都躲不掉，我就從大灰狼變成了小白兔……」

小夭咕咕地笑，「現在你可真是小白兔了，由著我欺負。」

小夭端起藥碗，自己喝了一口藥，吻著璟，把藥汁一點點渡進他嘴裡。璟的意識還未甦醒，可就如藤纏樹，一旦遇見就會攀援纏繞，他的身體本能地開始糾纏，下意識地吮吸著，想要那蜜一般的甜美，一口藥汁全都緩緩地滑入了璟的咽喉。

就這樣，一邊吻著，一邊喝著藥，直到把一碗藥全部喝光。

璟面色依舊蒼白，小夭卻雙頰酡紅。她伏在璟的肩頭，低聲說：「醒來好嗎？我喜歡你做我的大灰狼。」

靜夜在外面等了很久，終究是不放心，敲了敲門，「王姬？」

小夭道：「進來。」

靜夜和胡珍走進屋子，看到璟平靜地躺在榻上，藥碗已經空了。

靜夜看藥碗旁的帕子，好像只漏了兩三勺的藥汁，靜夜說道：「王姬，妳把藥倒掉了嗎？」

「沒有啊，我全餵璟吃了。」

靜夜不相信地舉起帕子，「只漏了這一點？」

小夭點頭，「妳漏了一勺，我漏了一勺，總共漏了兩勺藥，別的都吃了。」

靜夜呆呆地看著小夭，胡珍輕推了她一下，喜道：「只要能吃藥，公子就有救了。」

靜夜如夢初醒，激動地說：「你趕緊再去熬一碗藥，讓公子再喝一碗。」

小夭和胡珍都笑了，靜夜也反應過來自己說了傻話。

小夭對胡珍說：「你的藥方開得不錯，四個時辰後，再送一碗來。」

靜夜忙道：「王姬，妳究竟是如何給公子餵的藥？妳教教我吧！」如果小夭是一般人，靜夜還敢留她照顧公子，可小夭是王姬，不管靜夜心裡再想，也不敢讓小夭來伺候公子進藥。

小夭的臉色有點發紅，厚著臉皮說：「我的餵藥方法是秘技，不能傳授。」

靜夜滿臉失望，卻又聽小夭說道：「我會留在這裡照顧璟，等他醒來再離開，所以妳學不會也沒關係。」

靜夜喜得又要跪下磕頭，小夭趕緊扶起了她，「給我熬點軟軟的肉糜蔬菜粥，我餓了。」

「好。」靜夜急匆匆地想去忙，又突然站住，回頭看小夭。

小夭說：「從現在起，把妳家公子交給我，他的事不用妳再管。」

靜夜響亮地應道：「是！」

等靜夜把肉糜蔬菜粥送來，小夭自己喝了大半碗，餵璟喝了幾口。

小夭的身體也算是大病初癒，已經一日一夜沒有休息，現在放鬆下來，覺得很累。

靜夜進來收拾碗筷，小夭送她出去，說道：「我要休息一會，沒要緊事，就別來叫我。」

靜夜剛要說話，小夭已經把門關上。

靜夜愣愣站了一會，笑著離開了。

小夭把璟的身體往裡挪了挪，爬到榻上，在璟身邊躺下，不一會，就沉入了夢鄉。

一覺睡醒時，只覺屋內的光線昏暗，想來已是傍晚。

花香幽幽中，小夭愜意地展了個懶腰，顓頊的聲音突然響起，「睡醒了？」

小夭一下坐起，顓頊站在花木中，看著她。

小夭跳下榻，撲向顓頊，「哥哥！」

顓頊卻不肯抱她，反而要推開她，「我日日掛念著妳，妳倒好，一回來先跑來看別的男人。」

小夭抓著顓頊的胳膊，不肯鬆開，柔聲叫：「哥哥、哥哥、哥哥……」

「別叫我哥哥，我沒妳這樣的妹子。」

小夭可憐兮兮地看著顓頊，「你真不肯要我了？」

顓頊氣悶地說：「不是我不要妳，而是妳不要我！」

小夭解釋道：「我是聽說璟快死了，所以才先來看他的。」

「那妳就不擔心我？」

「怎麼不擔心呢？我昏迷不醒時，都常常惦記著你，進了軹邑城，才略微放心，見了馨悅，第一個問的就是你。」

顓頊想起了她重傷時無聲無息的樣子，一下子氣消了，長嘆口氣，把小夭擁進懷裡，「妳可是嚇死我了！」

小夭很明白他的感受，拍拍他的背說：「我現在已經沒事了。」

顓頊問：「跟我回神農山嗎？」

小夭咬了咬唇，低聲道：「我想等璟醒來。」

顓頊看著榻上的璟，無奈地說：「好。但是……」顓頊狠狠敲了小夭的頭一下，「不許再和他睡在一張榻上了，看在別人眼裡算什麼？難道我妹妹沒有男人要了嗎？要趕著去倒貼他？」

小夭吐吐舌頭，恭敬地給顓頊行禮，「是，哥哥！」

顓頊詢問小夭，相柳如何救活了她。

小夭說道：「我一直昏迷著，具體我也不清楚，應該和我種給他的蠱有關，靠著他的生氣，維繫住我的一線生機，然後他又施行了某種血咒之術，用他的命替我續命。」

顓頊沉思著說：「蠱術、血咒之術都是些歪門邪道，妳可覺得身體有異？」

小夭笑起來，「哥哥，你幾時變得這麼狹隘了？濟世救人的醫術可用來殺人，歪門邪道的蠱術也可用來救人，何謂正，又何謂邪？」

顓頊自嘲地笑，「不是我狹隘了，而是怕妳吃虧。我會遵守承諾，自然不希望相柳耍花招。」

小夭立即問：「相柳救我是有條件的？」

顓頊道：「之前，他只說他有可能救活妳，讓我同意他帶妳走，我沒辦法，只能同意。前幾日，相柳來見我，讓我答應他一個條件，妳就能平安回來。」

相柳可真是一筆筆算得清清楚楚，一點虧不吃！小夭心中滋味十分複雜，說不出是失落還是釋然，問道：「什麼條件？」

「他向我要一座神農山的山峰。」

「什麼意思？」

「我也這麼問相柳。相柳說，所有跟隨共工的戰士都是因為難忘故國，可顛沛流離、倥傯一生，即使戰死，都難回故國。如果有朝一日，我成為軒轅國君，他要我劃出一座神農山的山峰作為禁地，讓所有死者的骨灰能回到他們魂牽夢縈的神農山。」

「你答應了?」

顓頊輕嘆了口氣,「神農山裡再不要緊的山峰,也是神農山的山峰!我知道茲事體大,不能隨便答應,但我沒有辦法拒絕。不僅僅是因為妳,還因為我願意給那些男人一個死後安息之地。雖然,他們都算是我的敵人,戰場上見面時,我們都會盡力殺了對方,但我敬重他們!」

小夭默默不語。

顓頊笑了笑,「不過,我也告訴相柳,這筆交易他有可能會賠本,畢竟如果我不能成為軒轅國君,他不能因此來找妳麻煩。相柳答應了,但我還是擔心他要花招。」

小夭道:「放心吧!相柳想殺我容易,可想用蠱術、咒術這些歪門邪道來害我可沒那麼容易。」

「每次妳都言語含糊,我也一直沒有細問,妳如何懂得養蠱、種蠱?還有妳出神入化的毒術是和誰學的?」

小夭問:「此處方便講秘密嗎?」

顓頊點了下頭,又設了個禁制,小夭說:「你可知道《神農本草經》?」

「當然,傳聞是醫祖炎帝的一生心血,天下人夢寐以求,可惜炎帝死後就失傳了。」

「實際在我娘手裡。你還記得外婆和外公重病時,都是我娘在醫治吧?」

「記得,我一直以為姑姑向宮廷醫師學習過醫術。」

「我也是這麼以為,後來才明白傳授娘醫術的應該是炎帝。」

「可是……怎麼可能?爺爺可是一直想滅神農國。」

「誰知道呢?也許是我娘偷的。」

「胡說!」在很多時候，顓頊對姑姑的敬意要遠大於小夭對娘的敬意。

「娘把我放在玉山時，給我脖子上掛了一個玉簡，裡面有《神農本草經》，有我娘對醫術的心得體會，還有九黎族巫王寫的《九黎毒蠱經》，專門講用毒和用蠱之術。王母發現後，說這些東西都是大禍害，被人知道了，只會給我招來麻煩和禍事，勒令我每天背誦，等我記得滾瓜爛熟後，她就把玉簡銷毀了。」小夭記得當時她還大哭了一場，半年都不和王母說話，恨王母毀了娘留給她的東西。

小夭說：「本來我把這些東西都忘到腦後了，直到我被九尾狐妖關起來時，突然就想起那些毒術。我知道我只有一次殺九尾狐妖的機會，所以十分謹慎小心，怕巫王的毒術還不夠毒辣隱密，又把炎帝的醫術用來製毒。」

小夭攤攤手，自嘲地笑道：「娘留這些東西給我，應該是想要我仁心仁術，澤被蒼生，可我看我要成為一代毒王了。」

顓頊只是笑著摸了摸小夭的頭，「妳喜歡做什麼就做什麼。」

馨悅在外面叫道：「顓頊、小夭，我哥哥趕回來了。」

顓頊拉著小夭往外走，「陪我一塊用晚飯，等我走了，妳愛怎麼照顧那傢伙隨妳便，反正我眼不見，心不煩!」

小夭笑道：「好。」

出門時，小夭對靜夜說：「既然璟住在這裡，妳就把璟以前住的屋子給我收拾一下，我暫時住那裡。」

靜夜看顓頊一言未發，放下心來，高興地應道：「好。」

小夭、顓頊、馨悅、豐隆四人用晚飯時，小夭才知道自己已經沉睡了三十七年。

小夭剛回來，顓頊三人都不願聊太沉重的話題，只把三十七年來的趣事揀了一些講給小夭聽。最讓豐隆津津樂道的就是，一心想殺了顓頊的禺疆居然被顓頊收服，經過俊帝同意，他脫離了羲和部，正式成為軒轅族的人，跟隨顓頊。

小夭十分驚訝，「他不是一心想為兄長報仇嗎？怎麼會願意跟隨哥哥？」

顓頊微微一笑，淡淡說：「他是一個明事理、重大義的男人，並不是我做了什麼，而是他自己想做什麼。」

馨悅對小夭說道：「才沒顓頊說得那麼輕巧呢！禺疆一共刺殺了顓頊五次，顓頊有五次機會殺了他，可顓頊每次都放任他離去，第六次他又去刺殺顓頊時，被顓頊設下的陷阱活捉了。你猜顓頊怎麼對他？」

小夭忙問：「怎麼對付他？」

馨悅說：「顓頊領禺疆去參觀各種酷刑。禺疆看到那些令他都面色發白、腿發軟的酷刑居然全是他哥哥設計，透過使用在無辜的人身上，一遍遍改進到最完美。剛開始，他怎麼樣都不相信。顓項把一份寫滿人名的冊子遞給禺疆，是禺疆的兄長親筆寫下的，每個人名旁都寫著施用過的酷刑。禺疆才看了一半，就跪在地上嘔吐。禺疆那時才發現，他想為之復仇的兄長和他小時記憶中的兄長截然不同。顓頊告訴他：『我從不後悔殺了你哥哥，因為你哥哥身為一方大吏，卻罔顧民生，只重酷刑，冤死了上萬人，他罪有應得。如果你認為我做錯了，可以繼續來刺殺我。』顓頊放走了禺疆。幾日後，禺疆來找顓頊，他對顓頊說：『我想跟隨你，彌補哥哥犯的錯。』所有人都反對，顓項居然同意了，不僅僅是表面的同意，而是真的對禺疆委以重任，和禺疆議事時，絲毫不提防他。說來也巧，正因為顓項的不提防，有一次有人來刺殺顓項，幸虧禺疆離得近，把射向他的一箭給擋開了。」

馨悅看似無奈，實則驕傲地嘆道：「我是真搞不懂他們這些男人！」

小夭笑著恭喜顓頊，得了一員大將！幾人同飲了一杯酒。

四人聊著聊著，無可避免地聊到了璟。

顓頊對馨悅和豐隆說：「我剛才告訴小夭，當日若非璟恰好出現救了她，縱使我趕到，只怕也晚了。小夭很感激璟的相救之恩，她恰好懂得一些民間偏方，所以想親自照顧璟。」

馨悅和豐隆雖覺得有一點奇怪，可目前最要緊的事就是救回璟，不僅塗山氏需要璟，顓頊和豐隆也都非常需要璟。只要璟能醒來，別說要小夭去照顧他，就是要馨悅和豐隆去照顧也沒問題。

豐隆急切地問小夭：「妳有把握璟能醒來嗎？」

小夭說：「十之八九應該能醒。」

豐隆激動地拍了下食案，對顓頊說：「小夭真是咱們的福星，她一回來，就全是好消息。」

顓頊目注著小夭，笑起來。

四人用過晚飯後，顓頊返回神農山。

小夭送顓頊離開後，回了木犀園。

靜夜已經熬好藥，正眼巴巴地等著小夭。她剛才偷偷給公子餵了一下藥，發現壓根餵不進去，只得趕緊收拾好一切，等小夭回來。

小夭讓靜夜出去，等靜夜離開後，她一邊扶璟坐起，一邊說：「也不知道你聽不聽得到，可我昏迷時，雖然人醒不過來，卻能聽到外面的聲音。」

小夭餵完璟喝藥後，又扶著他躺下。

小夭盤腿坐在榻側，拿出一枚玉簡，開始用神識給父王寫信。先給父王報了平安，讓他勿要擔憂，又說了一些雜七雜八的事。小夭靈力弱，沒寫多少就覺得累，休息了一會，才又繼續，不敢再東拉西扯，告訴父王她還有點事情，暫時不能回高辛，等事情辦好，就回去看他。

小夭收好玉簡，對璟說：「我和父王說要回去探望他，你願不願意和我一塊回去？」

小夭下了榻，「我得回去睡覺了。」她看著璟清瘦的樣子，低聲說：「我也想陪你啊，可我哥哥不讓，明天早上我再來看你。」

小夭回到璟以前住的屋子，在璟以前睡過的榻上翻來覆去、覆去翻來，熬了將近半個時辰都沒有睡著。

小夭想起自己昏迷不醒時，最高興的時候就是相柳陪著她時，即使他什麼話都不說，她也覺得不再孤寂，永恆的黑暗變得不再是那麼難以忍受。

小夭披衣起來，悄悄地溜出屋子，溜進了璟住的桃木大屋。她不知道的是整個桃木屋都有警戒的禁制，她剛接近時，靜夜和胡啞就出現在暗處，他們看到小夭提著鞋子、拎著裙裾，躡手躡腳的樣子，誰都沒說話。

小夭摸著黑，爬到榻上，在璟身邊躺下，對璟低聲說：「我不說、你不說，誰都不知道。哥哥不知道，就是沒發生。」

小夭下午睡了一覺，這會並不算睏。

她對著璟的耳朵吹氣，「你到底聽不聽得到我說話？」

她去摸璟的頭髮，「頭髮沒有以前摸著好了，明日我給你洗頭。」

她去捏他的胳膊，「好瘦啊，又要硌著我了。」

她順著他的胳膊，握住了他的手，和他十指交纏，「他們說，你是因為我死了才不想活了，真的嗎？你真的這麼在意我嗎？」

小夭把頭窩在璟的肩窩中，「如果你真把我看得和性命一樣重要，是不是不管碰到什麼，永遠都不會捨棄我？」

屋內寂寂無言。

小夭輕聲笑，「你真聰明，這種問題是不能回答的。有些事情不能說，一說就顯得假了，只能親自做。」

小夭閉上了眼睛，「璟，快點醒來吧！」

第二日清晨，靜夜、胡啞和胡珍起身很久了，卻都窩在小廚房裡，用蝸牛的速度吃著早飯。小夭悄悄拉開門，看四周無人，躡手躡腳地溜回了自己的屋子。

靜夜和胡珍都輕吁了口氣，胡啞吃飯的速度正常了，等吃完，他走進庭院，開始灑掃。

小夭在屋子裡躺了會，裝作剛起身，故意重重地拉開門，對胡啞打招呼，「早。」

胡啞恭敬地行禮。

靜夜端了洗漱用具過來，小夭一邊洗漱一邊問：「你們平日都這個時候起身嗎？」

靜夜含含糊糊地說：「差不多。」

小夭微微一笑，去吃早飯。

靜夜知道她大病初癒，身體也不大好，給她準備的依舊是爛爛的肉糜蔬菜粥，小夭邊吃邊問：「妳什麼時候到璟身邊的？」

靜夜回道：「按人族的年齡算，八歲。公子那時候七歲。」

小夭的眼睛亮了，「那你們幾乎算是一起長大的了，妳肯定知道很多他小時候的事情。好姊姊，妳講給我聽吧！璟小時候都做過什麼調皮搗蛋的事？」

靜夜愣了一愣。防風意映在青丘住了十幾年，從沒有問過她這些事情，只有一次把她和蘭香叫去，詢問她們所掌管的公子的私帳。

靜夜給小夭講起璟小時的事，都是些雞毛蒜皮的瑣事，小夭卻聽得津津有味，邊聽邊笑，她也想起了小時候的快樂，不禁愁眉展開，笑聲不斷。

胡珍在外面聽了好一會，才敲了敲門，「藥熬好了。」

小夭跑了出來，端過托盤，對靜夜說：「晌午後，我要給璟洗頭，找張木榻放在樹蔭下，多準備些熱水。」

「是。」

小夭腳步輕快地朝著桃木屋走去。

過了晌午，小夭果真把璟從桃木大屋裡抱了出來，放在木犀榻上。

靜夜怕小夭不會做這些事，站在旁邊，準備隨時接手，可沒想到小夭一舉一動都熟練無比，而且她的舉動自帶著一股溫柔呵護，讓人一看就明白她沒有一絲勉強。

璟雖然不言不語、沒有表情，卻讓人覺得他只願意被小夭照顧，在小夭身邊，他就猶如魚游於水、雲浮於天，有了一切，身體舒展放鬆。

靜夜看了一會，悄悄地離開了。

小夭坐在小杌子上，十指插在璟的頭髮中，一邊按摩著頭部穴位，一邊絮絮叨叨地說：「等會洗完頭髮，你就躺這裡晒會太陽，我也晒會。其實，我還是喜歡竹席子，可以滾來滾去地晒，把骨頭裡的懶蟲都晒出來，全身麻酥酥的，一點不想動彈……再過一個月，木犀就該開花了，到時你總該醒來了吧……」

小夭並沒有等一個月。

四日後，木犀林中，一張木犀木做的臥榻，璟躺在榻上。絢爛的陽光從樹葉中晒下，落在他身上時，溫暖卻不灼熱，恰恰好。

小夭剛洗了頭，跪坐在榻旁的席子上，一邊梳理頭髮，一邊哼唱著歌謠：「南風之薰兮，可以解儂之思兮！南風之時兮，可以慰儂之憶兮……」

璟緩緩睜開了眼睛，凝視著眼前的人兒，雲鬢花顏、皓腕綠裳，美目流轉、巧笑嫣然，他眼角有濕意。

小夭自顧自梳著頭髮，也沒察覺璟在看著她。

靜夜端了碗解暑的酸梅湯過來，看到璟凝視著小夭，她手中的碗掉到了地上，小夭看向她，「妳沒事吧？」

靜夜指著璟，「公子、公子……」

小夭立即轉身，和璟的目光膠著到一起。

小夭膝行了幾步，挨到榻旁，「為什麼醒了也不叫我？」

璟道：「我怕是一場夢，一出聲就驚走了妳。」

小夭抓起他的手，貼在臉頰上，「還是夢嗎？」

「不是。」

璟撐著榻，想坐起來，小夭趕緊扶了他一把，他立即緊緊地摟住她。小夭不好意思，低聲說：「靜夜在看著呢！」

璟卻恍若未聞，只是急促地說：「小夭，我一直希望能做妳的夫君，能堂堂正正地擁有妳，可妳是王姬，只有塗山璟的身分才有可能配上妳，所以我一直捨不得捨棄這唯一有機會能明媒正娶到妳的身分。可我錯了！我不做塗山璟了，能不能堂堂正正地擁有妳不重要，即使一輩子無名無分，一輩子做妳的奴僕，都沒有關係，我只要在妳身邊，能守著妳。」

小夭忘記了靜夜，她問道：「璟，你真把我看得和性命一樣重要嗎？」

璟說：「不一樣，我把妳看得比我的性命更重要。小夭，妳以前埋怨我一邊說著自己不配，一邊又絕不鬆手。其實，我知道妳離開我依舊可以過得很好，我明白防風邶才更適合妳，可我沒有辦法鬆手，只要我活著一日，就沒有辦法！對不起、對不起……」

小夭用手捂住了璟的嘴，「傻子！我想要的就是無論發生什麼，你都把我抓得緊緊的，不要捨棄我！」小夭的額頭抵著璟的額頭，低聲呢喃：「你沒有辦法捨棄，我真的很歡喜！」

靜夜站在木犀林外，稟奏道：「公子，馨悅小姐來看王姬。」

小夭衝璟笑笑，揚聲說：「請她過來。」

小夭替璟整理好衣袍，一邊扶著璟站起，一邊簡單地將璟昏迷後的事情交代清楚。

馨悅走進木犀林，驚訝地看見了璟。

站在木犀樹下的璟雖然很瘦削，氣色也太蒼白，精神卻很好，眉眼中蘊著笑意，對馨悅說：

「好久不見。」

馨悅呆了一瞬，激動地衝過來，抓住璟的胳膊，喜悅地說：「璟哥哥，你終於醒了。」

璟說：「這段日子勞煩妳和豐隆了。」

馨悅哎呀一聲，「對、對！我得立即派人去通知哥哥，還有顓頊。」她匆匆出去，吩咐了貼身婢女幾句，又匆匆返來。

馨悅對璟和小夭說：「我估摸著要麼今晚，最遲明日，他們就會來看璟哥哥。」

靜夜問道：「公子，是否派人告知太夫人您已醒來？」

璟對靜夜說：「妳去安排吧！」

馨悅和璟相對坐在龍鬚席上，一邊吃著茶，一邊說著話。

馨悅將這三十七年來的風雲變幻大致講了一下，話題的重心落在塗山氏。自從璟昏迷後，篌就想接任族長，可是太夫人一直不表態。族內的長老激烈反對，再加上四世家中的赤水氏和西陵氏都表現得不太認可篌，所以篌一直未能接任。但篌的勢力發展很快，太夫人為了箝制他，只能扶持意映，現如今，整個家族的重大決定仍是太夫人在做，一般的事務則是篌和防風意映各負責一塊。

小夭蜷坐在木犀榻上，聽著馨悅的聲音嗡嗡不停，她懶懶地笑起來。剛才，整個天地好像只有璟和她，可不過一會，所有人、所有事都撲面而來。

馨悅正說著話，璟突然站了起來，「我去拿條毯子。」向屋子走去。

馨悅想起小夭，側頭去尋，看到她竟然睡著了。

璟把薄毯輕輕地蓋到小夭身上，又坐到了馨悅對面，「妳繼續說。」

馨悅指指小夭，問道：「我們要換個地方嗎？」

璟凝視著小夭，微笑著說：「不用，她最怕寂寞，喜歡人語聲。」

馨悅覺得異樣，狐疑地看看璟，再看看小夭，又覺得自己想多了，遂繼續和璟講如今塗山氏的情況。

小夭一覺睡醒時，已到了用晚飯的時候。

馨悅命婢女把飯菜擺到了木犀林裡，正準備用飯，婢女來奏，豐隆和顓頊竟然都到了，馨悅讓婢女又加了兩張食案。

豐隆看到璟，一把抱住，在他肩頭用力砸了一拳，「我以為你老人家已經看破一切，打算就這麼睡死過去，沒想到你還是貪戀紅塵啊！」

璟作揖，「這次是真麻煩你了。」

豐隆大剌剌地坐下，「的確是太麻煩我了，所以你趕緊打起精神，好好幫幫我！」

馨悅無奈地撫額，「哥，你別嚇得璟哥哥連飯都不敢吃了。」

豐隆嗤笑，「他會被我嚇著？他在乎什麼呀？」

小夭餓了，等不及他們入席，偷偷夾了一筷子菜。

璟笑道：「行了，別廢話了，先吃飯吧，用完飯再說你們的大事。」

五人開始用飯。

因為璟剛醒，他的飯菜和其他人都不同，是燉得糜爛的粥，璟喝了小半碗就放了勺子，和豐隆說著話。小夭蹙眉，突然說道：「璟，你再吃半碗。」

璟立即擱下手中的茶杯，又舀了半碗粥，低頭吃起來。

豐隆哈哈笑道：「璟，你幾時變得這麼聽話了？」

馨悅和顓頊卻都沒笑。

用完飯，小夭知道他們要商議事情，自覺地說：「我去外面走走。」

顓頊道：「妳去收拾一下東西，待會跟我回神農山。」

「沒什麼可收拾的，待會你要走時，叫我就行。」小夭悠閒地踱著腳步走了。

馨悅有點羨慕地說：「小夭倒真像閒雲野鶴，好像隨時都能來，隨時都可以走。」

顓頊嘆了口氣，對豐隆說：「你來說吧！」

豐隆開始對璟講他和顓頊如今的情形，顓頊秘密練兵的事，不能告訴璟，只能把自己這邊的情況粗略介紹一番，豐隆說道：「現在跟著我的人不少，什麼都需要錢，赤水氏有點閒錢，但我一分都不敢動。顓頊那邊本來有一部分錢走的是整修宮殿的帳，但前幾年篌突然查了帳，幸虧你的人及時通知了我們，才沒出漏子，可已經把那邊能動的手腳卡得很小，而且，現在和當年不一樣，用錢的地方太多，所以我和顓頊都等著你救急。」

璟微微一笑，說道：「我明白了。」

豐隆嚷：「光明白啊？你到底幫是不幫？」

璟問：「我能說不幫嗎？」
「當然不行！」
璟道：「那你廢話什麼？」
豐隆索性挑明了說：「我和你是不用廢話，可你得讓顓頊放心啊！」
璟含笑對顓頊說：「別的忙我幫不上，但我對經營之道還算略懂一二，以後有關錢的事，就請放寬心。」
豐隆得意地笑起來，對顓頊說：「看吧，我就說只要璟醒來，咱們的燃眉之急絕對迎刃而解。咱倆都是花錢的角色，非得要他這個會斂財的狐狸幫襯才行，只可惜他和咱們志向不同，幫咱們純粹是情面。」
顓頊也終於心安了，笑對璟說：「不管衝誰的情面，反正謝謝你。」

幾人議完事，顓頊讓人去叫小夭。
璟對顓頊和豐隆說：「我想和你們說幾句話。」
馨悅站起，主動離開了。
璟對顓頊說：「要解決你們的事，我必須儘快回青丘。回去後，我打算告訴奶奶一切，不管結果如何，我都會回到小夭身邊，永遠守著小夭。」
顓頊的臉色驟然陰沉，冷冷地問：「你是在和我談條件嗎？」
璟說：「我怎麼可能用小夭來談條件？我是在請求你允許。」

豐隆茫然地問：「你要守著小夭？小夭又有危險嗎？」

璟看著豐隆，眼中滿是抱歉哀傷。

豐隆十分精明，只是對男女之事很遲鈍，看到璟的異樣，終於反應過來，猛地跳起來，「你、你是為了小夭才傷痛欲絕、昏迷不醒？」雖然豐隆這麼問，卻還是不相信，畢竟在他的認知裡，男人為了大事頭可斷、血可流，可為個女人？太沒出息！太不可想像了！

璟對豐隆彎身行禮，「對不起，我知道你想娶小夭，但我不能失去小夭。」

豐隆一下子怒了，一腳踹翻了食案，「你知道我想娶小夭，還敢覬覦我的女人？我就納悶，你怎麼能在我家一住半年，我還以為你是想躲避家裡的事，可沒想到你居然在我家裡勾引我的人！我把你當親兄弟，你把我當什麼？塗山璟，你給老子滾！帶著你的臭錢滾！老子不相信沒了你，我就做不了事情了！」

豐隆說著話，一隻水靈凝聚的猛虎撲向璟，璟沒有絲毫還手的意思，顓頊趕忙擋住，叫道：「來人！」

馨悅和幾個侍衛聽到響動，匆匆趕到，顓頊對他們說：「快把豐隆拖走。」

豐隆上半身被顓頊按住，動彈不得，卻火得不停抬腳，想去踹璟，一把把水刺嗖嗖地飛出，朝著璟扎去。璟卻不躲避，兩把水刺刺到了璟身體裡，馨悅駭得尖叫，趕緊命幾個侍衛抱住豐隆，拚了命地把豐隆拖走。

顓頊在滿地狼籍中施施然坐下，對璟冷淡地說：「我相信你對小夭的感情，可是塗山璟已有婚約，我看塗山太夫人非常倚重防風意映，絕不會同意退婚。」

璟說：「我曾無比渴望站在俊帝陛下面前，堂堂正正地求娶小夭，為此我一忍再忍，但當我經歷了一次失去後，發現什麼都不重要，只要能和小夭在一起，我願意放棄一切。如果奶奶不願意塗山璟退婚，我可以放棄做塗山璟。」

塗山璟這個名字代表著什麼，顓頊非常清楚，不僅僅是可敵國的財富，還是可以左右天下的權勢。顓頊見過各式各樣的男人，但他從沒有見過願意為一個女人捨棄一切的男人，不禁也有些動容，神色緩和起來，「其實，這事我沒有辦法替小夭做主，要看她怎麼想。」

小夭從一棵木犀樹後走出，走到璟身前，檢查了下他胳膊上的水刺傷，捏碎了兩顆流光飛舞丸，把血止住。

顓頊和璟都目不轉睛地盯著小夭，緊張地等著她的答案。小夭看了一眼璟，笑了笑，對顓頊說：「反正我救他回來時，他就一無所有，我不介意他又變得一無所有。」

璟如釋重負，微微笑起來。

顓頊一語不發，低下頭，端起案上的一碗酒一飲而盡，方抬頭笑看著小夭，說道：「不管妳想怎麼樣，都可以！」

小夭抿著唇笑。

顓頊對璟說：「今夜你打算住哪裡？豐隆現在不會樂意你住在這裡。」

「你們的事很著急，越早辦妥越好，我想早去早回，打算現在就回青丘。」

顓頊笑說：「也好！我和小夭送完你，再回神農山。」

顓頊和璟聊了一會，靜夜和胡珍已經簡單地收拾好行囊，胡啞駕著雲輦來接璟。

小夭和璟站在雲輦前話別，璟說：「我回來後，就去神農山找妳。」

小夭笑點點頭，「照顧好自己，別讓篌有機可乘。」

「我知道，妳也一切小心。」

小夭朝顓頊那邊努努嘴，「就算我不小心，某個謹慎多疑的人也不會允許我出錯！放心吧！我會很小心。」

璟依依不捨地上了雲輦。

小夭看璟的雲輦飛遠了，才轉身走向顓頊。

顓頊扶著她，上了雲輦。

小夭有些累了，閉著眼睛休憩，車廂內寂寂無聲。

顓頊突然問：「妳真的想好了？璟不見得是最好的男人，也不見得是最適合妳的男人。」

小夭睜開了眼睛，微笑著說：「你和我都是被遺棄的人，你應該明白，我要的是什麼。」

顓頊說：「就算他肯放棄塗山璟的身分，但妳和我都明白，有些牽絆流淌在血脈中，根本不是想放棄就能放棄，想割捨就能割捨。塗山氏的太夫人是出了名的硬骨頭，十分固執難纏，妳想過將來嗎？」

「將來如何不取決於我，而取決於他，我只是願意等他給我個結果。」

顓頊嘟囔：「也不見妳願意等別人，可見他在妳心中還是特殊的。」

小夭溫和地說：「不要擔心我！我經歷過太多失望，早學會了凡事從最壞處想。你和我都清楚，想要不失望，就永遠不要給自己希望。」

顓頊輕嘆了口氣，說道：「不管結果是什麼，我都在這裡。」

小夭把頭靠在顓頊肩膀上，笑道：「我知道。」

第二十三章 隻影向誰去

在塗山氏子弟一遍遍的叩拜聲中，站在祭台上的璟顯得十分遙遠。
小夭有些茫然，從這一刻起，璟必須背負起全族的命運！
他，再不是她的葉十七了。

了夜時分，璟回到了青丘。他命僕役不要驚動奶奶，他就在外宅歇息，等明日奶奶起身後，再去拜見奶奶。

璟惦記著顓頊和豐隆的事，顧不上休息，見了幾個心腹，瞭解一下這幾十年的事，忙完後已是後半夜。

他睡兩個時辰就起來了，洗漱後，去內宅見奶奶。

太夫人居中，坐在榻上，篌、篌的夫人藍枚、防風意映站立在兩側。

璟看到太夫人，快走了幾步，跪在太夫人面前，「奶奶，我回來了。」

太夫人眼中淚光閃爍，抬手示意璟起來，「你總算回來了，我還以為熬不到見你了。」

璟看太夫人氣色紅潤，精神也好，說道：「奶奶身子好著呢，怎麼可能見不到孫兒？」

太夫人把璟拖到她身畔坐下，說道：「瘦了，太瘦了！可要好好養一養了，別讓我看著就心疼！」

璟笑道：「孫兒一定多吃，胖到奶奶滿意為止。」

太夫人笑著點頭。

璟和大哥、大嫂見禮寒暄後，太夫人指著意映說：「你該給意映也行一禮，這幾十年，她可幫你操勞了不少！」

璟客氣地對意映行禮，卻什麼話都沒說，起身後，對太夫人道：「我有話想和奶奶說。」

太夫人說：「我也正好有話和你說。」

太夫人看了看篌、意映，說道：「你們都下去吧，讓我和璟兒好好聚聚。」

篌、藍枚、意映依次行禮後，都退了出去。

璟跪下，「我想儘快取消我和意映的婚約，求奶奶准許。」

太夫人沒有絲毫詫異，「我就知道你會說這事，我也告訴你，不可能！」

璟求道：「我對意映無情，意映對我也無意，奶奶為什麼就不能允許我們取消婚約呢？」

「我只看出你對意映無情，沒看出意映對你無意！」

璟磕頭，「我已經心有所屬，求奶奶成全！」

太夫人長嘆了口氣，「傻孩子，你以為情意能持續多久？日復一日，天長地久，不管再深的情意都會磨平，到最後，都是平平淡淡！其實，夫妻之間和生意夥伴差不多，你給她所需，她給你所需，你尊重她一分，她尊重你一分，一來一往，細水長流地經營。」

「奶奶，我絕不會娶意映！」

「如果你是篌兒，你愛做什麼就做什麼，隨你便！可你是未來的塗山族長，族長夫人會影響到一族興衰！意映聰慧能幹，防風氏卻必須依附塗山氏，又牽制了她，相信奶奶的判斷，防風意映會是最合適的族長夫人！為了塗山氏，你必須娶她！」

璟說道：「我並不想做族長，讓大哥去做族長……」

「孽障！」太夫人猛地一拍案，案上的杯碟全震到地上，熱茶濺了璟滿身。太夫人揉著心口，說道：「六十年！我花費六十年心血調教出最好的塗山族長夫人，我不可能再有一個六十年！」

璟重重磕頭，額頭碰到地上碎裂的玉杯晶盞，一片血肉模糊，「如果奶奶不同意退婚，那麼我只能離開塗山氏。」

太夫人氣得身子簌簌直顫，指著璟，一字一頓地說：「你如果想讓我死，你就走！你不如索性現在就勒死我，我死了，你愛做什麼就去做什麼，再沒有人會管你！」

璟重重地磕頭，痛苦地求道：「奶奶！」

太夫人厲聲叫心腹婢女：「小魚，讓這個孽障滾！」

小魚進來，對璟道：「請公子憐惜一下太夫人，讓太夫人休息吧！」

璟看太夫人緊按著心口，臉色青紫，只得退了出來。

可他走出屋子後，並未離去，而是一言不發地跪在了院子裡。

婢女進去奏報給太夫人，太夫人閉著眼睛，恨恨地說：「不用管他！去把所有長老請來！」

璟在太夫人的屋子外跪了一日一夜，太夫人不予理會，讓長老按照計畫行事。待一切安排妥當，太夫人派人把篌、藍枚、意映都請來。

璟久病初癒，跪了那麼久，臉色慘白，額上血痕斑斑，樣子十分狼狽。篌和意映看到璟的樣子，眼中的恨意一閃而過。

意映走進屋內，見到太夫人，立即跪下，抹著眼淚，為璟求情。

太夫人看人都到齊了，對小魚說：「把那個孽障叫進來！」

璟在侍者的攙扶下，走了進來。

意映忙走過去，想幫璟上點藥，璟躲開了，客氣卻疏遠地說：「不麻煩小姐！」

意映含著眼淚，委屈地站到了一旁，可憐兮兮地看著太夫人。

太夫人一言不發，冷冷地看著小魚幫璟把額上的傷簡單處理了。

太夫人讓篌和璟坐，視線從兩個孫子臉上掃過，對他們說道：「一切都已準備妥當，三日後舉行典禮，正式宣布璟兒接任塗山氏的族長。事情倉促，沒有邀請太多客人，但黃帝、俊帝、赤水、西陵、鬼方、中原六大氏都會派人來觀禮，已經足夠了。」

璟和篌大驚失色，誰都沒想到太夫人竟然無聲無息地安排好了一切，連觀禮的賓客都請好了。

璟跪下，求道：「奶奶，族長的事還是過幾年再說。」

太夫人怒道：「過幾年？你覺得我還能活多久？你爹剛出生不久，你爺爺就走了，我不得不咬牙撐起一切，好不容易看著你父親娶妻，接任族長，覺得自己終於可以喘口氣了，可那個孽障居然……居然走在了我前面！那一次我差點沒撐下去，幸虧你娘撐起了全族……我們兩個寡婦好不容易拉扯著你們長大，你娘一點福沒享，就去找那個孽障了。我日盼夜盼，終於盼到你能接任族長，你卻又突然失蹤！等了十年才把你等回來，沒讓我太平幾年，你又昏睡不醒，你覺得我還能被你折騰多久？」

太夫人說著說著，只覺一生的辛酸悲苦全湧到了心頭，一生好強的她也禁不住淚如雨落。

篌、藍枚、意映全跪在了她面前，太夫人擦著眼淚，哭道：「我不管你們都是什麼心思，反正這一次，塗山璟，不管你願不願意，你都必須接任族長之位。」

璟不停地磕頭，哀求道：「奶奶，我真的無意繼任族長之位！哥哥為長，何不讓哥哥接任族長呢？」

太夫人泣道：「孽障！你是明知故問嗎？有的事能瞞過天下，卻瞞不過知情人。你外祖父是曋氏的上一任族長，現如今曋氏的族長是你親舅舅，你的外祖母是赤水氏的大小姐，赤水族長的嫡親堂姊，篌兒卻……他們能同意篌嗎？」

太夫人揉著心口，哭叫著問：「孽障，你告訴我！赤水、西陵、中原六氏能同意你不做族長嗎？」

璟磕著頭說：「我可以一個個去求他們，求他們同意。」

太夫人哭著說：「塗山氏的所有長老也只認你，你以為我不知道這些年你背著我做的事嗎？你折騰了那麼多事，哪個長老同意你不做族長了？」

璟無法回答，只能磕頭哀求，「奶奶，我真的無意當族長，大哥卻願意當族長！」

太夫人看著榻前跪著的兩個孫子，聲音嘶啞地說：「族長要族內敬服，天下認可，才能是真正的一族之長，不是誰想做就能做！」

「篌兒，你過來！」太夫人對篌伸出雙手，篌膝行到太夫人身前。

太夫人把篌拉起，讓他坐到自己身畔，「篌兒，奶奶知道你的才幹不比璟兒差，可是族長關係到一族盛衰，甚至一族存亡。如果你做族長，九個長老不會服氣，塗山氏內部就會開始分裂，到時你也得不到外部的支持，赤水氏和曋氏會處處刁難你。一族興盛要幾代人辛苦經營，一族衰亡卻只是剎那。」

太夫人抱著篌，哀哀落淚，「你爹臨死前，最後一句話就是求我一定要照顧好你，這麼多年，奶奶可有薄待你一分？」

篌回道：「奶奶一直待孫兒極好，從無半點偏頗。」所以這麼多年，他本有機會強行奪取族長之位，可終究是不忍心殺害從小就疼愛他的奶奶，只能僵持著。

太夫人撫著篌的頭，「你爹臨死前，最放不下的就是你。不管你有多恨你娘，可她終究沒有取你性命，而是撫養你長大了，給你請了天下最好的師父，讓你學了一身本事。你骨子裡流著塗山氏的血，難道你就真忍心看到塗山氏衰落，讓我死不瞑目嗎？」

篌神情哀傷，跪下，重重磕頭，「奶奶身體康健。」卻始終不承諾不去爭奪族長之位。

璟也重重磕頭，「求奶奶把三日後的儀式取消，我不想做族長。」也始終不答應接任族長。

太夫人看著兩個孫子，傷心、憤怒、絕望全湧上了心頭，只覺氣血翻湧，一口腥甜猛地嘔了出來，濺到篌和璟身上。

篌和璟都驚駭地躍起，去扶太夫人，太夫人已是面如金紙、氣若游絲。璟要給太夫人輸入靈力，篌狠狠打開了他，「我來！」

璟知道他的靈力比自己深厚，也不和他爭，按壓奶奶的穴位，幫奶奶順氣。

意映和藍枚忙著叫：「醫師、醫師！」

平日照顧太夫人的女醫師蛇莓兒跑進來，看到璟和篌身上的血跡，臉色變了變，上前餵了一顆龍眼大的藥丸，太夫人的氣息漸漸平穩。

璟和篌都稍稍放下心來，篌對太夫人說：「奶奶，三日後的儀式取消吧！您的身子最緊要。」

璟也說：「是啊，先養好身子。」

太夫人苦澀地笑，「我也不瞞你們了，我的壽命最多只剩下一年。」

璟和篌都不相信，看向醫師。

醫師蛇莓兒道：「太夫人說的是實情，最多一年。」

篌激動地叫了起來：「不會、不會！這幾十年奶奶的身體一直很好，一定有辦法醫治。」

太夫人虛弱地說：「璟昏睡後，我猜到你必定不會安分。我一個寡婦能撐起整個塗山氏，也不是好相與的人，如果你不是我孫兒，我必定已經除了你，可你是我抱在懷裡疼大的親孫兒。因為你娘疼璟兒多，我一直更偏疼你，你就是我的心頭肉，我捨不得動你，又打消不了你的野心，那我只能打疊起精神，守住祖祖輩輩的基業。為了有精神和你們這幫小鬼頭周旋，我讓蛇莓兒給我施了蠱術，你們看我這幾十年精神足，那是因為體內的蠱蟲在支撐著。」

篌和璟都神色大變。璟因為小夭，私下收集了不少有關於蠱術的資料，喃喃說：「這是禁忌的咒術。」
篌問：「沒有破解的方法嗎？」
蛇莓兒說：「如今蠱蟲反噬，已無力回天。」
篌著急地問：「反噬？反噬是什麼？」
蛇莓兒回道：「禁忌的咒術往往能滿足人們的某個心願，可在臨死前都要遭受極其痛苦的反噬，先要承受蠱蟲鑽噬五臟的痛苦，直至全身精血被體內的蠱蟲吞吃掉，最後屍骨無存。」
璟看著奶奶，淚湧到了眼睛裡，篌也淚濕雙眸，「奶奶、奶奶，您、您……何苦？」
太夫人笑，「我何苦？還不是因為你們兩個孽障！縱使萬痛加身，屍骨無存，只要能保塗山氏平安，我就死得無愧於塗山氏的列祖列宗……」太夫人的說話聲突然中斷，她痛苦地蜷縮起身子，篌和璟忙去扶她。
太夫人對蛇莓兒痛苦地說：「都出去，讓他們……出去！」
蛇莓兒對篌和璟說：「太夫人一生好強，不願現如今的樣子……你們若真心尊敬長輩，就都出去吧！」
篌和璟看著已經痛苦地蜷縮成一團的奶奶，對視一眼，都向外退去。藍枚和意映也忙隨著他們快速走了出來。
「啊……啊……」屋子內傳來撕心裂肺的痛苦叫聲。
篌和璟都憤怒地瞪著對方，可聽到奶奶的慘叫聲，又都痛苦地閉上了眼睛。就是因為他們，他們至親的親人竟然要承受蠱蟲吞噬血肉的痛苦。

太夫人的心腹婢女小魚走了出來，對他們說：「兩位公子，都回去吧！如今太夫人每日只需承受一個時辰的痛苦，神智還清醒，再過一段日子，痛苦會越來越長，神智會漸漸糊塗。剛才太夫人說最多還能活一年，很有可能，只是半年。」

小魚眼中淚花滾滾，聲音哽咽，「幾百年來，我跟在太夫人身邊，親眼看到太夫人為塗山氏、為兩位公子付出了什麼。如果兩位公子真還有一絲一毫的孝心，只求兩位公子為了整個塗山氏，成全老夫人的心願，讓老夫人能在神智清醒時，親眼看到族長繼位，死能瞑目，也就算這場痛苦沒有白白承受。」

小魚說完，抬手，示意他們離開。

篌猛地轉身向外衝去，一聲長嘯縱躍到坐騎上，騰空而起，半空中傳來他痛苦的吼叫聲。

璟一言不發，一步又一步地慢慢走著，走出了塗山府，走到青丘山下。

坐騎狸狸飛到他身旁，親熱地蹭了蹭他的胳膊，好像在問他想去哪裡，可璟茫茫然地看著狸狸，他不知道能去哪。本以為只要走出青丘就能天高海闊，長相廝守，可原來他根本走不出青丘。

璟回身望向青丘山……

塗山氏的宅邸依著青丘山的山勢而建，從上古到現在，歷經數十代塗山族長的修建，占地面積甚廣，大大小小幾十個園子。夕陽映照下，雕欄玉砌、林木蔥蘢、繁花似錦，一切都美輪美奐。

他願意割捨這一切，卻割不斷血脈。

天漸漸黑了，璟依舊呆呆地站在山下。

轟隆隆的雷聲傳來，大雨嘩嘩而下，驚醒了璟，他對狸狸說：「去神農山！」

小夭已經睡下，半夜裡被驚雷吵醒。

瓢潑大雨，傾盆而下，打在屋頂上，叮叮咚咚響個不停。

小夭臥聽了會風雨，迷迷糊糊正要睡過去，突然聽到幾聲鶴鳴，她披衣坐起，打開了門。

天地漆黑一片，風捲著雨，撲面而來，寒氣襲人。

小夭裹著披風，提著燈張望，一會後，看到兩個黑乎乎的人影過來。

小夭驚疑不定，「璟？是你嗎？」

人影走近了，一個是瀟瀟，披著斗篷，戴著斗笠，另一個真是璟，他全身上下濕淋淋，像是剛從水裡撈出來，髮冠也不知道掉哪裡去了，頭髮散亂地貼在臉上，襯得臉色煞白。

瀟瀟說：「侍衛說有人闖入紫金宮，我見到璟公子時他就是這樣子，殿下讓我送他來見王姬。」

瀟瀟說完，行了一禮，悄悄離去。

「璟，你……先進來！」小夭顧不上問璟為何深夜來神農山，推著璟進了屋子。

小夭讓璟坐到熏爐旁，幫璟把頭髮擦乾，看他額頭上都是細密的傷痕，她撫著傷痕，輕聲問：「發生了什麼事？」

璟猛地把小夭緊緊抱住，但在雨水裡泡久了，他的身體寒如冰塊。

小夭默默地依在他懷裡。

半晌後，璟說：「奶奶用了禁忌的蠱咒術，已經蠱蟲反噬。」

蠱蟲反噬，命不久矣。小夭愣了一會，不知道該如何安慰璟，只輕輕地撫著璟的背。

璟說：「奶奶要我三日後接任族長，我沒有辦法再拒絕了。」

小夭道：「我明白。」

「我本來打算，不管奶奶同意不同意，我都要和妳在一起……可是現在……對不起！」

「沒有關係，真的沒有關係！」

小夭嘆息。她不是不難過，可如果璟連奶奶的命都不顧，自私地選擇離開塗山氏，和她在一起，那他也就不是小夭喜歡的璟了。

這一夜，璟沒有回青丘。

這一夜，篌也沒有回去歇息，但藍枚早已習慣，壓根不敢聲張。半夜裡，她悄悄化作狐狸，溜去查探防風意映，發現防風意映也不知去向。六十年來，這已經不是第一次篌和意映同時不知去向，藍枚一個人躲在被子裡，偷偷哭泣了半晚，卻並不是為篌的不歸傷心，而是因為她知道了不該知道的事，恐懼害怕。

第二日，晌午過後，璟和篌才回到青丘。

太夫人叫璟和篌去見她。

太夫人靠坐在榻上，面色發黃，可因為收拾得整潔俐落，給人的感覺不像是將死之人。

太夫人問璟：「你可想好了？」

璟跪下，說道：「孫兒願意接任塗山氏族長之位。」

太夫人唇角露了一點點笑意，她看向篌，「你可想好了？」

篌跪下，說道：「孫兒永不爭奪族長之位。」

太夫人緊緊地盯著他，「你可願意在先祖的靈位前發下血誓？永不爭奪族長之位，永不傷害璟。」

篌沉默了一瞬，說道：「孫兒願意！」

太夫人長長地吐了口氣，一邊欣喜地笑著，一邊用手印去眼角的淚，「我總算是沒有白疼你們兩個！」

篌和璟磕頭，異口同聲地說：「孫兒讓奶奶受苦了！」

太夫人說道：「待會就讓長老去準備祭禮，明日到先祖面前，篌兒行血誓之禮。」

篌恭順地應道：「是。」

太夫人讓他們起來，左手拉著篌，右手拉著璟，左看看、右看看，滿臉笑意，嘆道：「就算死，我也死得開心啊！」

璟看著篌。自從回到塗山家，他嘗試了很多方法，想化解篌和他之間的仇怨，可篌從不接受，如今篌竟然真的能為奶奶放下仇恨？

從太夫人屋內出來後，篌腳步匆匆，璟叫道：「大哥。」

篌停住了腳步，璟問：「你真的願意？」

篌冷笑，「你能為了奶奶捨棄想要的自由，我為什麼不能為奶奶捨棄一點野心？」

一瞬間，璟說不清楚心裡是什麼感受，說道：「既然大哥明知道我並不想要族長之位，為什麼幾十年前不肯配合我？我當年就告訴過大哥，我不願做族長，我也不恨你，如果大哥肯配合我，早已經順利接任族長。」

篌譏嘲地笑起來，「我想要的東西自己會去爭，不需要高貴完美的璟公子施捨！你為什麼不來復仇？是不是原諒了我，能讓你覺得比我高貴？是不是又可以高高在上，憐憫地看著我這個被仇恨扭曲的人？」

篌一步步逼到璟眼前，璟被逼得步步後退，說不出話來。

篌抓住了璟的肩膀，力氣大得好像要捏碎他，「你為什麼不來復仇？我寧願你來復仇，也不願看到你這假仁假義的虛偽樣子！為什麼不恨我？看看你身上噁心的傷痕，看看你噁心的瘸腿，連你的女人都嫌棄你，不願意要你，你真就一點不恨嗎？來找我報仇啊！來報仇啊……」

璟抓住了篌的手，叫道：「大哥，我真的不恨你！」

篌猛地推開璟，「為了奶奶，我們做好各自分內的事就行了，不需要哥哥弟弟地假親熱，反正該知道的人都知道我是賤婢所生，和高貴完美的你沒法比。」

璟揉著痠痛的肩膀，看著篌揚長而去，心裡終於明白，他和篌之間真的不可能再像當年一樣兄友弟恭了。也許現在奶奶犧牲自己換來的兄弟各司其職、不自相殘殺，已經是最好的結果。

兩日後，塗山氏舉行了一個不算盛大卻非常隆重的族長繼位儀式。

黃帝、俊帝、四世家、中原六大氏，都來了人觀禮。俊帝派來觀禮的使者是大王姬和蓐收，小夭不禁暗自謝謝父王，讓她能名正言順地出現在青丘，觀看璟一生中的盛典。

也許因為九尾狐都是白色，所以塗山氏也很尊崇白色，祭台是純白色，祭台下的白玉欄杆雕刻著神態各異的九尾狐。

璟穿著最正式的華服，先祭奠天地和祖先，再叩謝太夫人，最後登上祭台，從長老手中接過了象徵塗山氏財富權勢的九尾狐玉印。兩位長老把一條白色的狐皮大氅披到璟身上，這條狐皮大氅據說是用一萬隻狐狸的頭頂皮所做，象徵著九尾狐是狐族之王，表明塗山氏可統御狐族。

鼓樂齊鳴，長老宣布禮成。

璟轉身，走到祭台邊，看向祭台下的塗山氏子弟。

在他的身後，一隻巨大的白色九尾狐出現，九條毛茸茸的尾巴，像九條巨龍一般飛舞著，幾乎鋪滿了整個天空，彰顯著九尾狐強大的法力和神通。

這樣的吉兆並不是每任族長繼位時都會出現，所有塗山氏子弟情不自禁地跪倒，對璟叩拜。就連太夫人也跪下了，含著眼淚，默默祝禱，「願先祖保佑塗山氏世代傳承、子孫昌盛。」

在塗山氏子弟一遍遍的叩拜聲中，站在白色祭台上的璟顯得十分遙遠。

小夭有些茫然，從這一刻起，璟必須背負起全族的命運！他，再不是她的葉十七了。

慶祝的宴飲開始，小夭喝了幾杯酒後，藉口頭暈，把一切扔給蓐收，自己悄悄離開，沿著山澗小道慢慢地向山下走去。

幽靜的小道曲曲折折，時而平整，時而坑坑窪窪，看不到盡頭所在，就像人生。

小夭不禁苦笑起來，她害怕孤獨，總不喜歡一個人走路，可生命本就是一個人的旅程，也許她只能自己走完這條路。

腳步聲傳來，小夭回過頭，看見了防風邶。

一瞬間，她的心噗通噗通狂跳，竟然不爭氣地想逃跑，忙又強自鎮定下來，若無其事地說：「剛才觀禮時，沒看到你。」

防風邶戲謔地一笑，「剛才妳眼睛裡除了塗山璟還能看到誰？」

他的語氣活脫脫只是防風邶，小夭頓覺自然了許多，不好意思地說：「來觀禮，不看塗山璟，難道還東張西望嗎？」

兩人沿著山澗小道並肩走著，腳踩在落葉上，發出沙沙的聲音，顯得空山更加幽靜。

防風邶說：「聽小妹說璟不願做族長，他為了取消和防風氏的婚約，在太夫人屋前跪了一日一夜。如果他真能不做族長，以小妹的性子，很有可能會想個法子，體面地取消婚約，可現在璟做了族長，小妹熬了多年的希望就在眼前，她不可能放棄。」

邶看向小夭，「本以為希望就在眼前，卻轉瞬即逝，妳難過嗎？」

小夭說：「肯定會有一些難過，不過，也許因為我這人從小到大倒楣習慣了，不管發生再好的事，我都會下意識地準備著這件好事會破滅；不管聽到再感動的誓言，我都不會完全相信，所以也不是那麼難過。」畢竟，連至親的娘親都會為了大義捨棄她，這世間又有誰真值得完全相信呢？

防風邶輕聲地笑，「這性子可不怎麼樣，不管再歡樂時，都在等待著悲傷來臨。」

小夭笑，「所以才要貪圖眼前的短暫歡樂，只有那才是真實存在的。」

防風邶停住了腳步，笑問：「王姬，可願去尋歡？」

「為什麼不去？」

防風邶將拇指和食指放在唇邊，打了一聲響亮的口哨，一匹天馬2小跑著過來，防風邶翻身上馬，把手伸給小夭，小夭握住他的手，騎到了天馬上。

防風邶駕馭著天馬去了青丘城，他帶著小夭走進離戎族開的地下賭場。

小夭接過狗頭面具時，讚嘆道：「看不出來啊，沒想到狗狗們居然把生意做到了塗山氏的眼皮子底下。」

防風邶給她後腦杓上來了一下，「妳不怕得罪離戎族，我可是怕得很！」

小夭戴上面具，化作了一個狗頭人身的女子，朝他齜了齜狗牙，汪汪叫著。

防風邶無奈地搖搖頭，快步往裡走，「離我遠點！省得他們群毆妳時，牽連了我！」

小夭笑嘻嘻地追上去，抓住防風邶的胳膊，「偏要離你近！偏要牽連你！」一邊說，一邊還故意汪汪叫。

防風邶忙捂住小夭的「狗嘴」，求饒道：「小姑奶奶，妳別鬧了！」

防風邶是識途老馬，帶小夭先去賭錢。

小夭一直覺得賭博和烈酒都是好東西，因為這兩樣東西能麻痺人的心神，不管碰到多不開心的事，喝上幾杯烈酒，上了賭台，都會暫時忘得一乾二淨。

防風邶做了個六的手勢，女奴端了六杯烈酒過來，他拿起一杯酒，朝小夭舉舉杯子，小夭也拿起了一杯，兩人什麼話都沒說，先各自喝乾了三杯烈酒。

小夭笑著去賭台下注，防風邶也去玩自己的了。

小夭一邊喝酒，一邊賭錢，贏了一小袋子錢時，防風邶來找她，「去看奴隸死鬥嗎？」

小夭不肯起身，「你們男人怎麼就那麼喜歡看打打殺殺呢？血淋淋的有什麼看頭？」

防風邶把她揪了起來，「去看就知道了，保證妳不會後悔。」

坐在死鬥場裡，小夭一邊喝酒一邊漫不經心地東張西望。

兩個即將進行死鬥的奴隸走了出來，小夭愣了一愣，坐直了身子。其中一個奴隸她認識，在軒

2天馬：《山海經》中會飛的異獸。《山海經‧北山經》：「又東北二百里，曰馬成之山，其上多文石，其陰多金玉。有獸焉，其狀如白犬而黑頭，見人則飛，其名曰天馬。」

轅城時，她曾和邶拿他打賭。於她而言，想起來，恍似是幾年前的事，可於這個奴隸而言，卻是漫長的四十多年，他要日日和死亡搏鬥，才能活下來。

小夭喃喃說：「他還活著？」

雖然他蒼白、瘦削，耳朵也缺了一隻，可是，他還活著。

邶蹺著長腿，雙手枕在腦後，淡淡道：「四十年前，他和奴隸主做了個交易，如果他能幫奴隸主連贏四十年，奴隸主賜他自由。也就是說，如果今夜他能活著，他就能脫離奴籍，獲得自由。」

「他怎麼做到的？」

「漫長的忍耐和等待，為一個渺茫的希望絕不放棄。其實，和妳在九尾狐籠子裡做的是一樣的事情。」

小夭不吭聲了，把杯中的酒一飲而盡，然後把錢袋扔給收賭注的人，指了指她認識的奴隸，「我賭他贏。」

周圍的聲音嗡嗡響個不停，全是不解，因為她押注的對象和他的強壯對手相比，實在顯得不堪一擊。

搏鬥開始。

那個奴隸的確是太虛弱了！大概因為他即將恢復自由身，他的主人覺得照顧好他很不划算，所以並沒有好好給他醫治前幾次搏鬥中所受的傷。

很快，他身上的舊傷口就撕裂，血湧了出來，而他的對手依舊像一頭獅子般，威武地屹立著。

酒壺就在小夭手邊，她卻一滴酒都沒顧上喝，專心致志地盯著比鬥。

奴隸一次次倒在血泊中，又一次次從血泊中站起來。

剛開始，滿場都是歡呼聲，因為眾人喜歡看這種鮮血淋漓的戲劇化場面。可是，到後來，看著一個渾身血淋淋的人一次又一次站起來，大家都覺得嗓子眼發乾，竟然再叫不出來。

滿場沉默，靜靜地看著一個瘦弱的奴隸和一個強壯的奴隸搏鬥。

最終，強壯的奴隸趴在血泊中，站不起來，那個瘦弱的奴隸也趴在血泊中，再站不起來。

死鬥雙方都倒在地上，這是一場沒有勝利者的比賽。

眾人嘆氣，準備離開，小夭卻突然站了起來，對著比賽場內大嚷：「起來啊，你起來啊！」

眾人都停住了腳步，驚詫地看看小夭，又看向比賽場內。

小夭叫：「你已經堅持了四十多年，只差最後一步了。起來！起來！站起來……」

那個瘦弱的奴隸居然動了一動，可仍舊沒有力氣站起來。眾人都激動的目不轉睛地盯著他。

小夭嘶喊著大叫：「起來，站起來，站起來！只要你站起來，就可以獲得自由！起來，站起來！」

小夭不知道為什麼，冷漠了幾百年的心竟然在這一刻變得熱血沸騰。她不想他放棄，她想他堅持，雖然活著也不見得快樂，可她就是想讓他站起來，讓他的堅持有一個結果，讓他能看到另一種人生，縱使不喜歡，至少看到了！

還有人知道這個奴隸和奴隸主之間的約定，交頭接耳聲中，不一會整個場地中的人都知道他已經堅持了四十年，這是他通向自由的最後一步。

小夭大叫：「起來，你站起來！」

眾人禁不住跟著小夭一塊大叫起來，「起來、起來、站起來！」

有時候，人性很黑暗，可有時候，人性又會很光明。在這一刻，所有人都選擇了光明，他們都希望這個奴隸能站起來，創造一個幾乎不可能的奇蹟。

人們一起呼喊著：「起來，起來，站起來！」

瘦弱的奴隸終於搖搖晃晃地爬了起來，雖然他站在那裡，滿身血汙，搖搖欲墜，可他站起來了，他勝利了！

幾乎所有人都輸了錢，可是每個人都在歡呼，都在慶祝。奴隸的勝利看似和他們無關，但人性中美好的一面讓他們忘記了自己的得失，只為奴隸的勝利而高興，就好像他們自己也能打敗生命中無法克服的困難。

小夭哈哈大笑，回過身猛地抱住了邶，激動地說：「你看到了嗎？他贏了，他自由了！」

邶凝視著蹣跚而行的奴隸，微笑著說：「是啊，他贏了！」

小夭看到奴隸主帶著奴隸去找地下賭場的主人，為奴隸削去奴籍。

小夭靜靜地坐著，看所有人一邊激動地議論著，一邊漸漸地散去。到後來，整個場地只剩下她和邶。

小夭凝視著空蕩蕩的比賽場地，問道：「為什麼帶我來看比賽？」

邶懶洋洋地說：「除了尋歡作樂，還能為了什麼？」

小夭沉默，一瞬後，說道：「我們回去吧！」

小夭和邶歸還了狗頭面具，走出了地下賭場。

「等、等一等！」

一個人顫顫巍巍地走了過來，簡陋的麻布衣衫漿洗得並不乾淨，可洗去了滿臉的血汙，頭髮整齊地用根布帶子束成髮髻，如果不是少了一隻耳朵，他看上去只是個蒼白瘦弱的普通少年。

他結結巴巴地對小夭說：「剛才，我聽到妳的聲音了，我記得妳的聲音，妳以前抱過我。」

小夭喜悅地說：「我也記得你，我好開心你贏了！」她指指防風邶，「你還記得他嗎？」

防風邶並沒回頭，在夜色的陰影中，只是一個頎長的背影，可少年在死鬥場裡，看到的一直都是狗頭人身，他也不是靠面容去認人。

少年點了下頭，「記得！我記得他的氣息，他來看過我死鬥，一共七次！」少年突然熱切地對防風邶說：「我現在自由了，什麼都願意做，能讓我跟隨您嗎？」

防風邶冷漠地說：「我不需要人。」

少年很失望，卻不沮喪，對防風邶和小夭說：「謝謝你們。」

他要離去，小夭出聲叫住了他，「你有錢嗎？」

少年滿臉茫然，顯然對錢沒有太多概念。小夭把剛才贏來的錢塞給他，「這是我剛才押注你贏來的錢，你拿去可一點都不算占便宜。」

少年低頭看著懷裡冰冷的東西，小夭問：「你叫什麼？打算去做什麼？」

少年抬起頭，很認真地說：「他們叫我奴十一，我想去看大海，他們說大海很大。」
小夭點頭，「對，大海很大也很美，你應該去看看。嗯……我送你個名字，可以嗎？」
少年睜著黑白分明的雙眼，靜靜地看了一會小夭，鄭重地點點頭。
小夭想了一會，說道：「你的左耳沒有了，就叫左耳好嗎？你要記住，如果將來有人嘲笑你沒有一隻耳朵，你完全不用在意，你應該為缺失的左耳驕傲。」
「左耳？」少年喃喃重複了一遍，說道：「我的名字，左耳！」
小夭點頭，「如果你看夠了風景，或者有人欺負你，你就去神農山，找個叫顓頊的人，說是我推薦的，他會給你份工作。我叫小夭。記住了嗎？」
「神農山、顓頊、小夭，左耳記住了。」
左耳捧著小夭給他的一袋錢，一瘸一拐地走進夜色中。
小夭凝視著他的背影，突然想，五六百年前，相柳從死鬥場裡逃出來時，應該也是這樣一個少年，看似已經滿身滄桑、憔悴疲憊，可實際又如一個新生的嬰兒，碰到什麼樣的人就會成就什麼樣的命運。
可是，那時她還未出生！
邶在小夭耳畔打了個響指，「人都走遠了，還發什麼呆？走了！」
小夭邊走邊說：「我在想，如果你從死鬥場裡逃出來時，是我救了你該多好！如果那樣的話，我就會讓你只做防風邶！真恨不得能早出生幾百年，我一定會去死鬥場裡找你……」
邶停住了腳步，凝視著小夭。

小夭回身看著他，兩人的眼眸內都暗影沉沉、欲言又止。

邶伸出手，好像想撫過小夭的臉頰，可剛碰到小夭，他猛然收回了手，掃了一眼小夭的身後，不屑地譏嘲道：「就妳這樣還能救我？妳配嗎？」

小夭喃喃解釋：「我不是說共工大人不好，我只是、只是覺得……」

「閉嘴！」突然之間，邶就好像披上了鎧甲，變得殺氣凜凜。

小夭戒備地盯著相柳，慢慢往後退。

她退進了一個熟悉的懷抱中，「璟？」

「嗯。」璟摟著小夭，盯著邶，眼中是威懾警告。

邶身上的殺氣散去，嘲笑道：「聽說你想退婚？剛成為族長，就嫌棄我妹妹配不上你了嗎？」

璟的殺機也消散，「不是意映不好，而是……」

小夭抓住璟就跑，「他是個瘋子，不用理會他！」

小夭也不知道她想去哪裡，只是下意識地朝著和塗山氏宅邸相反的方向跑去。

漸漸地，小夭跑累了，她慢了腳步，緩緩地走著。

走著走著，小夭停下了。

璟未等她開口，就說道：「小夭，不要離開我。」

小夭微笑著說：「我沒打算離開你。」

「真的嗎？」璟並不相信。他太瞭解小夭了，小夭從小就靠著自己生存，她的心靈過於堅強獨立，也可以說十分理智冷漠，不依賴於任何人與物。即使小夭喜歡他，可一旦她覺得這份喜歡讓她難受了，她就會選擇割捨。

小夭老實地說：「剛看到你成為族長時，是有點失落猶豫，但現在沒有了。」

璟終於放心，握著小夭的手，說道：「謝謝！」

因為顓頊和豐隆都等著用錢，璟接任族長的第二日，就隨小夭一起回了軹邑。

璟沒有去自己的私宅，而是像以往一樣，去了小祝融府。

僕役和他熟識，連通傳都免了，直接把他帶去了木犀園。

馨悅聞訊趕來，滿面不解地說：「璟哥哥，你明知道哥哥不歡迎你，你這算什麼？」

璟翻著書卷，閒適得猶如在自己家中一般，「我等豐隆來趕我走。」

馨悅看小夭，小夭攤手，一臉無奈，「他無賴起來，很無賴的！」

馨悅對小夭使了個眼色，小夭跟她出了屋子。

兩人站在木犀樹下，馨悅問：「小夭，妳怎麼會捨哥哥而選璟哥哥呢？我哥哥哪點比他差？」

「哪點都不比璟差，但這就像人的吃菜口味，不是以好壞論，只不過看合不合胃口而已。」

「我本來還以為妳能做我嫂子呢！」

「妳做我嫂子不是一樣嗎？長嫂如姊，我還真想有個姊姊疼我呢！」

馨悅本來就沒生小夭的氣，此時更是心軟了，有些好奇地問：「妳和璟哥哥在一起快樂嗎？」

「有快樂的時候，也有不快樂的時候。」

馨悅倒是心有戚戚焉地嘆氣，「和我一樣。不過，妳可比我慘，防風意映……我想著都替妳發愁。我寧可面對妳哥哥身邊的所有女人，也不願意面對一個防風意映。」

砰砰的拍門聲傳來，未等珊瑚和靜夜去開門，院門就被踹飛了。

豐隆怒氣沖沖地走進來，「璟，你還有臉來？」

馨悅嚇得趕緊去攔，小夭拉住了她，「男人的事讓他們男人自己去解決吧！」

馨悅花容失色，「我哥的靈力十分高強，真打起來，三個璟哥哥都不夠他打！」

小夭拍拍她的肩，「死不了人……」

豐隆衝進屋子，璟施施然地放下書卷。豐隆看到他那雲淡風輕的樣子，更加怒了，二話沒說，衝上去就給了一拳。

璟擦了下嘴角的血跡，「我讓你三拳，如果你再動手，我就也不客氣了。」

「不客氣？你幾時和我客氣過？」豐隆連著兩拳砸到璟肚子上，把璟砸得整個身子彎了下去。

豐隆去踹璟，璟一拳打在豐隆的膝關節上，豐隆的身子搖晃了下，差點摔倒，氣得他撲到璟身上連砸帶踢。璟也沒客氣，對豐隆也是一陣狠打，兩個身居高位、靈力修為都不弱的大男人竟然像頑童打架一般，毫無形象地廝打在一起。

劈里啪啦，屋子裡的東西全被砸得粉碎。

馨悅聽到聲音，覺得牙都冷，「妳肯定死不了人？」

「……」小夭遲疑著說：「也許會躺幾個月。」

豐隆和璟打著打著，也不知道是誰先停了手，兩人都不打了，仰躺在一地狼籍中，沉默地看著屋頂。

豐隆記得小時候，璟一向斯文有禮，衣衫總是整潔乾淨，從不像他弄得和毛猴子一樣，可有一次他辱罵篌，被璟聽到，璟立即不高興了，舉著琴就砸他，兩人在泥地上狠狠打了一架。明明他比璟更能打，可璟和他拚命，迫得他不得不發誓以後絕不辱罵篌。那時，他就開始羨慕篌，他若有個肯為他拚命的弟弟該多幸福啊！他鬱悶了半年，有一天表姑姑叮嚀他和璟要像親兄弟般好好相處，他突然想通了，如果沒弟弟，讓璟做他哥哥也成啊！

這麼多年，璟從沒有讓他失望，他的雄心、野心、私心，都可以告訴璟，璟從不覺得他是胡思亂想。當他偷偷告訴璟，他想打破四世家的族規，璟也只是微笑著說「規矩既然是人定的，自然人也能破」，他咄咄逼問「那你會幫我嗎」，璟嘆道「我不想惹上這些麻煩，不過我肯定也不能看著你死」。

這麼多年，不管他琢磨什麼，璟都能理解他，也都會幫他，從不介意為他打掃麻煩。他看到篌和璟生分了，還暗暗高興，從今後，就他和璟兩兄弟了！

其實，他不是生氣璟搶了小夭，他只是生氣璟不當他是兄弟，如果璟想要，和他說就行，璟為什麼不肯告訴他？如果璟把小夭看得和自己的性命一樣重要，他怎麼可能不讓給璟？

璟的聲音突然響起，「在小夭還不是小夭的時候，我就已經喜歡她。你肯定怪我為什麼不早告訴你，可我根本沒有辦法告訴你。很多時候，我自己都很矛盾，我覺得配不上小夭，你、防風邶都是更好的選擇。不管你們誰接近小夭，我都覺得這對小夭好，不管小夭選擇誰，也許都比和我在一起幸福。我常常告訴自己該放棄，可我又沒有辦法放棄……」

豐隆覺得心裡的怒火淡去了，另一種怒火卻又騰起，「什麼叫你配不上小夭？塗山璟，你什麼時候變得這麼怯懦無用了？難道篌的一點折磨把你的骨頭都折磨軟了？」豐隆抓住璟的衣襟，「你給我聽好了！我豐隆的兄弟都是最好的，別說一個小夭，就是十個小夭你也配得上！」

璟問：「還當我是兄弟？」

豐隆重重冷哼了一聲，把頭扭到一旁，不理會璟。

璟說：「我知道你當我是兄弟，也知道你一定會讓著我，我才敢放肆地在你的地盤上搶人。」

豐隆的氣漸漸消了，悶聲悶氣地問：「你剛才說在小夭還不是小夭的時候，就已經喜歡她，什麼叫『在小夭還不是小夭的時候』？」

「我和她其實很早就認識，在她流落民間，還不是王姬的時候。」

豐隆的火氣又上來了，砰地給了璟一拳，「原來你一直把我們當猴耍！」

璟看著豐隆，「你以為我想嗎？你覺得我那時看著你給小夭大獻殷勤、頻頻討好她，我是什麼樣的心情？」

豐隆沉默了，憋了一會，蹦出一句，「你活該！」

璟問：「氣消了沒？」

豐隆翻身站起，沒好氣地說：「沒消！」卻伸手給璟，璟拉住他，站了起來。

豐隆看著璟的樣子，不禁得意地笑了，「說出去，我把塗山氏的族長揍成了這樣，肯定沒人會相信。」

馨悅在門口探了探腦袋，「你們打完了嗎？要不要請醫師？」

豐隆冷哼，大聲說：「準備晚飯！」

馨悅白了他一眼，「打個架還打出氣勢了！」轉身出去，吩咐婢女把晚飯擺到木犀園來。

小夭拿出藥瓶，倒出幾顆流光飛舞丸，沒有先給璟上藥，反而走到豐隆身旁，對豐隆說：「閉上眼睛。」

豐隆閉上了眼睛，小夭把藥丸捏碎，藥汁化作流螢，融入了傷口中，一陣冰涼。豐隆覺得十分受用，不禁得意地看了璟一眼，璟則微笑地看著小夭和豐隆。

小夭給豐隆上完藥，又給璟上了藥。

馨悅站在門口嘆氣，「你們就這麼浪費流光飛舞丸，小心遭雷劈！」

馨悅操辦酒宴早駕輕就熟，不過一會工夫，已置辦得有模有樣。

一張龍鬚席鋪在木犀林內，兩張長方形的食案相對而放，四周掛了八角絹燈。

木犀花還未到最絢爛時，可香氣已十分濃郁，一陣風過，須臾間，龍鬚席上已有薄薄一層白的、黃的小碎花，腳踏上去，足底生香。

馨悅請璟和小夭坐，待他們兩人坐下，馨悅只覺眼前的一幕看著眼熟，突然回過味來，不禁笑對豐隆說：「這兩人啊，原來在我們眼皮底下已經郎有情、妾有意，難怪當日小夭一曲歌謠唱得情意綿綿、撩人心波。」

小夭一下子羞紅了臉，低下頭。

馨悅不肯饒了她，打趣道：「當年都敢做，今日才知道害臊了？」

璟對豐隆說：「不如把顓頊請來吧，省得馨悅呱噪不停。」

馨悅又羞又惱，腮染紅霞，「璟哥哥，你、你……你敢！」

璟對靜夜吩咐：「把青鳥放了，顓頊應該很快就能收到消息。」

「是！」靜夜去放青鳥傳信。

馨悅著急了，對豐隆叫：「哥哥，你真看著璟哥哥欺負我啊？」

豐隆笑起來，「看妳平日挺聰明，被璟一逗就傻了，璟找顓頊有正事。」

馨悅這才反應過來自己被璟戲弄了，不禁對小夭恨恨地說：「妳如今有了大靠山，我以後是不敢欺負妳了。」

小夭眨巴著眼睛，稀罕地看著璟，她也是第一次看到璟談笑戲謔的一面。

豐隆舉起酒杯，對璟說：「你總算恢復昔日風采了。」

璟舉起酒杯，「情義在心，就不說『謝』字了。」

兩人同時一飲而盡。

飯菜上來，小夭秉持一貫愛吃的風格，立即埋頭苦吃。

璟對小夭的喜好瞭若指掌，大部分心思都放在小夭身上。小夭喜歡碎餅浸透了肉汁吃，他就把餅子都細細地撕成指甲般大小，放在羊肉湯汁裡泡好，待軟而不爛時，再拿給小夭。

小夭還有一種怪癖，不喜歡吃整塊的肉，喜歡吃碟子底的碎肉，她說這些碎肉入味又爛軟，最香。璟把自己碟子裡的碎肉塊都挑了出來，拿給小夭。

豐隆大大剌剌，光忙著和璟說話，並沒留意這些細節，馨悅卻恰恰相反，一直留意著細節，看璟雖然一直和豐隆在說話，心卻一直掛著小夭，那些瑣碎可笑的事，他做得自然無比，眉眼間洋溢著幸福，她看著看著竟然有些羨慕嫉妒小夭。

馨悅突然插嘴問道：「璟哥哥，你是不是很開心？」

璟愣了一下，點點頭，「我很開心。」他終於可以在朋友面前大大方方地和小夭坐在一起，可以照顧小夭，他怎麼可能不開心？

半個時辰後，顓頊趕到。

顓頊對璟抱拳賠罪，「你接任族長的典禮，我不方便請求爺爺派我去觀禮，不得已錯過了，讓豐隆去，豐隆小心眼鬧彆扭不肯去。」

璟道：「不過一個儀式而已，去不去沒什麼。」

顓頊看看璟臉上的瘀青，再看看豐隆，不禁笑了出來，「你們倆可真有出息！好歹也是族長和未來的族長，竟然沒一點輕重，我看你們明後兩天都得躲在家裡好好養傷！」

馨悅擔心地問：「你過來得這麼匆忙，可有人留意？」

顓頊道：「如今不同往日，處理正經事要緊，就算留意到也沒什麼大礙。」

璟對馨悅說：「小夭就住以前的地方，妳讓人打掃一下。」

馨悅明白璟的意思，對小夭說：「我帶妳去看看，如果覺得缺什麼，我叫人立即補上。」

小夭隨著馨悅走出了木犀園，她問道：「我是自己對他們的事不感興趣，可妳為什麼要特意迴避呢？」

馨悅說：「妳不告訴妳哥哥，我就告訴妳。」

「我不告訴他。」

「不是我想迴避，是我哥讓我儘量迴避。我哥說，如果我想做個幸福的女人，男人的事情還是少摻和，不能完全不知，卻絕不能事事都知。」

「妳哥看似大大剌剌，實際是抓大放小，該糊塗時則糊塗，真正的聰明人。」

馨悅笑，「現在後悔還來得及！我哥是很樂意娶妳的。他說妳像男人，搭夥過日子不麻煩。」

小夭覺得黑雲壓頂，豐隆這混帳說的是讚美的話嗎？她乾笑道：「如果璟不要我了，我就來投奔妳哥。」

顓頊和璟聊完後，立即就離開了，都沒顧上來看小夭。

在璟的安排下，顓頊和豐隆的燃眉之急逐漸解決。

顓頊可以繼續從整修宮殿中獲得一部分錢，璟又把塗山氏從整修宮殿中獲得的利潤全部轉給了馨悅，馨悅自然會把這部分錢設法交給豐隆。

璟和離戎族的族長離戎昶[3]頗有些交情，璟把離戎昶介紹給顓頊，讓顓頊和離戎昶秘密談判，離戎族不但同意每年給顓頊一筆錢，還願意把族中最勇猛的子弟派給顓頊，任顓頊差遣。

因為篌發了血誓，不爭奪族長之位，所以他不再處處和璟作對。璟雖未表態支持顓頊，卻在家族大會上，明確表示不希望塗山氏和蒼林、禹陽有密切的聯繫，篌對蒼林、禹陽慢慢疏遠起來。剛開始，蒼林和禹陽還以為只是篌的手段，向篌一再承諾一定會設法讓他當上族長，可漸漸發現篌竟然是真的不再企圖奪取族長之位。

雖然顓頊和豐隆的往來很隱密，但畢竟已經四十多年，隨著顓頊在中原勢力的擴展，有些事情想瞞也瞞不住，再隱密也有蛛絲馬跡可查。蒼林和禹陽都明白，豐隆選擇了顓頊。

璟和豐隆要好是全大荒都知道的事情，蒼林和禹陽認定篌的背叛是顓頊在暗中搗鬼，不禁重新估量顓頊，卻是越估量越緊張。一個他們認為流放出去做苦差事的廢人，竟然在不知不覺中自成一股勢力，而且這股勢力獨立於軒轅族之外，不要說他們，就是黃帝也難以完全控制。

蒼林和禹陽召集幕僚，商議如何對付顓頊。幕僚們意見不統一。

有人認為該立即剷除。

有人卻認為小題大做，就算顓頊和中原氏族交好，那又能如何？所有的軍隊都牢牢控制在軒轅族手中，只要黃帝不把位置傳給顓頊，顓頊什麼都做不了，而且現在看來，黃帝既然把顓頊扔在中原不聞不問，顯然不看重他。如果這時候企圖殺顓頊，反倒有可能引起黃帝的反感，萬一黃帝改變心意，又把顓頊召回朝雲殿，朝夕陪伴，那可就得不償失了。

還有人建議，黃帝一直很提防中原的氏族，不妨由著顓頊和中原氏族來往，時機成熟時，給顓項安個意圖謀反的罪名。

蒼林和禹陽越聽越心亂，不知道到底是該立即設法除掉顓頊，還是該按兵不動、靜觀其變。思來想去，覺得還是第三種建議最穩妥，先養著顓頊，由著他去勾結中原氏族，等個合適的時機，讓黃帝自己除去顓頊。

3 昶，讀作 ㄔㄤˇ。

第二十四章 愁思千千縷

塗山璟看似溫和，可他就像泉中水，根本無法駕馭掌控。
他表現得很想和妳在一起，卻一直沒有切實的行動，
想要防風氏心甘情願退婚是不容易，可逼得他們不得不退婚卻不難！

璟把顓頊和豐隆的事解決妥當後，準備回青丘，去陪奶奶。

小夭本來不打算插手太夫人的事，想來太夫人身邊的人能給她種蠱，自然是巫蠱高手，她不認為自己這個半吊子能比對方強，可那人畢竟是璟的奶奶，不可能真的漠不關心。

小夭說：「我想跟你去看看太夫人。」

璟知道小夭的毒術幾乎冠絕天下，蠱術雖然只看她使用了一次，可能讓顓頊束手無策，也絕不一般。他握住了小夭的手，說道：「謝謝。」

小夭道：「我不見得能幫上忙，說謝太早了。」

璟微笑，「我不是謝妳做了什麼，而是謝妳對我的心意。」

小夭甩掉他的手，嘟著嘴說：「少自作多情，我哪裡對你有什麼心意？」

璟笑看著小夭，不說話，小夭紅了臉。

璟帶小夭回到青丘時，恰好碰上太夫人蠱毒發作。

璟匆匆跑進去探視，小夭在外面等著。

陣陣慘叫聲傳來，令聽者都毛骨悚然，苗莆對小夭悄悄說：「難怪大荒內的人聞蠱色變，蠱蟲反噬時真可怕！塗山氏的這位太夫人年紀輕輕就守寡，是大荒內出了名的硬骨頭，能讓她慘嚎，想來蠱毒真是可怕。」

一會後，璟、篌、意映和藍枚從太夫人的院內走出來，璟和篌的表情是一模一樣的愧疚難受，讓人清楚地意識到他們倆是兄弟。

小夭走上前，對璟和篌說：「能讓我幫太夫人診察一下身子嗎？」

篌和意映都愣住，想到璟堅持退婚，立即意識到了什麼，卻是不願相信。篌驚訝地問：「王姬為何在此？」

璟替小夭回道：「是我邀請她來的。」

只有太夫人知道璟昏迷的真相，意映一直以為璟是重傷昏迷，完全沒想到小夭會和璟走到一起。意映質問璟：「是她嗎？」

璟沒有吭聲，意映震驚下，都忘記了掩飾，激動地說：「怎麼可能？她怎麼可能看得上你？」

意映語氣中赤裸裸的鄙夷讓眾人都吃驚地看著她，篌咳嗽了一聲，對小夭說道：「實在對不起，奶奶不方便見客，請王姬離開吧！」

小夭道：「我想見太夫人，是因為我懂得蠱術。沒有具體察看前，我不敢承諾什麼，但若有一分機會能幫到太夫人，我沒去做，我心不安。」

篌將信將疑，「妳懂蠱術？這可是九黎族的秘術，妳怎麼會懂？」

小夭笑了笑，「反正我懂。」

璟對小夭說：「我們先回去吧，待奶奶好一點時，我和奶奶說。」

璟帶著小夭離開了，篌和意映看著他們的背影，都面色古怪。如果是其他女子，還可以說貪圖璟的身分和財富，可小夭什麼都有，連眼高於頂的豐隆都在殷勤追求，難以想像她挑來挑去，竟然挑中了璟？

太夫人不想見小夭，可耐不住璟軟語相求，終於答應了讓小夭來看她。

璟剛剛繼任族長，雖然是眾望所歸，但事關太夫人的安危，小夭不想落人口實，才會特意當著篌的面提出要看太夫人。同樣的，她去看望太夫人時，也特意對璟說希望篌在場。

璟明白小夭的心思，嘴裡什麼都沒說，心中卻是千種滋味。

小夭隨靜夜走進太夫人的屋子時，除了太夫人、璟、篌，還有一位老婦，是長期照顧太夫人的醫師蛇莓兒。

太夫人微笑著說：「聽璟兒說王姬懂得蠱術？」

小夭應道：「懂一點。」

太夫人指指站立在她身側的女醫師，「她叫蛇莓兒，是九黎族人，曾跟隨九黎族的巫醫學習巫蠱術，後來淪為女奴，偶然被我所救，帶回了塗山氏。我找了名師，讓她學習醫術，她在大荒內雖然沒有名氣，可醫術絕對不比高辛和軒轅的宮廷名醫差。」

小夭打量蛇莓兒，看到她衣襟上繡著小小的彩色飛蛾，不懂的人肯定會看作蝴蝶。小夭突然想起，在九黎巫王寫的書裡，她見過這些蛾子，旁邊還有一串古怪的暗語和手勢，不禁對著蛇莓兒邊打手勢，邊唸出了那一串暗語。

太夫人和篌都莫名其妙地看著小夭，一直面色漠然的蛇莓兒卻神情驟變，跪在了小夭面前，又是激動又是敬畏，一邊叩拜，一邊用巫語對小夭說著什麼。

小夭小時，娘教過她九黎的巫語，所以她能看懂巫王留下的東西，可她畢竟沒有在九黎生活過，不怎麼會說，聽也只是勉勉強強。

小夭連聽帶猜，總算明白了。蛇莓兒把她當作了巫王，害怕小夭懲罰她施用蠱術，對小夭解釋她沒有害人。

小夭用巫語，結結巴巴地說：「我不是巫王，我只是……」如果沒有巫王留下的毒術，她早就死了，雖然她從沒有見過九黎族的巫王，可是他的的確確救了她。小夭懷著尊敬，對蛇莓兒說：「巫王救過我一命，還教了我蠱術和毒術。我知道妳沒有害人，巫王不會懲罰妳。」

蛇莓兒欣喜地給小夭磕頭，說道：「您是巫王的徒弟。」

她算是巫王的徒弟嗎？小夭不知道。她對蛇莓兒叮囑：「不要告訴別人我和巫王的關係。」

蛇莓兒立即應了，在小夭的拖拽下，蛇莓兒才恭敬地站了起來。

太夫人和篌都已認識蛇莓兒一百多年，深知她沉默冷淡的性子，就是對救命恩人太夫人也只是有禮貌地尊敬，可她對小夭竟然尊崇畏懼地叩拜，他們已然都相信了小夭懂得蠱術。

蛇莓兒對太夫人說：「她能幫到您，不僅能減輕您的痛苦，也許還能延長您的壽命。」

太夫人雖然為了兩個孫兒和塗山氏，不惜承受一切痛苦，可沒有人不貪生畏苦，聽到能減少痛苦，還有可能多活一段日子，太夫人熱切地看著小夭。

小夭苦笑。蛇莓兒對巫王真是盲目地崇拜啊！竟然不等她給太夫人診斷，就誇下了海口。不過，有蛇莓兒在，再加上她腦中有毒王的《九黎毒蠱經》和醫祖的《神農本草經》，減輕痛苦還是很有可能的。

小夭幫太夫人診察身體，太夫人十分配合。

小夭沒有先問蛇莓兒，而是待自己判斷出是蠹蛾蠱後，才和蛇莓兒求證，蛇莓兒立即點頭，「是我養的蠹蛾蠱。」

小夭有了幾分信心，她昨夜就推測過太夫人體內的蠱蟲是什麼，已經考慮過蠹蛾蠱，也設想過如果是蠹蛾蠱該如何緩解痛苦。

太夫人和篌都緊張地看著小夭，小夭對太夫人說：「太夫人養幾隻棒槌雀吧！棒槌雀是蠹蛾的天敵，再厲害的東西，對天敵的畏懼都是本能，若有那百年以上、已有些靈性的棒槌雀最好，讓棒槌雀貼身相伴，雖不能減輕痛苦，卻能延緩蠹蛾蠱的發作，日復一日地壓制著蠱，自然而然就能偷得一段時日。我再回去配些緩解痛苦的藥丸，至於能減輕幾分痛苦，卻不好說，吃後才能知道效果。若真能減輕痛苦，再好好調理身子，多了不敢說，多活一年還是有可能的。」

篌忙道：「我立即派人去尋棒槌雀，一定能幫奶奶尋到。」

太夫人對小夭說：「我不怕死，可我總是不放心璟兒和篌兒，希望能看顧著他們多走一段路，謝謝王姬。」

小夭客氣地說：「太夫人不必客氣，我也算半個醫師，為人治病是分內之事。」

太夫人看了璟一眼，說道：「王姬若不嫌老身張狂，不妨跟著璟兒喊我一聲奶奶。」

小夭看璟，璟希冀地盯著她。小夭笑了笑，「奶奶。」

太夫人笑著點頭。

小夭讓璟去準備煉藥的工具和所需的藥材，還問蛇莓兒要了一碗她的血，來做藥引。

塗山氏不愧是天下首富，準備的東西比王族所藏都好。一切準備妥當後，小夭開始煉藥。她煉製毒藥煉習慣了，雖然現在目的不同，一個殺人、一個救人，可煉藥和煉毒藥並沒有多大區別，所以做起來駕輕就熟。

璟用帕子替她擦去額頭的汗，「累嗎？」

小夭笑道：「不用擔心，這和給相柳煉製毒藥比起來，實在太簡單了。」

璟沉默了一會，問道：「妳一直在給相柳做毒藥？」

小夭觀察著鼎爐裡的火，不在意地回答：「是啊！」

璟緩緩說：「那夜，我幾乎覺得防風邶就是相柳。」

小夭愣了一愣，不想欺騙璟，可又不想洩露相柳的秘密，她幾分倦怠地說道：「我不想談這兩個人。」

璟說：「我幫妳看著爐火，妳去休息一會。」

小夭靠著他肩膀，說道：「這事你可不會做，全都需要經驗，日後我再慢慢教你。」一句「日後、慢慢」讓璟揪著的心鬆了，忍不住眉梢眼角都帶了笑意。被爐火映著的兩人，浸在溶溶暖意中。

七日七夜後，做好了藥丸，一粒粒腥紅色，龍眼般大小，散發著辛苦味。

小夭把藥丸拿給太夫人，太夫人向她道謝。小夭說：「我只是出了點力，蛇莓兒卻流了滿滿一碗血。」

蛇莓兒說：「太夫人給了我不少靈藥，很快就能補回來。」

太夫人道：「妳們兩個，我都要謝。」

小夭說：「用雄黃酒送服，每日午時進一丸，這次一共做了一百丸，如果管用的話，我再繼續做。」

篌看了眼水漏，提醒道：「就快要午時了。」

小魚拿了雄黃酒來，璟和篌服侍著太夫人用了藥。

太夫人說：「有沒有效果，明日就知道了。這裡有蛇莓兒和小魚照顧，你們都回去吧！」

第二日清晨，小夭剛起身，太夫人的婢女已經等在外面。

小夭以為藥有什麼問題，胡亂洗漱了一把，立即趕去見太夫人。

璟、篌、意映和藍枚都在，屋子裡沒有了這段時日的沉悶，竟都微微笑著。

太夫人看到小夭，招手叫道：「快坐到奶奶身邊來。」

意映袖中的手捏成了拳頭，卻一臉溫柔喜悅，盈盈而笑，好像唯一在乎的只是太夫人的身體。

小夭坐到了太夫人身旁，拿起她的手腕，為她把脈。

太夫人笑道：「昨兒夜裡蠱毒發作，雖然也痛，可和前段日子比起來，就好像一個是被老虎咬，一個是被貓兒撓。」太夫人笑拍著小夭的手，「不管能多活幾天，就憑少受的這份罪，妳也是救了我這條老命。」

小夭終於鬆了口氣，「有效就好。」

小夭告辭離去，「剛才怕有事，急忙趕來，還沒用飯，既然藥有效，我先回去用飯了。」

太夫人看小夭清清淡淡，並沒藉機想和她親近，再加上這幾日的暗中觀察，倒覺得璟兒的確好眼光，只可惜她是王姬……太夫人不禁嘆息。

待小夭走後，太夫人讓篌、藍枚、意映都告退，只把璟留了下來。

太夫人開門見山地問璟：「你是不是想娶高辛王姬？」

璟清晰地說：「是！」

太夫人長嘆了口氣，說道：「可惜她是高辛王姬，又是黃帝的外孫女！你該知道，族規第一條就是不得參與任何王族的爭鬥，四世家靠著明哲保身才昌盛到現在！小夭身為高辛王姬，不在高辛五神山待著，卻一直跟在軒轅王子顓頊身邊，深陷軒轅爭奪儲君的鬥爭中，顯然不是個能讓人省心的女人，我不想塗山氏被牽連進去。而且……現在大荒是很太平，可根據我的判斷，軒轅黃帝和高辛俊帝遲早會有一戰，小夭會給塗山氏帶來危機。我不是不喜歡小夭，但為了塗山氏，就算你和意映沒有婚約，我也不能同意你娶小夭。」

璟本以為奶奶見到小夭後，會有轉機，可沒想到奶奶依然堅持己見。他跪下求道：「四世家是有明哲保身的族規，但規矩是數萬年前的祖先所定，當年的情勢和如今的情勢已截然不同，不見得會永遠正確，應該根據情勢做變通……」

太夫人本來對小夭的兩分好感剎那全消失，疾言厲色地說：「你可是一族之長，這些混帳話是你能說的嗎？你自小穩重，幾時變得和豐隆一樣沒輕沒重了？是不是高辛王姬教唆你的？」

「不是，小夭從沒有說過這些話，是我自己觀察大荒局勢得出的想法。」

太夫人卻不信，認定了是小夭教唆，想利用塗山氏幫顓頊奪位，「塗山璟，你現在是一族之長，不要為了個女人連老祖宗定的規矩都拋棄！你對得起……」太夫人氣得臉色青白，撫著心口，喘著大氣，說不下去。

璟忙把靈氣送入太夫人體內，「奶奶，奶奶，您小心身子！」

太夫人說：「你答應奶奶放棄高辛王姬。」

璟跪在榻邊，不說話，只一次又一次重重磕頭。

太夫人看他眉眼中盡是淒然，心酸地嘆道：「你個孽障啊！」她撫著璟的頭，垂淚道：「璟兒，不要怪奶奶，奶奶也是沒有辦法啊！」

小夭練習了一個時辰箭術，覺得有些累時，把弓箭交給珊瑚，打算去看看璟。

從她暫住的小院出來，沿著楓槭林中的小道慢步而行。因為貪愛秋高氣爽、霜葉紅透，並不著急去找璟，而是多繞了一段路，往高處走去。待攀上山頂的亭子，她靠在欄杆上，看著層林盡染落霞色。

苗莆拽拽小夭的衣袖，小聲說：「王姬，您看！」

小夭順著苗莆指的方向看去，她受傷後，身體吸納了相柳的本命精血，發生了不少變化，目力遠勝從前。只看山下的小道上，璟和意映並肩走著，兩人不知道在說什麼，腳步都非常沉重緩慢。到璟居住的暄熙園了，璟停住腳步，和意映施禮告別，意映突然抱住了璟，她似乎在哭泣，身體簌簌顫抖，如一朵風雨中的花，嬌弱可憐，急需人的呵護。

璟想推開她，可意映靈力不比他弱，他用力推了幾次都沒有推開，反而被意映纏得更加緊。他畢竟是君子，沒辦法對哀哀哭泣的女人疾言厲色，只能邊躲邊勸。

苗莆低聲道：「璟公子太心軟了，有的女人就像藤蔓，看似柔弱得站都站不穩，可如果不狠心揮刀去砍，就只能被她纏住了。」

小夭默默地走出了亭子，向著遠離暄熙園的方向走去。苗莆低聲嘟囔：「王姬若覺得心煩，不妨和殿下說一聲，殿下有得是法子把防風意映打發走。」

小夭道：「兩人還沒在一起，就要哥哥幫忙解決問題，那以後兩人若在一起了，要過一輩子，肯定會碰到各式各樣的問題，難道我還要哥哥一直幫我去解決問題？」

苗莆吐吐舌頭，笑嘻嘻地說：「就算讓殿下幫王姬解決一輩子問題，殿下也肯定甘之若飴。」

小夭在山林裡走了一圈，就回去了。

珊瑚看她們進來，笑問：「璟公子有事嗎？怎麼這麼快就回來了？」

苗莆對珊瑚打了個眼色，珊瑚立即轉移話題，笑道：「王姬，渴了嗎？我走時，馨悅小姐給我裝了一包木犀花，我去給您沖些木犀花蜜水。」

下午，璟來看小夭，神情透著疲憊，精神很消沉，小夭裝作什麼都沒察覺，一句都沒問。

兩人靜靜坐了會，小夭端了一杯木犀花蜜水給璟，「這次跟你來青丘，單純是為了太夫人的病，如今太夫人的病情已經穩定住，日後只要按時煉製好藥丸送來給太夫人就可以，所以我想先回去了。」

璟說：「再過三四日，我就回軹邑，咱們一起走吧！」

小夭笑了笑，「實不相瞞，我在這裡住得並不習慣，你知道我的性子，散漫慣了，連五神山都住不了，父王因為明白，所以才由著我在外面晃蕩。在這裡住著，言行都必須顧忌父王和外祖父的體面，不敢隨意。」

璟忙道：「那我派人先送妳回去，我陪奶奶一段日子，就去軹邑。」

小夭笑著點點頭。

第二日，小夭帶著珊瑚和苗莆離開了，沒有去小祝融府，而是去了神農山紫金頂。

顓頊去巡查工地了，不在紫金宮，金萱把小夭安頓好。

晚上，顓頊回來時，看到小夭躺在庭院中看星星。顓頊去屋內拿了條毯子給她蓋上，在她身旁躺下，「倦鳥歸巢了？」

「嗯！」

顓頊說：「璟沒有料到塗山太夫人只能活一年，打亂了所有計畫，防風意映也沒料到。璟已是族長，太夫人一旦死了，塗山家再也沒有人能約束璟，也就沒有人能為防風意映的婚事做主。即使有婚約，可只靠防風氏的力量，肯定沒有辦法逼得塗山氏的族長娶她。防風意映想成為塗山氏的族長夫人，只能抓緊時間，在太夫人死前舉行婚禮。她本來就很著急，妳又突然出現在青丘，更讓她如臨大敵、緊張萬分，自然會想盡一切辦法去纏著璟，所以這事，妳倒不能太怪璟，也沒必要往心裡去。」

小夭早知道苗莆必定會把所有的事情向顓頊奏報，沒有意外，嘆道：「我都不知道你派了苗莆給我，到底是在保護我，還是在監視我。」

顓頊笑道：「妳以為珊瑚不會把妳的事奏報給師父？關愛就是這樣，如寒夜裡的被子，能給予溫暖，可終究要壓在身上，也是一種負擔。我們能克制著只派一個人在妳身邊，妳就知足吧！」

小夭道：「我想回一趟高辛，去看看父王，你有什麼口信要我捎帶的嗎？」

「沒有。不過我有些禮物，妳幫我帶給靜安王妃和阿念。妳什麼時候回去？」

「如果你的禮物能明天準備好，我明天就走。」

顓頊嗤笑，「妳這到底是思念師父了，還是想躲開璟？」

「都有。從我甦醒到璟接任族長，我們一直在被形勢推逼著做出選擇，可不管如何，如今他已是塗山氏的族長，有一族的命運需要背負，我覺得他應該靜下心，好好想想自己的新身分，想想自己究竟需要什麼。」

「妳一直說他，妳自己呢？妳的想法呢？」

小夭翻身，下巴搭在玉枕上，看著顓頊，「不要說我，你和我一樣！我們看似是兩個極端，可其實我們一樣，我們都不會主動地去爭取什麼，怕一爭取就是錯，都只是被動地被選擇！」

顓頊神情複雜，看了一瞬小夭，大笑起來，「我和妳不一樣，男女之情對我無關緊要。」

小夭笑道：「這點是不一樣，我想要一個人陪我一生，你卻選擇了讓權勢陪伴一生。」

顓頊撫了撫小夭的頭，嘆了口氣，「明日禮物就能準備好，妳明日就出發吧！在五神山好好休息，發悶了就去找阿念吵架。」

小夭噗哧笑了出來，「有你這樣的哥哥嗎？鼓勵兩個妹妹吵架？」

顓頊笑道：「也只有兄弟姊妹不管怎麼吵，還能下次見了面依舊吵，若換成別的朋友，早已形同陌路了。阿念只是有些天真，並不蠢笨，妳上次激了她走，她不見得現在還不明白妳的苦心。」

小夭在珊瑚和苗莆的陪伴下，悄悄回了五神山。

中原已是寒意初顯，五神山卻依舊溫暖如春。小夭恢復了以前的悠閒生活，早上練習箭術，下午研製毒藥，不過最近新添了一個興趣，真正思考一下醫術。

一日，俊帝散朝後，特意來看小夭練箭。

小夭認認真真射完，走回俊帝身畔坐下，感覺髮髻有些鬆了，拿出隨身攜帶的狌狌鏡，邊整理髮髻，邊問：「父王，我的箭術如何？」

俊帝點點頭，把小夭的手拉過去，摸著她指上硬硬的繭子，「妳的執著和箭術都超出我的預料。小夭，為什麼這麼渴望擁有力量？是不是因為我們都無法讓妳覺得安全？」

小夭歪著頭笑了笑，「不是我不信你們，而是這些年……習慣了不倚靠別人，反正閒著也是閒著，總要找點事情來做。」

小夭抽回手，要把狌狌鏡裝起來，可俊帝拿了過去，展手撫過，相柳在蔚藍海底暢游的畫面出現。小夭愣愣地看著，雖然在她昏迷時，相柳曾說要她消去鏡子中記憶的往事，可等她醒來，他從未提過此事，小夭也忘記了。

俊帝問：「他是九命相柳嗎？這一次，是他救了妳？」

小夭低聲道：「嗯。」

俊帝的手蓋在鏡子上，相柳消失。

俊帝說：「小夭，我從不干涉妳的自由，但作為父親，我請求妳，不要和他來往。他和顓頊的立場不同，妳的血脈已經替妳做了選擇。」俊帝已經看過一次悲劇，不想再看到小夭的悲劇了。

小夭取回鏡子，對俊帝露出一個明媚的笑，「父王，你想到哪裡去了？我和他之間只是交易，他救我，是對顓頊有所求。」

俊帝長吁了口氣，說道：「反正妳記住，我寧願冒天下之大不韙，出兵滅了防風一族，幫妳把塗山家的那隻小狐狸搶過來，也不願妳和相柳有瓜葛。」

小夭做了個目瞪口呆被嚇著的鬼臉，笑道：「好了，好了，我記住了！囉嗦的父王，還有臣子等著見你呢！」

他竟然也有被人嫌棄囉嗦的一天？俊帝笑著敲了小夭的腦門一下，離開了。

小夭低頭凝視著掌上的鏡子，笑容漸漸消失。

俊帝看完小夭的箭術，找來金天氏最優秀的鑄造大師給她鍛造兵器。

就要擁有真正屬於自己的兵器，還是神秘的金天氏來為她鍛造，凡事散漫的小夭都認真梳洗了一番，恭謹地等待著鑄造大師的到來。

一個蘋果臉、梳著小辮、穿得破破爛爛的少女走進來，上下打量小夭，「就是要給妳打造弓箭嗎？妳靈力這麼低微，居然想拉弓殺人？族長倒真沒欺騙我，果然是很有挑戰性啊！」

小夭不敢確信地問：「妳就是要給我鑄造兵器的鑄造大師？」

少女背起手，揚起下巴，「我叫星沉，是金天氏現在最有天賦的鑄造大師，如果不是族長一再說給妳鑄造兵器非常有挑戰性，縱然有陛下說情，我也不會接的。」

小夭忙對少女作揖，「一切拜託妳了。」

星沉看小夭態度恭謹，滿意地點點頭，拿出一把弓箭，讓小夭射箭。小夭連射了十箭，星沉點點頭，讓小夭站好，她拿出工具，快速做了一個小夭的人偶，又拿起小夭的手掌，翻來覆去看了一會，眼中流露出詫異。

星沉問：「妳對兵器有什麼要求嗎？比如顏色、形狀、協助工具等等。」

小夭說：「只一個要求，能殺人！」

星沉愣了一愣，說道：「我真懷疑妳是不是女人。」

小夭笑著說：「其實我對妳也有懷疑。」

星沉哈哈大笑，說道：「我先回去思索，待兵器鍛造好時，再通知妳。快則一二十年，慢則上百年的都有，所以妳不用太上心，全當沒這回事吧！」

沒想到一個多月後，星沉來找小夭，對小夭說：「妳想要殺人的弓箭已經差不多了。」

小夭詫異地說：「這麼快？」

「並不快，這把弓箭本是另一個人訂製的，已經鑄造了三十五年，他突然變卦不要了，我看著妳恰好能用，所以決定給妳。」

「原來這樣，我運氣真好！」

星沉點頭，「妳運氣不是一般二般的好，妳都不知道那把弓箭的材料有多稀罕，鮫人骨、海妖丹、玳瑁血、海底竹、星星砂、能凝聚月華的極品月光石……」

星沉說得滿臉沉痛，小夭聽得一臉茫然。星沉知道她不懂，嘆道：「反正都是稀世難尋的東西，就算是陛下，想集齊也很難！真不知道那人是如何收集齊了所有材料！」

小夭點頭，表示明白了，問道：「這樣的兵器怎麼會不要了？」

星沉皺著眉頭，氣鼓鼓地說：「不要就是不要了！能有什麼原因？反正絕不是我沒鑄造好！」

小夭道：「我相信妳！」

星沉轉怒為笑，「那麼好的東西我寧可毀了，也捨不得給一般人，但我覺得妳還不錯，所以才願意給妳。」

小夭說：「原諒我好奇地多問一句，究竟是誰訂造的？」

星沉說：「究竟是誰我也不知道，只知道應該和鬼方氏有瓜葛，他每次見我都穿著寬大的黑袍，戴著帽子，捂得嚴嚴實實。」

「妳怎麼知道是鬼方氏？」

「他找到金天氏時，拿著鬼方族長的信物。金天氏曾受過鬼方氏的恩，所以族長命我為他鑄造兵器。本來我不想接，但族長說，他想要一把弓箭，能讓靈力低微的人殺死靈力高強的人。這條件我聞所未聞，決定見見他，沒想到他給了我幾個設計圖稿，在我眼中雖都有缺陷，卻讓我發現，有可能實現他的要求。」星沉抓抓腦袋，對小夭道：「如果不是他不認識妳，簡直就像為妳量身訂造！妳確定你們不認識？」

小夭想了想，能拿到鬼方族長的信物，和鬼方族長的交情可不淺，她認識的人裡只有顓頊和詭秘的鬼方氏有幾分交情，小夭便笑道：「不可能是我認識的人，鍛造弓箭送給我是好事，何必不告訴我呢？我又不會拒絕！」

星沉點頭，說道：「這把弓箭所用的材料真是太他娘的好了，又是我這麼傑出優秀的鑄造大師花費了三十五年心血鑄造，是我此生最得意的作品。不過……」

小夭正聽得心花怒放，星沉的「不過」讓她心肝顫了一顫，「不過什麼？」

「不過這把弓箭需要認主。」

「很多兵器都需要認主啊！」

「這把弓箭比較桀驁不馴，所以要求有點特殊，不過妳是王姬，陛下應該能幫妳解決。」

「怎麼個特殊法？」

「需要海底妖王九頭妖的妖血，還必須是月圓之夜的血。」星沉乾笑，似乎也覺得自己的這個要求實在誇張，「那個……我也知道如今大荒內聽說過的九頭妖只有那個、那個……九命相柳，聽說他很不好相與，不過妳是王姬嘛！妳爹可是俊帝陛下啊！總會有辦法的！」

小夭的眼神有些空茫，遲遲不說話。

星沉一邊撓頭，一邊乾笑，說道：「那個認主的方法也有點特別。」

小夭看著星沉，星沉小心翼翼地說：「九頭妖的血不是祭養兵器，而是要、要……兵器的主人飲了，兵器主人再用自己的血讓兵器認主。」

小夭似笑非笑地盯著星沉，「難怪妳這把兵器沒有人要了。」

星沉乾笑著默認了，「沒辦法，那麼多寶貝，沒有九頭妖的妖血鎮不住它們。」

小夭微笑著沒說話，星沉不知道相柳是用毒藥練功，他的血壓根喝不得！也許那個人正是知道什麼，所以放棄了這把兵器。

星沉說：「王姬，真的是一把絕世好弓，我保證妳絕不會後悔要它。」

小夭問：「何時可以認主？」

星沉說：「只要是月圓夜就可以。」

小夭說：「好，這個月的月圓之夜，我去找妳。」

星沉瞪大眼睛，結結巴巴地說：「王姬是說這個月？兩日後？」

「是！」

「九頭妖……」

「妳也說了我是王姬，我爹是俊帝！」

星沉笑道：「好，我立即去準備，兩日後金天谷見。」

月圓之夜，金天谷。

侍者領著小夭走進了星沉的鑄造結界內。

不遠處有一道人工開鑿的瀑布，是從湯谷引的湯谷水，專門用來鍛造兵器。瀑布右側是一座火焰小山，火勢聚而不散，如果沒有炙熱的溫度，幾乎讓人覺得像一塊碩大的紅寶石。

星沉依舊梳著亂糟糟的辮子，不過穿著純白的祭服，神情沉靜，倒是莊重了不少。

星沉問小夭：「妳準備好了嗎？」

小夭說：「好了！」

星沉看了看天空的圓月，開始唸誦祭語，她的聲音剛開始很舒緩，漸漸地越來越快，火焰小山在熠熠生輝，映照得整個天空都發紅。

隨著星沉的一聲斷喝，火焰小山炸裂，漫天紅色的流光飛舞，妖豔異常，一道銀白的光在紅光中縱躍，好像籠中鳥終於得了自由，在快樂地嬉戲。

星沉手結法印，口誦咒語，可銀白的光壓根不搭理她，依舊滿天空跳來跳去。星沉臉色發白，汗水涔涔而下，她咬破了舌尖，銀白的光終於不甘不願地從天空落下。

隨著它速度的減慢，小夭終於看清了，一把銀白的弓，沒有任何紋飾，卻美得讓她移不開目光，禁不住往前走了幾步，對著天空伸出手，袍袖滑下，皎月的月光照在她的皓腕玉臂上。

弓從她的手臂上快速劃過，一道又一道深深的傷口，可見白骨。

小夭能感受到，它似乎在桀驁地質問妳有什麼資格擁有我？如果小夭不能回答它，它只怕會絞碎她的身體。

可隨著弓弦浸染了她的血，它安靜了，臣服了。

小夭心隨意動，喝道：「收！」

銀白的弓融入了她的手臂內，消失不見，只在小臂上留下一個淡淡的月牙形弓箭，恍若一個精美的紋身。

星沉軟坐到地上，對小夭說：「妳現在應該明白我為什麼要求必須有九頭妖的血了。」

小夭說：「謝謝妳！」

星沉吞了幾顆靈藥，擦了擦汗說：「不必了！機緣巧合，它註定了屬於妳。何況我問陛下要東西時，不會客氣的！」

小夭一邊給自己上藥，一邊笑道：「需不需要我提前幫妳探查一下父王都收藏了什麼好寶貝？」

星沉搖搖頭，「我早就想好要什麼了。」

星沉恢復了幾分體力，她站起，送小夭出谷，「妳的靈力低微，這張弓一日只能射三次，所以務必要慎用！」

小夭真誠地謝道：「對一個已成廢人的人而言，有三次機會，已經足夠！」

星沉看著小夭手上厚厚的繭子，嘆道：「我不敢居功，是妳自己從老天手裡奪來的！」至今她仍然難以理解，堂堂王姬怎麼能對自己如此狠得下心？

小夭在五神山住了將近三個月。

估算著太夫人的藥快要吃完，她必須回去時，小夭才去向父王辭行。

這段日子，阿念和小夭很少見面，偶爾幾次一起陪著俊帝用飯，兩人都不怎麼說話。

聽聞小夭要走，阿念來尋小夭，「妳明天要去神農山了？」

「嗯。」

「聽說這些年顓頊哥哥又好了，不再和人瞎混。」

「嗯。」

「父王說顓頊哥哥當年只是做戲。」

小夭說：「的確是。」

阿念不滿地瞪著小夭，「妳為什麼當年不肯告訴我？要讓我誤會顓頊哥哥？」

「當年顓頊什麼都沒和我說，我所知道的和妳所知道的一模一樣，妳讓我和妳說什麼？說我的判斷？妳會願意聽嗎？」

阿念聽到顓頊也沒告訴小夭，立即心平氣和了，低聲問：「我、我……想和妳一起去神農山，可以嗎？」

阿念居然為了顓頊向她低頭？小夭不禁嘆了口氣，問道：「我聽說父王在幫妳選夫婿，難道整個高辛就沒一個讓妳滿意的嗎？」

阿念的臉一會紅、一會白，「他們每一個都不如顓頊哥哥。」

小夭禁不住又嘆了口氣，拍拍身邊的位置，對阿念說：「小妹，妳過來。」

阿念居然乖乖地坐到了小夭身旁，小夭說：「妳是我妹妹，所以我其實不想妳喜歡顓頊。」

小夭本以為阿念會發怒，沒想到阿念一聲沒吭，接著說：「我和妳說老實話，當年顓頊雖然是做戲，可他女人多卻是事實。現在他身邊光我知道的就有三個，至於我不知道的，肯定也有。」

阿念低聲說：「我聽說了一些，他身邊有兩個姿容出眾的侍女，遲早會收了做侍妾。」

「不僅僅會有這些女人，日後，若有女人喜歡他，想跟他，對他有幫助他又不討厭，只怕他都會收下。」小夭苦笑著搖搖頭，嘆道：「我說錯了！只要對他有幫助，即使他討厭也會收下。」

阿念困惑地看著小夭，小夭給她解釋道：「父王拒絕從高辛四部納妃，除了妳和我，大概整個高辛再沒有人滿意父王此舉。很多人說，如果父王肯從常曦、白虎兩部選妃，根本不會爆發五王之亂。雖然五王之亂被父王以鐵血手段鎮壓了，可死了多少人？禍及多少部族？到現在常曦部和白虎部還心存芥蒂，不時給父王添麻煩。如果這件事換成顓頊，他不會拒絕，因為有時候娶一個女人，可以少很多紛爭，讓侍衛少死幾十個、幾百個，甚至能避免一場戰爭，妳覺得顓頊的選擇會是什麼？」

阿念張了張嘴，卻什麼都沒說出來。

小夭輕輕嘆了口氣，苦澀地說：「其實，我也不喜歡顓頊這樣做，但因為我在民間流浪了幾百年，曾是最普通的人，所以我完全支持顓頊。也許，這就叫苦了他一人，澤被全天下。」

阿念沉默，眉梢眼角全是哀傷。

小夭說：「小妹，我真的不想妳喜歡顓頊，讓父王幫妳在高辛選個夫婿，別惦記顓頊了。」

阿念眼中淚花滾滾，盈盈欲墜，「我也想忘記他啊！可是我從一出生就認識他，母親又聾又啞，父王政事繁重，我小時候說話晚，別人都懷疑我是啞巴，他卻毫不氣餒，總是一遍遍指著自己讓我叫哥哥，為了逗我說話，模仿各種鳥叫。別人在背後議論母親身分低微，我躲在角落裡哭，他卻鼓勵我去打回來。即使出門在外，他也記得每年給我捎帶禮物。從小到大，是他一直伴著我，我所有的記憶都是他的身影，妳讓我怎麼去忘記？這世間再到哪裡去尋個男人能像他那麼瞭解我，懂得我的心意和喜好？縱使他只給我一分，也勝過別人給的十分。」

阿念用手帕印去眼淚，「我知道妳是為我好，妳是真把我當妹妹，才會說這些話給我聽，可我……我已經努力了四十年想忘記他，我真的做不到！我反反覆覆想了很久，已經想明白了，反正這世間除了父王，又有哪個男人不是三妻四妾呢？縱使顓頊哥哥有了別的女人，只要他一直對我好，我什麼都不在乎。」

小夭又是憐、又是恨，「妳、妳……怎麼就不能對自己心狠點？哪裡就會離開一個男人，真沒辦法過日子了？不過剜心之痛而已！」

阿念哭，「我不是妳和父王，我沒你們的本事，受了剜心之痛，還能笑著過日子。我只知道，如果沒有了顓頊哥哥，每一天不管做什麼，一點樂趣都沒有，生不如死！」

「妳這樣，會讓父王很難過。」

阿念抹著眼淚說：「父王都明白，要不然我怎麼可能知道顓頊哥哥身邊有女人的事情呢？是父王告訴我的，他還說顓頊哥哥會娶神農族的馨悅。我知道父王是想打消我的念頭，但我已和父王說了，我就是忘不了！」

小夭不解。忘不了？難道以神族漫長的生命，都會忘不掉一個人嗎？

阿念哭求道：「姊姊，這世間除了父王和娘親，只有妳能幫我了。姊姊，妳幫幫我吧！」

馨悅也叫過小夭姊姊，可阿念的一聲姊姊，卻叫得小夭的心發酸，有一種縱使滿腦子詭計，都拿阿念束手無策的感覺。她無奈地說：「我要和父王商量一下，妳先回去。」

「我就在這裡等妳。」

小夭沒辦法，只能立即去找父王。

沒有想到，剛走出殿門不遠，小夭就看到父王站在水榭中。

她走到俊帝面前，背著手，歪頭看著俊帝，「父王，你知道我會去找你？」

俊帝道：「阿念想跟妳去神農山？」

「嗯。」

俊帝遙望著渺茫的星空，「小夭，我該讓阿念去神農山嗎？」

小夭說：「四十年，我想父王能用的方法一定都用了，可顯然沒有效果。現如今阿念已經和我們攤開來說，如果我們反對，她一定不會聽。父王想阻止她，就必須要用硬的了。如果父王想逼迫阿念嫁給別人，肯定能做到，可父王你捨得嗎？」

仰望漫天星辰，俊帝清楚地記得他曾帶一個人去看過人間星河。俊帝說：「妳娘和我是政治聯姻，在妳們還沒長大前，我就曾想過，我不要我的女兒再經歷妳娘的痛苦，我絕不會拿妳們的婚姻去做政治聯姻，也絕不會強迫妳們的婚事，一定要讓妳們和自己喜歡的人在一起。」

小夭鼻子發酸，她裝作眺望星空，把淚意都逼了回去，「父王，我剛才為了打消阿念的念頭，在阿念面前說了顓頊的一堆壞話。可平心而論，父王，就算你給阿念親自挑選的夫婿，你就能保證他一生一世對阿念好？你就能保證他是真心喜歡阿念，而不是衝著你？你就能保證他不會娶了阿念之後又看上別的女人？」

俊帝強硬地說：「我不能保證他的心，但我能保證他的人。」

小夭噗哧笑了出來，「父王，你有沒有聽過一句話叫偷香竊玉？你越是這樣，只怕那男人越是想偷偷摸摸，你根本管不住。何況這種男人要來有意思嗎？本來我還不太能理解阿念，這會突然明白了，真正有骨氣、有本事，像蓐收那樣的男人，根本不會娶阿念，而那些動念想娶的卻真的不如顓頊。不管怎麼說，顓頊看著阿念長大，對阿念有很深的感情，對她的關懷絲毫不假。阿念看似糊塗，可實際，她在大事上從來都很清醒，她明白哪個男人是真心疼她，哪個男人是假意討好她。她剛才有句話說得很對，相比那些男人而言，她寧可要顓頊的一分好，也不要他們的十分好。」

俊帝沉默，半晌後，他問道：「小夭，妳說阿念跟著顓頊能幸福嗎？」掌控著無數人命運的帝王，卻對女兒的未來茫然了。

「阿念要的不是唯一，她只要顓頊對她一輩子好。我相信我哥哥，也相信阿念和哥哥從小到大的情意，阿念應該能幸福，雖然這種幸福不是我能接受的，但就如我看靜安王妃不覺得那是幸福，可對靜安王妃而言，她一定覺得自己很幸福。幸福是什麼呢？不過是得到自己想要的，即使那個想要的在別人眼裡一文不值。」

俊帝苦笑，「妳居然敢拿父王打趣了？」

小夭吐吐舌頭，「請陛下恕罪。父王，既然四十年的隔絕都不能讓阿念忘記顓頊，反而讓她思量著顓頊的每一分好，覺得離開顓頊生不如死，那不妨讓阿念去親眼看看。有的事聽說是一回事，親身經歷是另一回事，讓她親眼看到顓頊身邊的女人，受上幾次委屈，也許她會覺得，即使顓頊真是蜜糖，裡面卻浸泡了黃連，每喝一口，都要再將黃連細細嚼碎了吞嚥下去，也許阿念會放棄。」

俊帝沉思了一會，說道：「妳帶阿念去神農山吧！有妳照看著她，我還能放心幾分。」

小夭踮起腳尖，替俊帝揉開他鎖著的眉心，「父王，阿念不是孤身一人，就如你所說，我們身後可有你呢！不管阿念最後嫁給誰，誰都不敢怠慢她！現在該犯愁的可不該是你，而是顓頊！」

俊帝笑起來，「妳啊！別光顧著給我們分憂，自己的事卻全壓在心裡！」

小夭笑了笑，「父王別為我操心，我和阿念不一樣，我不會有事。」

俊帝嘆了口氣。正因為小夭和阿念不一樣，連操心都不知道該怎麼為她操，才讓人掛慮。

清晨，小夭和阿念一塊出發，去往神農山。

小夭的惡趣味又發作，故意什麼都沒給顓頊說，連苗莆都瞞著，直到出發時，苗莆才知道阿念也要去神農山。

待到神農山，已是傍晚。前幾日恰下過一場大雪，紫金頂上白茫茫一片。顓頊怕小夭衣服沒穿夠，聽到小夭的雲輦已經進山，他拿著一條大氅在外面等著，看到雲輦落下，立即迎了上去，卻看車門推開，躍下來兩個玲瓏的人兒，美目流轉，異口同聲地叫道：「哥哥！」

顓頊愣住，一時間不知道該把大氅裹到誰身上。

小夭笑起來，邊笑，邊輕盈地跑過雪地，衝進殿內。瀟瀟已另拿了大氅，小夭把自己裹好，笑咪咪地看著外面。

顓頊把大氅披到阿念身上，「明知道中原是寒冬，怎麼也不穿件厚衣服？」

阿念眼眶紅了，「哥哥，我上次誤會了你，不辭而別，你不生我氣嗎？」

顓頊笑著刮了阿念的鼻頭一下，「我還能為這事生妳的氣？那我早被妳氣死了！趕緊進去，外面冷。」

阿念隨著顓頊進了殿，顓頊對她說：「正好山上的梅花都開了，回頭帶妳去看。長在神山上的寒梅比當年清水鎮裡種給妳看的那兩棵可是要好看許多。」

阿念笑起來，嘰嘰喳喳地說：「哥哥帶給我的禮物有一隻繪著梅花的大梅瓶子，我看那畫風像是哥哥的手筆，不會就是畫山上的梅花吧？」

「被妳猜對了。有一次我看著好看，惦記起妳喜歡梅花，就畫了一幅，讓人拿去做了瓶子。」

阿念更加開心，笑道：「我猜想著你最近不會回高辛，這次來時把以前我們埋在竹林裡的酒都挖了出來……」

在高辛時，阿念黯淡無光，這會整個人就好像被雨露澆灌過的花朵，晶瑩潤澤了許多。小夭不禁想著，不管將來如何，至少現在阿念是真正快樂的，也許這就是阿念不願放棄的原因。

小夭用過晚飯，藉口累了，回了自己的屋子，讓顓頊陪阿念。阿念已經四十年沒有見過顓頊，她應該想和顓頊單獨聚一下。

小夭沐浴完，珊瑚幫她擦頭髮，瀟瀟帶著一罈酒進來，笑道：「這是二王姬帶來的酒，殿下讓我給王姬送來。」

小夭笑起來，「這是哥哥以前釀的酒？放那裡，我待會就喝。」

小夭靠坐在榻上，慢慢地啜著酒，喝著喝著不禁長長地嘆了口氣。

「為誰嘆氣？為誰愁？」顓頊分開紗簾，走了進來。

「阿念呢？」

「喝醉了，讓海棠照顧她歇息。」

小夭笑道：「怎麼？還想找我喝？」

顓頊坐到榻的另一邊，拿了酒杯，給自己倒了酒，「妳把阿念帶來是什麼意思？」

「她想見你，我就讓她跟來了。」

「就這麼簡單？」

「你想多複雜？」

「我記得，妳好像以前暗示過我最好遠離阿念。」

「縱使她是我妹妹，我也無權替她做決定。」

顓頊苦笑，「妳這算什麼？」

小夭笑得幸災樂禍，「反正你要記住，阿念是你師父的女兒，我的妹妹。」

顓頊撫著額頭，頭痛地說：「我現在一堆事情要做，阿念來得不是時候。」

小夭攤攤手，表明無能為力，你自己看著辦。

顓頊說道：「塗山璟在小祝融府，妳打算什麼時候去見塗山璟？」

「我明天就會去見他，打算和他一起去青丘，幫太夫人再做一些藥丸，至少要七八天才能回來，阿念就交給你了。」

顓頊啜著酒，笑咪咪地看著小夭。

小夭憋了半晌，終於沒忍住，問道：「他最近可好？」

顓頊笑問：「妳想我告訴妳嗎？」

小夭無可奈何，「哥哥！」

顓頊說：「妳離開後，他過了十來天才來找妳，發現妳去了高辛，面色驟變。我向他保證妳一定會回來，他才好一些。不過，那段日子他有些反常，馨悅說他通宵在木犀林內徘徊，而且特別喜歡沐浴和換衣服。」

「沐浴，換衣服？」小夭想起，那次他被意映抱住後，來見她時，就特意換過衣衫。

顓頊說：「我看璟是不可能在太夫人還活著時，退掉和防風氏的婚約，只能等著太夫人死了。說老實話，我一直看不透塗山璟這個人，豐隆看似精明厲害、飛揚狂妄，可我能掌控他，因為我知道他想要什麼。塗山璟看似溫和，可他就像泉中水，握不住、抓不牢，根本無法駕馭掌控。他表現得很想和妳在一起，卻一直沒有切實的行動，想要防風氏心甘情願退婚是不容易，可逼得他們不得不退婚卻不難！」

小夭睨著顓頊，「不會是防風氏又給你添麻煩了吧？你想讓璟出頭去收拾防風氏？」

顓頊沒好氣地說：「我是為妳好！」

小夭說道：「我明白你的意思，只要不在乎防風意映的死活，是有方法逼防風氏退婚，甚至索性除掉防風意映，畢竟人一死，婚約自然就沒了。但婚約是璟的娘親和奶奶親自定下的，防風意映只是想做族長夫人，並沒有對璟做什麼大惡事。老實說，如果璟和你一樣，真能狠辣到以不惜毀掉防風意映的方式去擺脫防風意映，我反倒會遠離他。像你這樣的男人看上去殺伐立斷、魅力非凡，可我只是個普通的女人，我想要找的是一個能陪伴我一生的人。一生很漫長，會發生太多變故，我相信只有本性善良的人才有可能善良地對我一生，即使我犯了錯，他也會包容我。我不相信一個對世人皆狠辣的人會只對我例外，我還沒那麼強大的自信和自戀。」

顓頊氣惱地扔下酒杯，起身就走，「是啊，我狠辣，那妳趕快遠離我吧！」

小夭忙抓住顓頊，「你是唯一的例外。」

顓頊低頭盯著小夭，小夭陪著笑，討好地搖顓頊的胳膊，「你是這世間唯一的例外。」

顓頊依舊面無表情，小夭把頭埋在顓頊的腰間，悶悶地說：「就是因為知道不管我怎麼樣，你都會縱著我，我才敢什麼話都說。」

顓頊坐了下來，挽起小夭披垂到榻上的一把青絲，「小夭……」他低著頭，看著髮絲一縷縷纏繞住他的手掌，遲遲沒有下文。

小夭仰起臉看著他，「怎麼了？」

顓頊說：「希望璟能擔得起妳對他的一番心意！」

小夭笑著輕嘆了口氣，「我也希望。說著不要給自己希望，可哪裡真能做到呢？在五神山時，總會不時就想到他。」

顓頊放開了掌中的青絲，微笑著說：「明日一早要去找璟，早點休息吧！」

顓頊起身，把小夭手中的酒杯收走，拉著她站起來，叫道：「珊瑚，服侍王姬歇息。」

第二十五章 各在天一涯

反正生命就是如此，哭也一天，笑也一天，
既然總是要過，最好還是笑著面對，
畢竟笑臉人人愛看，哭聲卻沒幾人喜歡！

早上，小夭帶著珊瑚和苗莆離開了神農山。

她心裡另有打算，藉口想買東西，在街上亂逛。好不容易支開了珊瑚和苗莆，她偷偷溜進塗山氏的車馬行，把一個木匣子交給掌事，拜託他們送去清水鎮。

匣子裡是小夭製作的毒藥，雖然相柳已經問顓頊要過「診金」，可他畢竟是救了她一命，小夭在高辛的三個月，把五神山珍藏的靈草、靈藥搜刮一番，煉製了不少毒藥，也算對相柳聊表謝意。

等交代清楚、付完帳，小夭從車馬行出來，看大街上商鋪林立、熙來攘往，不禁微微而笑。大概經歷了太多的顛沛流離，每次看到這種滿是紅塵煙火的生機勃勃，即使和自己沒有絲毫關係，她也會忍不住心情愉悅。

正東張西望，小夭看到了一個熟悉的人影。

防風邶牽著天馬，從熙攘人群中而來。他眼神溫和，嘴角噙笑，就像個平常的世家公子。

小夭不禁慢了腳步，看著他從九曲紅塵中一步步而來，明知道沒有希望，卻仍舊希望這煙熏火燎之氣能留住他。

防風邶站定在她身前，笑問：「妳回來了？」

小夭微笑著說：「我回來了。」

兩人一問一答，好像他們真是街坊鄰居、親朋好友。可小夭很清楚地記得，上一次，兩人在賭場門口不歡而散，他殺氣迫人，她倉皇而逃。

防風邶問：「最近可有認真練習箭術？」

「劫後餘生，哪裡敢懈怠？每日都在練。」

防風邶點點頭，嘉許地說：「保命的本事永不會嫌多。」

小夭問：「你打算在軹邑待多久？還有時間教我箭術嗎？我從金天氏那裡得了一把好弓，正想讓你看看。」

防風邶笑道：「擇日不如撞日，現在如何？」

小夭想了想，半個時辰就能到青丘，太夫人的藥丸不急這一日，說道：「好！」

防風邶翻身上了天馬，小夭握住他的手，也上了天馬。

苗莆和珊瑚急急忙忙地跑來，小夭朝她們揮揮手，「在小祝融府外等我。」說完，不再管她們兩人大叫大跳，和防風邶一同離去。

天馬停在了一處荒草叢生、沒有人煙的山谷，小夭和防風邶以前就常在此處練箭。

防風邶說：「妳的弓呢？」

小夭展開手，一把銀色的弓出現在她掌中，防風邶瞇著眼，打量了一番，點點頭，「不錯！」

小夭說：「想讓我射什麼？」

防風邶隨手摘了一片葉子，往空中一彈，葉子變成了一隻翠鳥，在他的靈氣驅使下，翠鳥快如閃電，飛入了雲霄。

防風邶說：「我用了三成靈力。」

小夭靜心凝神，搭箭挽弓。

嗖一聲，箭飛出，一隻翠鳥從天空落下。

防風邶伸出手，翠鳥落在了他掌上，銀色的箭正中翠鳥的心臟部位。

小夭禁不住露出一絲得意的笑，「師父，對我這個徒弟可還滿意？」

防風邶似笑非笑地瞅著小夭，「我對妳這個徒弟一直滿意。」

小夭有點羞惱，瞪著防風邶，「我是說箭術！」

防風邶一臉無辜，「我也說得是箭術啊！妳以為我說的是什麼呢？」

小夭拿他無可奈何，悻悻地說：「反正吵也吵不過你、打也打不過你，我什麼都不敢以為！」

防風邶從小夭手裡拿過弓，看了會說：「如果只是玩，這個水準夠了，如果想殺人，不妨再狠一點。」

小夭說：「這本就是殺人的兵器，我打算給箭上淬毒，一旦射出，就是有死無生。」

防風邶把弓還給小夭，微笑著說：「恭喜，妳出師了。」

弓化作一道銀光，消失在小夭的手臂上，小夭問：「我出師了？」

「妳靈力低微，箭術到這一步，已是極致。我所能教妳的，妳已經都掌握，從今往後，妳不需要再向我學習箭術。」

小夭怔怔不語，心頭湧起一絲悵然。幾十年前的一句玩笑，到如今，似乎轉眼之間，又似乎經歷了很多。

防風邶含笑道：「怎麼了？捨不得我這個師父？」

小夭瞪了他一眼，「我是在想，既然出師了，你是不是該送我個出師禮？」

防風邶蹙眉想了想，嘆了口氣，遺憾地說：「很久前，我就打算等妳箭術大成時，送妳一把好弓，可妳已經有了一把好弓，我就不送了。」

小夭嘲笑道：「我很懷疑，你會捨得送我一把好弓。」

防風邶看著小夭胳膊上的月牙形弓印，微笑不語。

小夭鄭重地行了一禮，「謝謝你傳授我箭術。」

防風邶懶洋洋地笑道：「這箭術是防風家的秘技，送給妳，我又不會心疼。當年就說了，我教妳箭術，妳陪我玩，我唯一付出的不過是時間，而我需要妳償還的也是時間，一直都是公平交易。」

「一筆筆都這麼清楚，你可真是一點虧都不吃！」

防風邶笑睨著小夭，「難道妳想占我便宜？」

小夭自嘲地說：「我可算計不過你的九顆頭，能公平交易已經不錯了！」

防風邶瞇著眼，眺望著遠處的悠悠白雲，半晌後，說道：「雖然今日沒有教妳射箭，但已經出來了，就當謝師禮，再陪我半日吧！」

小夭說：「好。」

下午，小夭才和防風邶一起返來。

苗莆和珊瑚看到她，都鬆了口氣。

小夭躍下天馬，對防風邶揮揮手，轉身進了小祝融府。

馨悅陪小夭走到木犀園，等靜夜開了園子門，她對小夭說：「我就不招呼你們了。」

小夭道：「我們來來往往，早就把妳家當自己家了，妳不用理會我，待會我和璟就直接趕去青丘了。」

馨悅笑道：「行，幫我和哥哥給太夫人問好。」

靜夜領著小夭走進屋子，「公子，王姬來了。」

璟站在案前，靜靜地看著小夭，目光沉靜克制。

小夭內心一顫，覺得他好像有點異樣，笑問道：「怎麼了？不歡迎我來嗎？太夫人的藥丸應該要吃完了，我們去青丘吧！」

璟好像這才清醒過來，幾步走過來，想擁小夭入懷，可又好像有些猶豫，只拉住了小夭的手。

小夭笑說：「走吧！」

「嗯。」璟拉著小夭，出了門。

兩人上了雲輦，璟依舊異常沉靜。

小夭以為是因為她不辭而別去了高辛的事，說道：「我獨自去高辛，只是覺得自從我甦醒，我們一直被形勢逼著往前走，你需要靜下心來仔細想一想，我也需要去陪陪父王。」

璟低聲叫：「小夭。」

「嗯。」

「小夭。」

「嗯，我在這裡。」

「小夭……」

小夭疑惑地看著璟，璟卻什麼都沒說。

日影西斜時，到了青丘。

璟帶著小夭先去拜見太夫人。

一進太夫人的院子，就看廊下掛著一排鳥架子，幾隻棒槌雀正閉目打著瞌睡。

一隻精神抖擻的棒槌雀停在太夫人的手上，太夫人餵牠吃著靈果，牠每吃一口，便歡快地鳴叫一聲。

看到璟和小夭進來，好像懂得人們要談正事，用頭挨了挨太夫人的手，咕咕幾聲，從窗戶飛了出去，衝到藍天之上。
小夭笑起來，「這小東西已經不需要籠子了。」
太夫人笑道：「牠精怪著呢，知道我這裡有靈果吃，我們又都把牠當寶貝一般供奉著，哪裡捨得離開？」
小夭為太夫人把脈，太夫人說：「不用把脈我都知道自己很好。以前我睡覺時，最怕鳥兒驚了瞌睡，可現在我聽著這幾隻棒槌雀叫，卻覺得舒心。」
小夭對蛇莓兒說：「妳把太夫人照顧得很好，又要麻煩妳取一碗自己的血。」
蛇莓兒誠惶誠恐地給小夭行禮，訥訥地說：「都是應該做的。」
篌對小夭說：「所需的藥草都已經準備好。」
小夭對眾人說：「為了煉藥，我需要好好休息一下，就先告退了。」
太夫人忙道：「王姬只管好好休息，任何人都不許去打擾！」

小夭用過晚飯後，好好睡了一覺。
第二日清晨，睡醒後，檢查了所有的藥材和器具，看所有東西都完備，她打發侍女叫了蛇莓兒和胡珍來，讓胡珍用玉碗取了蛇莓兒的一碗血。
和上次一樣，小夭用了七日七夜，煉製了一百粒藥丸。不過，這一次，她把胡珍帶在身邊，讓他跟著學。胡珍醫術精湛，人又聰慧，在小夭的悉心教導下，七日下來，已經完全學會，下一次胡珍可以獨自為太夫人做藥。

胡珍向小夭誠心誠意地道謝，他身為醫師，自然知道這七日跟在小夭身旁，學到的不僅僅是一味藥的煉製。

藥丸成時，已是傍晚，小夭吩咐珊瑚用玉瓶把藥丸每十粒一瓶裝好。

小夭十分疲憊，連飯都懶得吃，躺倒就睡。

一覺睡到第二日晌午，她起身後，嚷道：「好餓。」

珊瑚和苗莆笑著把早準備好的飯菜端了出來，小夭狼吞虎嚥地吃完，休息一會，對珊瑚說：「準備洗澡水。」

把整個身子泡在藥草熬出的洗澡水中，小夭才覺得神清氣爽了。

苗莆坐在一旁，幫小夭添熱水，「王姬。」

「嗯？」

「奴婢看到防風意映去暄熙園找璟公子，靜夜冷著臉，堵在門口，壓根沒讓她進門，真是一點情面都沒給。靜夜敢這麼對防風意映，肯定是璟公子吩咐過。謝天謝地，璟公子終於開竅了！」

小夭笑起來，「妳啊，有些東西是妳的自然是妳的，不是妳的盯著也沒用。」

苗莆噘著嘴，什麼都沒說。

小夭穿好衣服，梳理好髮髻，帶上煉製好的藥丸去看太夫人。

璟、篌、意映、藍枚都在，正陪著太夫人說笑。

小夭把煉製好的藥丸拿給太夫人，太夫人讓貼身婢女小魚收好。篌問道：「不能一次多煉製一些嗎？」篌並不信任小夭，雖然太夫人時日無多，可這樣依賴小夭供藥，他總覺得像是被小夭抓住了一塊軟肋。

小夭淡淡回道：「以塗山氏的財力，靈草、靈果自然想要多少有多少，可蛇莓兒的血卻絕不能多取，每三個月取一碗已是極限，再多取，血就會不夠好，即使煉出了藥，藥性也會大打折扣，太夫人吃了，根本壓制不住痛苦。這就好比靈草要找長得最好的靈草，蛇莓兒也一定要在身體的最佳狀態，取出的血才會藥效最好。」小夭的話半真半假，因為她也不相信篌和太夫人，她怕他們為了得到藥而傷害蛇莓兒，所以用話唬住他們。

篌和太夫人對蠱術一點不懂，聽到小夭平淡道來，不能說十成十相信，可也不敢再胡思亂想。

小夭話鋒一轉，說道：「我已經教會胡珍煉藥，日後縱然我有事不能來，太夫人也大可放心，絕不會耽誤太夫人的藥。」

太夫人和篌又驚又喜，都不相信小夭會如此輕易把藥方教給胡珍，就是對平常人而言，救命的藥方也能價值千金，何況這可是能讓塗山氏的太夫人減輕痛苦、延長壽命的藥方？

篌立即命人把胡珍叫來，太夫人問道：「聽王姬說，你已能獨自為我煉藥，可是真的？」

胡珍回道：「是真的，幸得王姬悉心傳授。」

太夫人看著胡珍長大，對他穩重仔細的性子十分瞭解，否則當年也不會把昏迷不醒的璟託付給他照顧。聽到胡珍的話，太夫人終於放心，讓胡珍退下。

太夫人有些訕訕地笑著對小夭說：「王姬身分尊貴，煉藥太過辛苦，總是麻煩妳來煉藥，我實在不好意思。」

小夭好像完全不知道太夫人的小心眼，笑道：「煉藥的確辛苦，幸好胡珍學會了。」

璟凝視著磊落敏慧的小夭，只覺心酸。他何嘗不明白奶奶的心思？可那是他的奶奶，一個生命行將盡頭的老人，他無法去怨怪。

小夭略坐了會，打算向太夫人告辭，如果現在出發，晚飯前還來得及趕回神農山。她剛要開口，突然看到一直站在榻旁的意映搖搖晃晃，就要摔倒。

小夭叫道：「快扶住……」話未說完，意映已軟軟地倒在地上，暈厥過去。

太夫人叫：「快、快……」

婢女忙把意映攙扶起，放到榻上，叫著：「醫師，快去傳醫師！」

意映已經清醒過來，強撐著要起來，「我沒事，應該是昨夜沒睡好，一時頭暈而已。」她剛坐起，哇的一下，嘔吐起來，吐了婢女一身。

醫師還沒到，太夫人對小夭著急地說：「王姬，麻煩妳先幫忙看看。」

小夭走到榻邊，手指搭在意映的手腕上，一瞬後，臉色驟變，她自己竟然搖晃了一下，好像要跌倒，婢女忙扶住她。

太夫人急問道：「怎麼了？很嚴重嗎？」

小夭深吸了口氣，扶著婢女的手坐到榻上。她強壓著一切的情緒，再次為防風意映診脈。一會後，她收回手，走到一旁，掩在袖中的手簌簌發顫，甚至她覺得自己的腿都在打顫，可卻微笑著，聲音平穩地說：「防風小姐有身孕了。」

屋內一下子鴉雀無聲，靜得落針可聞，人人都面色古怪。有身孕是大好事，可未婚有孕，就很難說了。

太夫人先開了口，問意映：「妳和璟已經……」

防風意映飛快地瞅了一眼璟，滿面羞紅，眼淚簌簌而落，「求奶奶原諒璟……不怪他……都是我的錯！是我一時糊塗……」

這等於是承認了孩子是璟的，所有人面色一鬆，雖然未婚先孕很出格，可如今太夫人壽數將盡，能有孫子比什麼都重要。

太夫人一把抓住了意映的手，喜得老淚縱橫，不停地說：「死而無憾了，死而無憾了！」

意映低著頭，抹著眼淚，羞愧地說：「我、我……一直不敢告訴奶奶。」

太夫人寶貝地看著防風意映，「不怪妳，怪我！因為我的身子，一直顧不上你們的婚事。妳放心，我會讓長老儘快舉行婚禮。」

所有婢女七嘴八舌地向太夫人道喜。

小夭力持鎮靜地看向璟，璟臉色煞白，滿面悲痛絕望。

小夭笑了起來，她本來還存了僥倖，希望這孩子和璟無關。

屋內的人都圍聚在榻旁，小夭轉身，向外走去，沒有人留意到她的離去，只有璟盯著她，嘴唇哆嗦著，卻什麼聲音都發不出來。

珊瑚和苗莆看小夭從太夫人屋內走出，一直微笑著，好像心情十分好。

苗莆笑嘻嘻地問：「王姬，有什麼好事？」

小夭說：「立即回神農山。」

珊瑚和苗莆應道：「是！」

主僕三人乘了雲輦，返回神農山。苗莆問：「王姬，我剛才聽太夫人屋子內吵吵嚷嚷，到底發生了什麼高興事？」

小夭微笑著，好像什麼都沒聽到。苗莆叫：「王姬？」

小夭看向她，笑咪咪地問：「什麼事？」

苗莆搖了搖頭，「沒事。王姬，您……沒事吧？」

小夭笑起來，「我？我很好呀！」

苗莆和珊瑚覺得小夭看似一切正常，甚至顯得十分歡愉，可又偏偏讓她們覺得汗涔得慌。

到紫金宮時，天色已黑。

阿念看到小夭，立即撲了上來，委屈地說：「姊姊，妳要幫我！顓頊哥哥帶我去看梅花，馨悅居然也要跟著去。她在我面前老是做出一副嫂子的樣子，看似事事對我客氣，卻事事擠兌我！她老和哥哥說什麼這個氏族如何，那個氏族如何，顓頊哥哥為了和她說話，都沒時間理我，我在旁邊聽一聽，馨悅擠兌我說這些事情很煩人，讓我去玩吧，沒必要陪著她！我哪裡是陪她？顓頊哥哥卻真聽她的話，讓我自己去玩！姐姐，妳幫我趕走馨悅！來神農山前，我是說過能接受顓頊哥哥有別的女人！」阿念跺腳，「可絕不包括馨悅！除了馨悅，我誰都能接受！」

小夭微笑著，木然地一步步走著。

阿念搖著小夭，「姊姊，姊姊，妳到底幫不幫我？」

顓頊從殿內出來，看到阿念對小夭撒嬌，不禁笑起來，可立即，他就覺得不對勁了，小夭呆滯如木偶，阿念竟然把小夭扯得好像就要摔倒，「阿念，放開……」

話未說完，小夭的身子向前撲去，顓頊飛縱上前，抱住了她，小夭一口血吐在顓頊衣襟上。

顓頊立即抱起小夭，一邊向殿內跑，一邊大叫：「立即把鄞帶來！」

阿念傻了，一邊跟在顓頊身後跑，一邊急急地說：「我沒用力。」可提起馨悅就很惱怒，她也不確定了，「也許……用了一點點。」

顓頊小心翼翼地把小夭放在榻上，小夭用衣袖抹去嘴角的血，笑道：「沒事，這是心口瘀滯的一口血，吐出來反倒對身體好。」

瀟瀟抓著鄞，如風一般飛掠而來，小夭說：「真的不用！」

顓頊瞪著她，小夭無可奈何，只得把手腕遞給鄞，鄞仔細診察過後，對顓頊比劃。

阿念邊看邊講給小夭聽，「他說妳是驟然間傷心過度，卻不順應情緒，讓傷心發洩出來，反而強行壓制，傷到了心脈。剛才那口血是心口瘀滯的血，吐出來好。他說這段日子妳要靜心休養，不應再有大喜大悲的情緒。」

顓頊讓鄞退下，阿念困惑地問：「姊姊，妳碰到什麼事了？竟然能讓妳這種人都傷心？」

小夭笑道：「我這種人？說得我好像沒長心一樣。」

顓頊道：「這屋子裡就我們兄妹三人，妳既然笑不出來，就別再強撐著笑給別人看了！」

小夭微微笑著，「倒不是笑給別人看，而是習慣了，根本哭不出來。反正生命就是如此，哭也一天，笑也一天，既然總是要過，最好還是笑著面對，畢竟笑臉人人愛看，哭聲卻沒幾人喜歡！」

顓頊只覺心酸，阿念卻若有所悟，呆呆地看著小夭。

顓頊問道：「妳想吃飯嗎？」

小夭苦笑，「這會倒真是吃不下，給我熬點湯放著吧！我餓了時喝一點。你們不用陪我，去吃你們的飯，我睡一覺，一切就好了。」

顓頊拉著阿念出了屋子，他對珊瑚說：「照顧好王姬。」看了眼苗莆，苗莆立即跟在顓頊身後離去。

小夭吃了顆安眠的藥丸，昏昏沉沉地睡去。

半夜裡，小夭醒了，她覺得難受，可又身子無力，起不來。

在外間休息的顓頊立即醒了，快步過來，扶著小夭坐起，給小夭披了件襖子，把一直溫著的湯端給小夭。小夭一口氣喝了，覺得胸腹間略微好受了一點。

顓頊摸了下她的額頭，「有些發燒，不過鄞說，妳體質特異，先不著急吃藥，多喝點湯水，最

4鄞，讀作一ㄣˊ。

緊要的是妳自己要保持心情平和。」

小夭倚著軟枕，軟綿綿地問：「你怎麼在外間守著？難道紫金宮沒侍女了嗎？」

「我不放心妳。」

「我沒事。自小到大，什麼事沒碰到過啊？難道還真能為個男人要死要活嗎？」

「是啊，妳沒事，吐血發燒生病的人是另一個人，不是妳。」

「別說得那麼嚴重，過幾日就全好了。」

「我問過苗莆了，她說妳去給塗山太夫人送藥時，一切都正常，可從太夫人屋子裡出來時就不對頭了，究竟發生了什麼事？」

小夭懨懨地說：「我想再睡一覺。」

顓頊說：「妳連我都要隱瞞嗎？」鄞說小夭性子過於克制，最好設法讓她把傷心事講述出來，不要積鬱在心上。

小夭笑著嘆了口氣，「不是要瞞你，而是真不是什麼大不了的事，提不提無所謂。」

顓頊覺得心如針扎。很多次，他也曾一遍遍告訴自己不是什麼大不了的事：娘自盡了，不是什麼大不了的事，反正每個人的娘遲早都會死；叔叔要殺他，不是什麼大不了的事，反正誰家都會有惡親戚……

顓頊柔聲問：「那到底是什麼事呢？」

小夭笑道：「只不過防風意映突然暈倒了，我診斷出她有了身孕。」

顓頊沉默了，一會後，譏嘲道：「我沒聽錯？妳說的是那個一箭就洞穿我胸口的防風意映？她竟會突然暈倒？」

「她當然有可能是故意暈倒，但懷孕是千真萬確。」

「多長時間了？」

「只能推斷出大概的時間，應該在三個月左右，具體什麼時候受孕的只有防風意映和……璟才知道。」

「真會是璟的孩子？」倒不是顓頊多相信璟會為小夭守身如玉，而是王叔正磨刀霍霍，顓頊實在不希望這個時候鞏固了防風意映在塗山氏的地位。

「我沒有問他，不過看他面色，應該是他的……意映又不傻，如果不是璟的孩子，意映哪裡敢當眾暈倒？」小夭笑起來，自嘲地說：「沒想到我回了趟高辛，就等來了璟的孩子。」

顓頊對小夭說：「別傷心了，這世間有得是比璟更好的男人。」

小夭眼中淚花隱隱，卻嘴硬地笑道：「我不是為他傷心，我只是傷心自己信錯了人。」

顓頊裝作什麼都沒看見，微笑著說：「好好休息吧！妳不也說了嗎？過幾天就會好的。等妳好了，我帶妳和阿念去山下玩。」

小夭縮進了被窩裡，顓頊揮手，殿內的燈滅了，只皎潔的月光洩入。

小夭的眼淚滾落，她轉了個身，背對著顓頊，用被子角悄悄擦去，「哥哥，你別離開。」

顓頊拍著她的背，說道：「我不離開，我會一直陪著妳。」

雖然小夭沒有發出一聲哭泣，可隨著眼淚，鼻子有些堵，鼻息自然而然就變得沉重，在靜謐的殿內格外清晰。

顓頊什麼都沒說，只是靠坐在榻頭，一下下地輕拍著小夭的背。

第二日，小夭的病更加重了，整個人昏昏沉沉。

鄞安慰顓頊，寧可讓王姬現在重病一場，總比讓她自己強壓下去、留下隱疾得好。

阿念看到小夭病了，把小性子都收了起來，很乖巧地幫著顓頊照顧小夭。顓頊很是欣慰，他知道小夭心裡其實很在意阿念，阿念肯對小夭好，小夭也會開心。

璟聽說小夭病了，想來看小夭，馨悅也想來看望小夭，顓頊全部回絕了。因為他夜夜宿在小夭的寢殿，顓頊的暗衛自然都嚴密地把守在小夭的寢殿四周，連璟的識神九尾小狐都無法溜進去。

璟拜託豐隆想辦法讓他見小夭一面，豐隆知道防風意映懷孕的事後，勸璟放棄吧，可看璟七八日就瘦了一圈，又不忍心，只得帶了璟去見顓頊。

顓頊見了璟，沒有絲毫不悅，熱情地讓侍女上酒菜，好好地款待豐隆和璟。

璟道：「請讓我見小夭一面。」

顓頊說道：「小夭前段日子不小心感染了風寒，實不方便見客。」

璟求道：「我只看她一眼。」

顓頊客氣道：「你的關心我一定代為傳達，不過小夭……」

豐隆看不得他們耍花槍，對顓頊說：「行了，大家都別做戲了！你又不是不知道璟和小夭的事！防風意映懷孕了，你和小夭肯定都不高興，不過，這畢竟是小夭和璟的事，就算小夭打算和璟一刀兩斷，你也應該讓小夭親口對璟說清楚。」

顓頊對豐隆很無奈，思量了一瞬，對瀟瀟說：「妳去奏報王姬，看王姬是否願意見璟。」

半晌後，瀟瀟回來，說道：「王姬請族長過去。」

顓頊對璟道：「小夭願意見你。」

璟隨著瀟瀟去了小夭住的宮殿，推開殿門，暖氣襲人，隱隱的藥味中有陣陣花香。

珊瑚和海棠拿著一大捧迎春花，說著水鄉軟語，咕咕噥噥地商量該插到哪裡。珊瑚看到璟，翻了個白眼，重重地冷哼一聲。

隔著水晶珠簾，看到小夭穿著嫩黃的衣衫，倚在榻上，對面坐著阿念。兩人之間的案上有一個大水晶盆，阿念用靈力幻化出了滿盆荷花，小夭撫掌而笑。

瀟瀟和苗莆打起珠簾，請璟進去。

阿念笑對小夭說：「姊姊的客人到了，我晚些再來陪姊姊玩。」

阿念對璟微微頷首，離開了。

小夭指指剛才阿念坐的位置，笑請璟坐。

小夭面色蒼白，身子瘦削，但因為穿了很溫暖的嫩黃色，又暈了一點胭脂，並不覺得她沒精神，反而像是迎著寒風而開的迎春花，在料峭春寒中搖曳生姿，脆弱卻堅強的美。

璟心內翻江倒海地痛苦，「小夭，我……」

小夭靜靜地凝視著他，在專注地聆聽。

璟艱難地說：「三個多月前，就是妳第一次給奶奶製藥的那段日子，意映纏我纏得非常緊。往日，我可以立即離開青丘，躲開她，可奶奶有病，我想逃都逃不了。有一晚，她竟然試圖自盡，連奶奶都驚動了。在奶奶的訓斥下，我只能守著她，後來……我覺得我好像看到妳了，妳一直對我笑……」璟滿面愧疚，眼中盡是痛苦，「我也不知道發生了什麼事，只知道我醒來時，我和意映相擁而眠。」

小夭淡淡說：「你應該是中了迷失神智和催發情欲的藥。可你跟我學習過很長一段日子的醫術，怎麼會那麼容易中了意映的藥？」

璟的手緊握成拳頭，似乎滿腔憤怒，卻又無力地鬆開，「是奶奶給我下的藥。」至親的設計，讓他連憤怒都無處發洩。

小夭有點驚詫，輕聲說：「竟然是太夫人。」

璟痛苦地彎著身子，用手捂住臉，「意映告訴我，她只是想做我的妻子，如果我想殺了她，可以動手。那一刻，我真的想殺了她，可我更應該殺了的是自己……我從她屋內逃出，逃到了軹邑，卻不敢去見妳，躲在離戎昶的地下賭場裡，日日酩酊大醉。十幾日後，離戎昶怒把我趕到小祝融府，我才知道原來妳早去了高辛。」

小夭想，難怪那三個月來，璟很反常，一直沒有聯繫她。

璟說：「我本想尋個機會告訴妳這事，可妳要趕著為奶奶製藥，一直沒機會。等妳製完藥，沒等我和妳坦白，意映就、就暈倒了……小夭，對不起！」

小夭沉默了半晌，說道：「謝謝你告訴我這些，至少讓我覺得我沒有看錯你，我的信任沒有給錯人，但事情已經發生了，一切無法挽回，你也不要再怨怪自己了。」

小夭摘下脖子上戴的魚丹紫項鍊，輕輕放在了璟面前，「這個還給你！太夫人應該近期會為你和意映舉行婚禮，到時，我就不去恭賀你了，在這裡提前祝福你們，相敬如賓、白頭偕老。」

璟霍然抬頭，盯著小夭。

水晶盆裡，阿念剛才變幻的荷花正在凋零，一片片花瓣飄落，一片片荷葉枯萎，隔著凋敝的殘荷看去，小夭端坐在榻上，似乎在看他，又似乎沒有看他。不過是一個水晶盆的距離，卻像是海角天涯。

璟的手簌簌輕顫，默默拿起魚丹紫，向著殿外走去。他深一腳、淺一腳，也不知道自己怎麼回到了顓頊起居的殿堂。

豐隆看到璟失魂落魄的樣子，為了調解氣氛，開玩笑地說：「顓頊，這人和人真是不一樣，我看你身邊一堆女人，也沒見你怎麼樣，璟才兩個女人，就弄得焦頭爛額、奄奄一息了，你趕緊給璟傳授幾招吧！」

顓頊笑了笑，璟卻什麼都沒聽到，面如死灰、怔怔愣愣。

顓頊對豐隆說：「今日是談不了事情了，你送他回去吧！」

豐隆嘆了口氣，帶著璟離開了。

十幾日後，在塗山太夫人緊鑼密鼓的安排下，青丘塗山氏匆匆放出婚禮的消息，塗山族長不日將迎娶防風氏的小姐。

這場婚禮倉促得反常，但塗山太夫人將一切因由都攬到自己身上，說自己時日無多等不起了。眾人都接受了這個解釋，讚防風意映孝順，為了太夫人，連一生一次的大事都願意將就。

顓頊收到塗山長老送來的請帖，命瀟瀟準備了重禮，恭賀塗山族長大喜，人卻未去。

顓頊明明知道，小夭和璟分開了，他更應該小心拉攏璟。往常行動不得自由，現在能藉著塗山族長的婚禮，親自去一趟青丘，對他大有好處，可顓頊心情很複雜，一方面如釋重負地欣喜，一方面又無法克制對這場婚禮的厭惡。最後，他索性把一切拜託給了豐隆，自己留在神農山陪伴小夭。

午後，小夭倚在暖榻上，和顓頊、阿念說話。她拎著塗山氏的請帖，問道：「幫我準備賀禮了嗎？」

顓頊淡淡說：「準備了。」

阿念不解地問：「你們為什麼都不肯去青丘？這可是塗山族長的婚禮……」

「阿念，別說了！」顓頊微笑著打斷了阿念的話。

明明顓頊神情溫和，阿念卻有點心悸，不敢再開口。

小夭看著水漏，默默計算著時辰，馬上就要是吉辰了。此時，璟應該已經和意映站在喜堂中。水漏中的水一滴滴落下，每一滴都好像毒藥，落到了心上，腐蝕得她的心千瘡百孔。小夭知道自己不該想，卻如著了魔一般，盯著水漏，一邊算時間，一邊想著璟現在該行什麼禮了。

塗山府肯定張燈結綵，十分熱鬧！

璟一身吉服，和意映並肩而站。

禮官高聲唱和：一拜天地！

璟和意映徐徐拜倒……意映如願以償，肯定心花怒放，可璟呢？璟是什麼表情……

小夭突然覺得心一陣急跳，跳得她幾乎喘不過氣來，跳得眼前的幻象全部散開。

顓頊問道：「妳不舒服嗎？」

小夭搖頭，「沒有！只是有點氣悶，突然想呼吸點新鮮空氣。」小夭匆匆出了殿門，顓頊忙拿了大氅，裹到她身上。

小夭站在庭園內，仰望著藍天，為什麼相柳突然讓她感受到他的存在？他是感受到了她的痛苦，還是因為他此時正在青丘，親眼看著璟和意映行禮，想到了她不會好受？他是在嘲笑她，還是想安慰她？

顓頊問：「妳在想什麼？」

小夭說：「我突然想起種給相柳的蠱，我身體的痛，他都要承受，那我心上的痛呢？他也需要承受嗎？他說他是九命之軀，我身體的痛對他而言不算什麼，可心呢？心他只有一顆吧！」

顓頊按住小夭的肩膀，嚴肅地說：「我不管妳之前在清水鎮和他有什麼交往，但千萬不要和相柳走近！」

小夭苦澀地說：「我明白！」

顓頊說：「雖然妳一再強調那蠱沒有害處，但等妳病好後，再仔細想想，如果能解除最好趕緊解除。」

「嗯！」

小夭仰望著藍天，靜靜感受著自己的心在和另一顆心一起跳動。那些強壓著的痛苦，也許因為有了一個人分擔，似乎不再那麼難以承受。

小夭的病漸漸好了，她又開始做毒藥。

生病的這段日子，顓頊代她收了不少靈草靈藥，小夭沒吃多少，正好用來調製毒藥。

小夭談笑如常，可她做的毒藥全是暗色調，黑色的蝙蝠、黑色的葫蘆、黑色的鴛鴦、黑色的芙蓉花……一個個擺放在盒子裡，看上去簡直讓人心情糟糕透頂。但透過製作這一個個黑暗無比的毒藥，小夭卻將痛苦宣洩出來一些。

春暖花開時，小夭帶阿念去軹邑城遊玩。

阿念被小販用柳枝編織的小玩意吸引，打算挑幾個拿回去裝東西。小夭讓海棠和珊瑚陪阿念慢慢選，她悄悄走進塗山氏的車馬行，把毒藥寄給了相柳。

想到相柳看到毒藥時的黑雲壓頂，小夭忍不住抿了絲淺笑。

小夭返回去找阿念時，看到阿念竟然和馨悅、豐隆在一起。

馨悅埋怨小夭，「妳有了親妹妹，就不來找我玩了，連來軹邑城，都不來看我。」

小夭忙把責任都推到顓頊身上，「顓頊不讓我隨便亂跑，要我好好休養，今日是我生病後第一次下山，打算過一會就去找妳的。」

馨悅這才滿意，親熱地挽住小夭的胳膊，「既然來了，就別著急回去，到我家吃晚飯，我派人給顓頊送信，讓他一起來。」

阿念立即挽住小夭的另一隻胳膊，不停地扯小夭的袖子，暗示她拒絕。

馨悅立即察覺了阿念的小動作，睨著小夭，「妳難道打算和我絕交嗎？」

小夭頭痛，求救地看向豐隆。豐隆咳嗽了兩聲，轉過身子，表明他愛莫能助。

小夭乾笑了幾聲，對阿念說：「我們就去馨悅家裡玩一會，等吃完晚飯，和顓頊一起回去。」

馨悅笑起來，阿念噘嘴，不滿地瞪著小夭。小夭悄悄捏她的手，表明還是咱倆最親，阿念這才勉強點了點頭。

小夭怕阿念和馨悅鬧起來，根本不敢現在就去小祝融府，只得藉口想買東西，帶著兩人在街上閒逛。大街上人來人往，阿念和馨悅還能收斂一些。

好不容易熬到顓頊趕來，小夭立即衝到顓頊身邊，咬牙切齒地說：「從現在開始，阿念和馨悅都交給你了，不許她們再來纏我！」小夭一把把顓頊推到馨悅和阿念中間，去追豐隆。

豐隆笑著祝賀小夭，「終於逃出來了，恭喜！」

小夭沒客氣地給了他一拳，「見死不救！」

豐隆說：「沒辦法，我最怕應付女人了。」

豐隆回頭看，不知道顓頊說了什麼，馨悅和阿念居然都笑意盈盈，不禁嘆服地說：「還是妳哥哥厲害啊！」

小夭回頭看了一眼，噗哧笑了出來，「恐怕他是拿出了應付各路朝臣的魄力和智慧。」

到了小祝融府，也不知馨悅是真的想熱情款待顓頊和小夭，還是心存向阿念示威的意思，一個倉促間準備的晚宴，居然十分隆重。在馨悅的指揮下，整個府邸的婢女僕役進進出出，鴉雀無聲，井井有條。

阿念本來還不當回事，可當她知道馨悅的母親常年住在赤水，整個小祝融府其實是馨悅在打理，她看馨悅的眼神變了。小祝融府看似只是一個城主府邸，可整個中原的政令都出自這裡，所有中原氏族的往來和軒轅城的往來，複雜的人際關係都要馨悅在背後打理，這不是一般女人能做到的，至少阿念知道她就完全沒有能力做到。

阿念沉默地用飯，因為她的沉默，晚宴上沒有起任何風波，眾人看上去都很開心。

晚宴結束後，豐隆和馨悅送顓頊三人出來，豐隆和顓頊走在一旁，聊了約莫一炷香的時間。

小夭她們雖然距離很近，卻什麼都聽不到，顯然是豐隆或顓頊下了禁制，看來談的事情必定相當緊要。

回到紫金宮，瀟瀟和金萱都恭候在殿內，顓頊對小夭和阿念說：「我要處理一點事情，妳們先去洗漱，洗漱完到小夭那裡等我，我有話和妳們說。」

小夭和阿念答應了，各自回去洗漱。

小夭洗漱完，珊瑚幫著絞乾了頭髮，阿念才來，頭髮還濕漉漉的，她急急忙忙地問道：「姊姊，哥哥要和我們說什麼？」

海棠拿了水晶梳子，一邊給阿念梳理頭髮，一邊慢慢地用靈力把阿念的頭髮弄乾。

小夭說：「不知道，只是看他那麼慎重，應該是重要的事。」

顓頊走進來，海棠和珊瑚都退了出去。

阿念緊張地看著顓頊，「哥哥，你到底要說什麼？」

顓頊看了看阿念，目光投向小夭，「我是想和妳們說，我要娶妻了。」

「什麼？」阿念猛地站了起來，臉色煞白，聲音都變了，「你、你……你要娶馨悅？」

「不是。」

「不是？」阿念不知道自己該高興，還是該傷心，呆呆地站著，臉上的表情十分怪異。

顓頊說道：「我要娶曋氏的嫡女，不是我的正妃，但應該僅次於正妃。」

阿念茫然地看向小夭，壓根不知道這是從哪裡冒出來的女人。小夭解釋道：「曋氏是中原六大氏之一，而且是六大氏中最強大的一個氏族，以前神農國在時，神農王族都要常和他們聯姻。」

阿念問道：「馨悅知道嗎？」

顓頊說：「現在應該知道了，豐隆會告訴她。」

阿念低聲問：「哥哥的事情說完了嗎？」

「說完了。」

「那我走了。」阿念飛快地跑了出去。

顓頊看著小夭，面容無悲亦無喜，小夭拿出了酒，「你想喝酒嗎？我可以陪你一醉方休。」

顓頊苦澀地笑著，接過小夭遞給他的酒，一飲而盡。

小夭說：「曋氏的那位小姐我見過，容貌雖比不上瀟瀟和金萱，但也很好看，性子很沉靜，據說她擅長做女紅，一手繡功，連正經的繡娘見了都自愧不如。」

顓頊沒有吭聲，只是又喝了一大杯酒。

小夭說：「你如果娶了曋氏的小姐，就等於正式向舅舅們宣戰，你準備好了？」

顓頊頷首。

小夭緩緩道：「外公對中原的氏族一直很猜忌，因為不是你的正妃，外公會准許，但畢竟是你正式娶的第一個女人，怕就怕在舅舅的鼓動下，那些軒轅的老氏族會不滿，詆毀中傷你，萬一外公對你生了疑心，你會很危險……」

顓頊說：「我明白，但這一步我必須走，我必須和曋氏正式結盟。」

小夭伸出手，顓頊握住了她的手，兩人的手都冰涼。

小夭用力抓住顓頊的手，一字字說：「不管你做什麼，不論你用什麼手段，我只要你活著！」

顓頊也用力握住小夭的手，「我說過，我要讓神農山上開滿鳳凰花。」

小夭舉起酒杯，顓頊也舉起了酒杯，兩人相碰一下，喝乾淨。

顓頊放下了酒杯，對小夭說：「我很想和妳一醉方休，但我還有事要處理。」

小夭搖搖酒杯，「你去吧！只要你好好的，反正我一直在這裡，我們有得是機會喝酒。」

顓頊終於釋然了幾分，叫道：「小夭……」

小夭歪頭看著他，顓頊沉默了一瞬，微笑著說：「婚禮上，不要恭喜我。」

「好！」小夭很清楚，那並不是什麼值得恭喜的事，甚至可以說是顓頊的屈辱。

顓頊轉身，頭未回地疾步離去。

小夭給自己斟了一杯酒，慢慢地啜著。

喝完後，她提起酒罈，去找阿念。

海棠看到她來，如釋重負，指指簾內，退避到外面。

小夭走進去，看到阿念趴在榻上，嗚嗚咽咽地低聲哭泣著。

小夭坐到她身旁，拍拍阿念的肩膀，「喝酒嗎？」

阿念翻身坐起，從小夭手中搶過酒杯，咕咚咕咚一口氣喝乾，一邊咳嗽一邊說：「還要！」

小夭又給她倒了一杯，「現在回五神山還來得及。」

阿念說：「妳以為我剛才沒想過嗎？我現在是很心痛，可一想到日後再看不到他，他卻對別的女人好，我覺得更痛，兩痛擇其輕。」阿念就像和酒有仇，惡狠狠地灌了下去。「這才是第一次，我慢慢就會適應。」

小夭嘆氣，「妳沒救了！」

阿念哭，「這段日子，哥哥從不避諱我，常當著我的面抱金萱，我知道他是故意的，他肯定和妳一個想法，想逼我離開。在五神山，我只有思念的痛苦，沒有一點快樂，但在哥哥身邊，縱然難受，可只要他陪著我時，我就很快樂。即使他不陪我時，我想著他和我在一起時說過的話、做過的事，也很快樂。」

小夭忽而發現，阿念從不是因為顓頊即將成為什麼人、擁有什麼權勢而愛慕他，而其他女人，不管是金萱，還是馨悅，她們或多或少是因顓頊的地位和握有的權勢而生了仰慕之心。

小夭問道：「阿念，如果……我是說如果現在顓頊還在高辛，是個空有王子頭銜，卻實際一無所有的男人，妳還會願意和他在一起嗎？」

阿念一邊抹眼淚，一邊狠狠地瞪了小夭一眼，「妳一說這個，我就恨妳！如果不是妳，哥哥就不會回軒轅，他永遠留在高辛，那多好！」

小夭肯定，如果顓頊是留在高辛的顓頊，馨悅絕不會喜歡顓頊。馨悅要的是一個能給予她萬丈光芒的男人，阿念要的是一個肯真心實意對她好的男人。阿念愛錯了人，可她已經無法回頭。

小夭抱住了阿念。

阿念推她，「妳走開！我現在正恨妳呢！」

小夭道：「可我現在覺得妳又可愛又可憐，就是想抱妳！」

阿念抽抽噎噎地說：「我恨妳！我要喝酒！」

小夭給阿念倒酒，「喝吧！」

小夭本來只想讓阿念醉一場，可阿念絮絮叨叨地說著她和顓頊的往事，小夭想起了璟，平日裡藏起的悲傷全湧上心頭，禁不住也喝了一杯又一杯，直到糊裡糊塗地醉睡了過去。

長相思（卷三）完

長相思
卷三 思一寸，愁千縷

茶蘼坊 30

作　　者　桐華

野人文化股份有限公司
社　　長　張瑩瑩
總 編 輯　蔡麗真
責任編輯　楊玲宜、蔡麗真
校　　對　仙境工作室
美術設計　洪素貞
封面設計　周家瑤
行銷經理　林麗紅
行銷企畫　李映柔、蔡逸萱

出　　版　野人文化股份有限公司
發　　行　遠足文化事業股份有限公司（讀書共和國出版集團）
地址：231新北市新店區民權路108-2號9樓
電話：（02）2218-1417　傳真：（02）8667-1065
電子信箱：service@bookrep.com.tw
網址：www.bookrep.com.tw
郵撥帳號：19504465遠足文化事業股份有限公司
客服專線：0800-221-029
法律顧問　華洋法律事務所 蘇文生律師
印　　製　成陽印刷股份有限公司
初　　版　2013年6月
二版 1 刷　2023年8月

歡迎團體訂購，另有優惠，請洽業務部（02）22181417分機1124

國家圖書館出版品預行編目資料

長相思. 卷三, 思一寸,愁千縷/桐華著. -- 二版. -- 新北市 : 野人文化股份有限公司出版 : 遠足文化事業股份有限公司發行, 2023.08
面；　公分. -- (茶蘼坊 ; 30)

ISBN 978-986-384-925-4(平裝)

857.7　　112013711

ISBN 978-986-384-925-4 (平裝)
ISBN 978-986-384-911-7 (EPUB)
ISBN 978-986-384-910-0 (PDF)

野人文化
讀者回函卡

野人

姓　名　　　　　　　　　　　□女 □男　年齡

地　址

電　話 公　　　　　宅　　　　　手機

Email

學　歷 □國中(含以下) □高中職 □大專 □研究所以上

職　業 □生產/製造 □金融/商業 □傳播/廣告 □軍警/公務員 □教育/文化 □旅遊/運輸 □醫療/保健 □仲介/服務 □學生 □自由/家管 □其他

◆你從何處知道此書？
□書店 □書訊 □書評 □報紙 □廣播 □電視 □網路
□廣告 DM □親友介紹 □其他

◆你以何種方式購買本書？
□誠品書店 □誠品網路書店 □金石堂書店 □金石堂網路書店
□博客來網路書店 □其他 ________________

◆你的閱讀習慣：
□百科 □生態 □文學 □藝術 □社會科學 □地理地圖
□民俗采風 □休閒生活 □圖鑑 □歷史 □建築 □傳記
□自然科學 □戲劇舞蹈 □宗教哲學 □其他

◆你對本書的評價：（請填代號，1. 非常滿意　2. 滿意　3. 尚可　4. 待改進）
書名 _____ 封面設計 _____ 版面編排 _____ 印刷 _____ 內容 _____
整體評價 _____

◆你對本書的建議：

廣　告　回　函
板橋郵政管理局登記證
板橋廣字第143號

郵資已付　免貼郵票

野人

23141
新北市新店區民權路108-2號9樓
野人文化股份有限公司 收

請沿線撕下對折寄回

野人

書號：0NRR4030